AF203932

ANJA BOGNER

BÜLENT RAMBICHLER
und der
störrische
Karpfen

Ein Provinzkrimi

btb

Sollte diese Publikation Links auf Webseiten Dritter enthalten,
so übernehmen wir für deren Inhalte keine Haftung,
da wir uns diese nicht zu eigen machen, sondern lediglich auf
deren Stand zum Zeitpunkt der Erstveröffentlichung verweisen.

 Dieses Buch ist auch als E-Book erhältlich.

MIX
Papier aus verantwor-
tungsvollen Quellen
FSC® C014496
FSC
www.fsc.org

Verlagsgruppe Random House FSC® N001967

1. Auflage
Originalausgabe Dezember 2019
© btb Verlag in der Verlagsgruppe Random House,
Neumarkter Straße 28, 81673 München
Umschlaggestaltung: semper smile, München
Umschlagmotiv: © Shutterstock/Maglara; Keith Publicover; Naypong Studio;
Oleksandr Lytvynenko; Tuzemka
Satz: Uhl + Massopust, Aalen
Druck und Einband: GGP Media GmbH, Pößneck
SK · Herstellung: sc
Printed in Germany
ISBN 978-3-442-71882-5

www.btb-verlag.de
www.facebook.com/btbverlag

Für Alexander

Des hier ist freilich bloß ein Roman. Heißt, sämtliche Romanfiguren, Handlungen und Schauplätze sind völlig frei erfunden. Und klar gibts Namen, die gibts halt, und darum gibts die auch in diesem Buch. Aber des, was die Romanfiguren tun, oder des, was sie sagen oder treiben ist alles reine Erfindung. Solltest du jetzt, lieber Leser, trotzdem meinen: Allmächd, des könnt doch der Dings sein oder des Maadla von denen oder oder oder …? Dann hau dir selbst anerkennend auf die Schultern für deine rege Phantasie, aber denk immer daran: Nix ist wahr – alles nur ausgedacht!

PROLOG

Er hatte sein Werk vollendet. Schön war es freilich nicht geworden. So wie sein Leben eben – absolut dilettantisch. Vom Geburtskanal direkt mit Vollgas rauf auf die Verliererstraße. Aber immerhin – dort war er allerweil auf der Überholspur. Auf seiner linken Hand klebte ein wenig Blut. Nicht viel. Ganz so, als hätte er sich geschnitten. Aber das hatte er natürlich nicht. Das Blut stammte von ihm, dem zweiten tragischen Verlierer dieser Geschichte. Nichts von dem, was geschehen war, hatte er geplant. Doch für einen kleinen, miesen Moment hatte es sich tatsächlich gut angefühlt. Geteiltes Leid ist halbes Leid – so hieß es doch. Und er hatte viel zu teilen. Enttäuschung, Verlust, Schmerz, Verzweiflung. Sein ganzes armseliges Dasein hatte sich für einen kurzen windigen Augenblick in den Augen des anderen widergespiegelt. Groß vor Entsetzen und Angst hatten sie ihn angestarrt. Er wusste, dass ihn dieser Blick bis in seine tiefsten Träume verfolgen würde. Das Schicksal war nun mal eine Drecksau und sowas wie ein Happy End für ihn nicht vorgesehen. Eine einzige stumme, selbstmitleidige Träne fand ihren Weg über seine Wange hinab ins grüne Gras und schwappte seine Sehnsüchte und Wünsche für alle Ewigkeit mit fort. Er hatte sich für einen neuen Weg entschieden, und er wusste, dass ihn dieser direkt in die Hölle führen würde.

KAPITEL 1

Die fränkische Po-Ebene

»No woman, no cry – ka, Weiber, ka G'schrei!«, tönte es drei-
stimmig in die Herrgottsfrühe-Stille hinein. Es war schon ein
äußerst kurioses Gespann, das da pünktlich zur Morgendäm-
merung auf einem schwer definierbaren, psychedelisch einge-
färbten Gefährt mit Wimpeln durch Strunzheim zuckelte. Der
Geiger Franz auf seiner Flunzn, einer Schwalbe aus Ostbestän-
den, und hinten drangenagelt ein ausgedienter Zwillingskinder-
wagen, der genau die richtige Größe hatte, um zwei eineiige über
80-jährige Schwestern in Hobbitgröße komfortabel zu trans-
portieren. Eine fränkische Rikscha halt. Die Walder-Zwillinge
Erna und Traudl saßen jedenfalls hinten drin wie die Queen in
doppelter Ausführung, und so manch einem Hahn, der sich gerade aus den Federn quälte, blieb glatt die Spucke weg, bei diesem absonderlichen Anblick. Generell war man im Dorf eh
aufs Äußerste verwundert über diese merkwürdige Combo aus
alt und halb so alt, die sich da gefunden hatte und fast schon
kommunenartig zusammenhing. Sogar seit kurzem im Geigerischen Anwesen zusammenwohnte. Nicht selten wurde Franz
hinter vorgehaltener Hand als der Rainer Langhans aus Franken betitelt, der sich ganz klar erbschleichermäßig bei den Walders einschleimte. Warum auch sonst sollte man sich mit diesen
zwei allerweil recht zundigen Biestgurken einlassen, wenn nicht
zwecks der Kohle. Franz war das ganze Gerede um seine Person

wurscht. Spätestens in ein paar Wochen würden sich neue Opfer finden, über die sich die dörfliche Inquisition hermachen würde. Bis dahin hieß es einfach Augen zu und durch. Das hatte ihm schon seine selige Mutter beigebracht, und er war schon immer gut damit gefahren. Und momentan fuhr er eben die Walders, wie jeden Samstagmorgen zu ihrer – nennen wir es mal – medizinischen Anwendung ohne Rezept.

»Etz Dampfer, gib halt Gummi, die Brüh kocht ja, bis mir da sind!«, plärrte es ungeduldig gegen sein Rückgrat. Er grinste. Jeden Tag das gleiche Theater. Und dann noch dieser Spitzname – Dampfer, so ganz hatte er sich noch nicht daran gewöhnt. Seit er aber halt nicht mehr soff, sondern nur noch hin und wieder einen starken Dübel durchzog und zudem noch eine Eins-A-Pflanzenzucht hatte, war er nach der allgemeinen Strunzheimer Meinung eben kein Suff mehr, sondern ein Dampfer. Da waren sie konsequent, seine lieben Mitbürger. Freilich hätte man ihn auch ganz einfach Franz nennen können oder Geiger, aber wer wollte sich darüber schon den Kopf zerbrechen. Wo der doch grad jetzt mal wieder in so einen wunderbar bewusstseinserweiternden Nebel gehüllt war.

»Wennst so weiterschleichst, dann können mir mit unseren Krampfadern bald einen Pullover stricken, weil sich die vermehren wie die Fliegen«, frotzelte Erna aufs Neue auf ihn ein.

»Und du, wenn du weiter so keifst, kannst deine Kekse in Zukunft mit Sauerampfer backen«, konterte Franz schlagfertig und erntete ein meckerndes zweistimmiges Lachen.

Ja, sie hatten sich schon irgendwie gern, die drei. Franz war der Einzige, der so mit den beiden Walders reden durfte. Jeder andere hätte längst eine deftige Watschn kassiert. Lag wahrscheinlich schon auch daran, dass Erna und Traudl noch das schlechte Gewissen plagte, zwecks des unsäglichen Spektakels im letzten Sommer. Da stand er tagelang unter Generalverdacht, die Gelbwurschtpflunzn heimtückisch dermeuchelt zu haben. Vor allem die Walders hatten nichts unversucht gelassen, ihm diese Tat nachzuweisen. Das kam natürlich nicht von ungefähr. Er war in jenen schweren Zeiten ein ziemlich derhauter Kerl gewesen.

Jeden Tag am Promilletropf, und wenn nicht aggressiv verkatert, dann besoffen bis unter den Kragen. Da konnte man schon mal Böses vermuten. Und Erna war von jeher schnell dabei, den moralischen Zeigefinger zu heben. Nicht einmal vor Selbstjustiz scheute sie zurück. Noch heute erinnerte ihn die Narbe an seinem linken Bein schmerzhaft daran, wie ihn die Alte mit ihrer 73er-Opel-Kadett-Schleuder von der Flunzn katapultiert hatte. Mit voller Absicht – eh klar. Aber der Fall wurde ja dann Gott sei Dank rasch aufgeklärt von seinem alten Kumpel, dem Rambichler Bülent, der sich seitdem auch nicht mehr blicken hat lassen, die feige Sau.

Schiss hat er vor der Erna, da war sich Franz sicher. Weil er ihr ihr Auto samt Fahrerlaubnis für immer entzogen hatte, der Depp. Dabei hatte sie eh schon lang gar keinen Führerschein mehr gehabt und ist immer schwarzgefahren. Er hätte halt einfach bloß seine Augen vor der Realität verschließen müssen. Hat er aber nicht, und so war er jetzt Staatsfeind Nr. 1 und zum walderschen Abschuss freigegeben. Aber was sollt schon passieren. Erna hatte zwar gedroht den Rambichler, den aufgestellten Mausdreck, ungespitzt in den Boden neizuhauen, sollte er ihr noch einmal unter die Augen treten, aber er und vor allem sein besonderes Kraut waren ja auch noch da. Nach einer starken Friedenspfeife sah die Welt schon ganz anders aus. So war es auch zwischen ihm und den Zwillingen gelaufen. Fett in Dampf gehüllt, den Bob Marley im Ohr, hatten sie sich nach der Aufklärung der ganzen Mordsgeschichte ewige Freundschaft geschworen. Man war sich ja im Grunde auch recht ähnlich im Herzen. Stets auf Revolution aus und grundsätzlich gegen alles, was die örtliche und sogar die staatsmächtige Ordnung so vorsah. Die drei schwebten jedenfalls auf einer gemeinsamen Wolke dahin, und wenns nach der Traudl ging, würde wahrscheinlich sogar noch ein bisschen mehr für Franz drin sein.

Ständig faselte die liebestolle Alte etwas von der Klum, dass die sich ja auch gar nichts scheißen würde und völlig hemmungslos mit so einem Teenagerbub herumhantierte.

»Des darf man heut alles nicht mehr so eng sehen«, resümierte sie liebestaumelig ein ums andere Mal, während sie, sooft sich die Gelegenheit bot, imaginäre Fussel von seinem Hintern kratzte.

»Ach ja«, seufzte Franz zufrieden. Das Leben war schon irgendwie recht schön, vor allem, wenn man es zu leben wusste. Rasant bog er jetzt in einen kleinen Feldweg ab, der zu den Dorfweihern führte. Die Zwillinge wurden dabei schon arg durchgeschüttelt und kreischten vor Vergnügen. Auch beim Abbremsen ließ der Geiger keine Gnade walten, und den Alten verzog es glatt ein wenig die blasslila Dauerwelle. »Meine Damen, willkommen im Wellnessparadies Strunzheim«, säuselte er und hielt den beiden galant die Hand hin, um beim Aussteigen behilflich zu sein.

»Du bist mir schon so ein Lumpersler.« Erna lächelte ihn liebevoll an und kniff ihn in die Wange. »Aber etz tust gefälligst dei Griffel weg, weil sonst batschts. Ich brauch doch noch keinen Zivi, der ständig an mir rumkoordiniert.« Zum Beweis ihrer allgegenwärtigen Fitness krabbelte sie rücklings aus dem Wagen, wobei sich der Stoff ihres türkisfarbenen Frotteejoggers schon arg strecken musste, um bei ihren äußerst ausladenden hinteren Regionen noch alles beinanderzuhalten.

»Geh Erna, der wollte doch nur ein Gentleman sei, gell, Dampfer?« Traudl hielt Franz geziert die Hand hin und bedachte ihn mit einem Augenaufschlag der Sündiges vermuten ließ.

»Traudl, etz spinn di aus und kumm endlich. Langsam wird's Zeit, dass mir unsere Füß ins Wasser bringen, bevor noch so ein Petri-Bruder daherkommt und bled daherred«, fuhr Erna ihre Schwester an, die daraufhin schmollend gen Weiher hinterherstapfte.

»Ich wart dann hier auf euch«, rief Franz ihnen hinterher und drehte sich genüsslich sein zweites Frühstück. »Passt aber fei auf, dass ihr mir ned dersauft.«

Erna hob drohend ihren Zeigefinger. »Du, gell, ned frech werden Bürschler. Wir sind ja nicht zum Tauchen da, sondern zum Kneippen.« Und so einfach wie effizient war das dann auch tatsächlich. In Ermangelung einer Strunzheimer Kneippanlage hatten die Zwillinge nämlich kurzerhand für sich entschieden, dass es auch anders ging. Und seitdem badeten sie ihre krampfaderdurchzogenen Glieder zwar selten in Unschuld, aber dafür in den Fischkästen, in denen sich zahlreiche Karpfen und Forellen tummelten. Weil es sich halt zwecks der Temperatur so gut ausging und so schön kitzelte. Der durchaus berechtigte Protest der Fischer, ging ihnen dabei gänzlich am Allerwertesten vorbei.

»Denen haben's doch ins Hirn g'schissen, diesen Wurmschubsern«, lautete Ernas einziger Kommentar dazu, wenn man sie mal wieder freundlich dazu aufforderte, doch bitte ihre gichtigen Haxn wo anders neizuhalten. Sonst würden am End noch die Fisch schwerst traumatisiert daherkommen. Und so ein Viech mit Hirnschaden frisst doch keiner mehr. Hatte man doch damals schon am Rinderwahnsinn gesehen. Ein durchaus schlüssiges Argument, aber für die Walders kein Grund, sich in ihrem körperkultigen Treiben aufhalten zu lassen.

»Du, Erna, schau mal, was hängt denn da aus unserem Kasten raus? Ist des, ja, was ist denn des?« Traudl blieb abrupt stehen und umklammerte, nichts Gutes ahnend, den Arm ihrer Schwester. Erna zwickte die Augen zusammen, um besser sehen zu können, und bei dem, was sie sah, schwoll ihr dann auch augenblicklich der Kamm.

»Ja so ein Saubär«, zürnte sie. »Dem werd ich jetzt aber was verzählen, Traudl lass mich los.«

Doch die Jüngere der beiden dachte gar nicht daran, den Schraubstock zu lockern. »Du, am End ist des so ein Perverser, der es auf uns abgesehen hat. Gibt ja so viele wilde Leut heutzutage, erst gestern hab ich wieder in der Zeitung ...«

Ihr Zwilling schnitt ihr mit einer Handbewegung das Wort ab. »Ist mir egal, was du gelesen hast. Ich geh da etz hin, und dann schlägt's dreizehn, des garantier ich dir. So geht's nämlich auch nicht.« Im Endeffekt schlug es dann freilich gar nichts mehr. Weil, was will man einem Toten schon sagen. Und dass der Kerl, der da nackert bis auf die Wurscht und kopfüber im Fischkasten hing, nur seine Haferlschuh samt Trachtensocken an den Füßen, nicht mehr lebendig war, sah man auf den ersten Blick. Fast schon andächtig standen die Zwillinge und Franz, den Erna mit einem lauten Brüller aus seiner persönlichen Komfortzone gerissen hatte, neben der Leiche und betrachteten sie. Man war ja mittlerweile Leute, die irgendwo im Dorf unlebendig herumlagen, gewohnt, demzufolge hielt sich der Schock bei allen ihn Grenzen. Schlussendlich waren die drei auch gleich dahintergekommen, wer da so völlig schamlos herumhing. Schließlich gab es nur einen solari-umverbruzzelten Adonis in ganz Strunzheim.

»Dass es jetzt ausgerechnet den Bubblers Schorsch derwischt hat.« Erna kratzte sich nachdenklich am Kopf.

»Ja ausgerechnet«, wiederholte Traudl. »Der war doch noch keine fünfzig ned.« Ihrem Tonfall war zu entnehmen, dass sie es jetzt schon arg schad fand, dass der liebe Gott so ein schönes Exemplar von einem Mannsbild von der Weide und somit aus ihrem Blickfeld pflücken musste. Der Bubbler Schorsch alias Georg Gmeinwieser war aber auch eine kleine Berühmtheit im Ort.

Als Zweiter Bürgermeister in dritter Generation – nie Erster, weil ganz zum Deppen wollte man sich dann doch nicht machen – und Chef der größten Gärtnerei im Landkreis war er allgegenwärtig und tatsächlich so etwas wie beliebt. Vor allem, weil er gerne mal höchst spendabel einen kostenlosen Rausch finanzierte. Für Franz war es einfach ein gwiefter Depp, der das Glück hatte, aus der richtigen Familie zu stammen, und seinen wenig schmeichelhaften Spitznamen nicht von ungefähr hatte. Weil er halt als Kind allerweil die Finger tief in seiner Nasen vergraben hatte und, pfui Teufel, alles gefressen hatte, was die Höhle so hergab. Schlimmer noch, sich sogar Vorräte für schlechte Zeiten unter seiner Schulbank zusammengewutzelt hatte. Kurzum: ein damischer Kerl, der sich als eloquenter Mann des Volkes verkaufte und es gekonnt um den Finger wickelte. Ein Blender vor dem Herrn halt. Leider stand Franz mit dieser Meinung ziemlich alleine da. Oder auch nicht, dachte er jetzt bei sich, weil zumindest einer musste in Ansätzen auch massiv etwas gegen den Bubblers Schorsch gehabt haben. Nämlich derjenige welcher, der seine Meinung auch noch für alle sichtbar und für alle Zeiten auf dem durchaus sehr knackigen Po des Toten hinterlassen hatte. Da stand nämlich, tief in die Haut eingeritzt und in großen, unschmeichelhaften Lettern einfach nur: ARSCH! Jetzt nicht unbedingt ein graphisches Meisterwerk, aber Traudl war trotzdem schwer angetan.

»Gib mir doch mal des Wischkästle[1] rüber, Erna, damit ich ein Foto machen kann. Des schaut so, wie soll ich sagen, ja so künstlerisch aus.« Begeistert schoss Traudl gleich mal die Röte quer übers Gesicht bis unter die Haarwurzeln. Erna betrachtete ihre Schwester so, wie man halt jemanden anschaut, den man für ein wenig g'schubst hielt.

»Und was willst dann mit dem Bild machen, ins Wohnzimmer nebens Kruzifix hängen?«, presste sie hervor.

Aus Traudls nachdenklicher Miene zu schließen, schien sie diese Möglichkeit tatsächlich in Betracht zu ziehen. »Also ich glaub fast, ihr zwei habt's ein Abo auf nackerte Tote«, grätschte Franz versucht humorvoll dazwischen, um einen schwesterlichen Eklat zu verhindern. Und Recht hatte er schon irgendwie, denn auch beim letzten Kriminalfall waren die Zwillinge diejenigen welche, die das ebenfalls unbekleidete Opfer zuerst entdeckt hatten.

»Denkt ihr, des war Mord?« Mit großen Augen blickte Traudl in die Runde. »Etz grad wenn Kärwa ist?!« Sie schüttelte den Kopf. »Da tut doch sowas keiner.« Traudls Logik, wie immer bahnbrechend.

»Ja was meinst denn du, dass der da freiwillig drinliegt, weil er so gern die Fisch beobachtet«, barschte Erna ihre Schwester an. »Freilich hat den jemand abg'murkst.«

Sie sah sinnierend gen Himmel. »Und ich würd ja schon gern wissen, wer.« Man konnte es direkt am Blitzen ihrer listigen Äug-

1 Handy.

lein erkennen, dass der Walderin das alles schon irgendwie einen rechten Spaß machte.

»Wir werden schön unsere Finger aus der G'schicht lassen, ist des klar?« Franz fokussierte Erna mit scharfem Blick. »Noch so einen Ärger wie letztes Jahr derpack ich ned. Ich will einfach meine Ruh haben«, erklärte er weiter. Traudl nickte verständnisvoll.

»Bub des versteh ich sehr gut, mir war das alles auch zu viel. Dann gehen mir halt etz, gell, und tun so, als hätten wir nix gesehen.«

Erna schnaubte verächtlich. »Wunderbar, Traudl. Als ob du nur fünf Minuten deine Goschen halten könntest. Spätestens in einer Stund wüsst es doch dank dir eh ein jeder Hund.« Sie schüttelte den Kopf. »Mir kommen aus der Sach nemmer raus, ob du willst oder nicht, Dampfer.«

Wohl oder übel musste Franz ihr Recht geben. Im Grunde steckten sie schon wieder mittendrin im feinsten Debakel, denn das Ganze sah jetzt wirklich nicht direkt nach einem simplen Badeunfall aus.

So ein Mord in den höchsten Politkreisen konnte so ein Dorf sicherlich binnen Sekunden komplett aus der Fassung bringen. Zumal gerade die Strunzheimer nicht gerade bekannt dafür waren, Dinge mit Abstand und Vernunft zu betrachten. Wer wusste also schon, was das dann wieder für weitreichende Folgen hatte, auch für ihn.

»Der Bülent muss her!«, schlussfolgerte Franz daher entschlossen.

»Waaas?!«, fauchte Erna ihn an. »Die unverschämte Kanalratz willst du wieder herholen? Also nur über mei Leich!«

Bockig wandte sie ihm den Rücken zu.

»Wenn du des machst, Dampfer, dann wars das mit unserer Freundschaft«, mumpfelte sie noch hinterher.

»Geh, Erna«, zirpte Franz sich an sie heran. »Zwischen uns zwei passt doch kein Paper nicht.«

»Uns drei«, eifersüchtelte Traudl gleich noch mit rein.

»Eh klar.« Franz wusste, dass einfache Argumente hier nicht mehr weiterhalfen. Er packte daher sein gut abgehangenes 2018er Kraut vom Südbalkon aus und bastelte in aller Eile ein schönes Tüterl. »Glaubts mir, des ist des Beste, wenn der Bülent die Ermittlungen leitet. Auch für uns.«

»Warum?!«, kam es unisono und spontan aus den Zwillingsmündern.

»Na, wer weiß, was die uns sonst für einen scharfen Hund schicken würden. Der nimmt am End dann das ganze Dorf auseinander, und ihr wisst dann schon, was das für unsere Plantagen bedeuten würde.« Franz ließ seine Worte kurz wirken, bevor er weitersprach. »Beim Bülent können mir uns sicher sein, dass der seine Nase nicht überall neistecken will, dafür ist der nämlich viel zu bequem.« Und außerdem dübelt er selber gern, vollendete Franz in Gedanken seinen Satz.

»Allmächd, ist das alles wieder eine Aufregung.« Traudl war bei den geigerischen Worten ganz blass um die Nase geworden. Sicherlich sah sie sich schon mit einem Bein im Knast.

Erna mimte freilich noch immer die Coole. Aber Franz wusste, die Saat war gesät. Zufrieden nahm er einen tiefen Zug vom Kifferstängel und blies den Rauch pfeilgrad in ihre Richtung. Wirkte freilich sofort. Genüsslich schnuppernd streckte sie ihm die Nase entgegen und griff wie selbstverständlich nach dem Haschkolben. Franz zog schnell seine Hand zurück und hielt seinen Arm mit dem begehrten Dampf in die Luft.

»Bist dabei?« Die alte Walderin schüttelte den Kopf und hupfte wilde Verwünschungen fluchend noch ein paar Mal wie ein aufgekratzter Terrier vor ihm herum, erkannte aber schon bald die Sinnlosigkeit ihres Treibens. Als sie halbwegs wieder richtig schnaufen konnte, tippte sie Franz gegen die Brust. »Aber eins schwör ich dir, seis drum, Fotzn kriegt er trotzdem noch, zwecks der Haderlumperei mit meiner Fahrerlaubnis und meinem Auto. Und du hältst dich da brav raus. Des ist nämlich meine Angelegenheit. Ham mir uns?« »Logisch«, lenkte Franz nun seinerseits friedfertig ein und reichte Erna das Pfeiferl, woraufhin sie sofort selig dran zuzzelte. Ihr Schwesterherz ganz klar auch schon etwa ungeduldig neben ihr herzappelnd.

»Ich will auch. Ich will auch«, quengelte sie in bester Kleinkindmanier, während Franz seinen Gedanken nachhing. »Etz ruf ihn halt schon an, den Hundling, bevor die Fisch am End gar nichts mehr vom Kadaver übrig lassen«, unterbrach Erna seine schöpferische Pause.

Franz schüttelte den Kopf. »Naaa, des mach ich bestimmt nicht auf dem direkten Weg. Da müssen mir jetzt ganz schlau vorgehen. Kennst ihn doch, den Bülent, der wenn bloß Heimatluft schnuppert, macht er sich schon in die Hosen.« Er kramte sein Handy aus der Tasche. »Da müssen mir absolut taktisch vorgehen. Jeder Schritt muss jetzt exakt geplant sein. Von hinten durchs Bein, verstehts?« Die Zwillinge nickten zeitgleich und mittlerweile breit grinsend.

Was so viel hieß, dass sie eigentlich gar nix mehr verstanden. Aber Franz wusste haargenau, was zu tun war. Und tat es dann auch, ohne zu ahnen, was er da am End wirklich lostrat.

KAPITEL 2

Akrabanın akrabaya akrep etmez ettiğini [2]

Hauptkommissar Bülent Rambichler, der sich gerade noch einmal in seinem Bett um die eigene Achse drehen wollte, wurde just in diesem Moment von seinem wild bebenden Privathandy aus seinen Wochenendträumen gerissen. Das dienstliche hatte er am Vorabend wie immer ins Gemüsefach seines Kühlschrankes gelegt. Vorsorglich, da konnte es dann im Fall der Fälle erst einmal den Broccoli anplärren. Mühsam öffnete er die Augen und riskierte einen Blick aufs Display. Der Anblick überraschte ihn. Was wollte seine Mutter um diese unchristliche Uhrzeit von ihm? Es war noch nicht einmal sieben und außerdem sein dienstfreier Samstag. Maria wusste doch, dass ihm sein Schlaf heilig war und er absolut keinen Bock auf unter dem Deckmantel mütterlicher Fürsorge getätigte Kontrollanrufe hatte. Dieses aufdringliche Verhalten war eigentlich komplett untypisch für die sonst so umsichtige und besonnene Frau, die man auch sein musste, wenn man mit Erkan, seinem immer recht umtriebigen und dabei äußerst eigenwilligen Vater, verheiratet war. Zu allem Überfluss wurde sein Erzeuger im letzten Jahr als erster Türke in der Geschichte seines Heimatdorfes in den Gemeinderat beordert und größenwahnt seitdem durch die Straßen von Strunz-

---

2 Erwarte von einem Skorpion nicht annähernd das Böse, das Verwandte einander antun können.

heim. Was für Bülent faktisch ein Grund mehr war, sich heimatlich rarzumachen. Zumal ihm der Gelbwurschtpflunznfall vom letzten Sommer noch arg in den Knochen hing. Vor allem die zweifelhafte Ehre, die ihm nach Aufklärung desselbigen von seinem Chef Horst Köhl zuteilwurde, zerrte täglich an seiner Laune. »Leiter der Spezialeinheit ›Landfrieden‹« – hat man so einen Schmarrn schon mal gehört. Gott sei Dank war bis dato alles ruhig geblieben in der Pampa, und Bülent klebte mehr denn je auf seinem Bürostuhl.

Stets darauf bedacht, um jede Leiche einen großen Bogen zu machen und lieber der Aktenschubser zu bleiben. Sehr zum Verdruss seiner Assistentin Sunshinchen alias Astrid Weber. Wenn es nach diesem übermotivierten Persönchen ginge, würden sie jeden Tag an den grausigsten Orten rumermitteln und sich mit dem menschlichen Dunkel auseinandersetzen. Wahrscheinlich hielt sie es eh nicht mehr lang bei ihm aus, so mordlustig wie die war. Was jetzt ganz persönlich schon wieder arg schad wär. So rein optisch zwischenmenschlich. Ja, die war schon ein richtiges Brett. Ein heißes Vögerl mit einem durchaus nicht uncharmanten, aber ausgeprägten Vogel, wie Bülent fand. Astrid war nämlich nicht nur militante Veganerin, sondern packte auch überall, wo es ging, ihre Yogamatte samt Räucherkerzen aus. Von den massiven Globulivorkommen in ihrer Schreibtischschublade gar nicht erst zu sprechen. Für einen echten Kerl also eine echte Herausforderung. Aber auch wenn der Rambichler sie wirklich sehr gernhatte – wegen einer Frau Dinge tun, die es seines Erachtens nicht braucht, so weit kams noch. Und so handhabe er es auch jetzt. Bülent zerrte seine Schlafmaske wieder über die Augen und beschloss sich erst einmal in gesunder Ignoranz zu üben. Das ging freilich nicht so einfach, wie er sich das gedacht hatte. Er war wach, und sein schlechtes Gewissen auch. Es war halt schon arg seltsam, dass seine Mutter so dermaßen penetrant durchklingelte. So ein unsensibles Verhalten kannte er normalerweise nur von seinem Vater. Vielleicht war es doch besser, mal kurz die Lauscher zu öffnen. Auf Durchzug konnte er sie dann ja immer noch schalten, dachte er, und ging an sein Handy, das immer noch auf seinem Nachttisch vor sich hin rumorte.

»Bub, du musst sofort herkommen«, hektelte seine Mutter aufgeregt und grußlos in die Muschel hinein.

»Ähm, Mama, dir auch einen schönen guten Morgen. Dürfte ich vielleicht erst mal erfahren, was los ist?« Er gähnte demonstrativ laut und wollte es ja eigentlich gar nicht wissen.

»Frag ned so viel, Bub. Schick di lieber. Ich erklär dir alles, wennst nachad da bist. Also, komm, beweg di.«

Ein Feldwebel bei der Bundeswehr war ein Lämmchen dagegen. In so einem herrischen Ton hatte Maria noch nie mit ihm gesprochen. Schlagartig fühlte er sich wie ein kleiner Junge, dem gerade gesagt wurde – fränkisch-herzlich freilich – dass in die Hose pieseln einfach keine Option mehr war. Aber so ließ er wirklich nicht mit sich umspringen. Das konnte sie sich wirklich abschminken, dass er sofort sprang, wenn sie rief. Hallo, mit über 40 hatte man doch wohl ein Recht auf ein bisschen elternabstinente Privatsphäre.

Bevor er überhaupt einen Fuß vor die Wohnung setzen konnte, musste er erst einmal ein wenig Körperpflege betreiben. Ein kleines Peeling vielleicht oder eine Feuchtigkeitsmaske, sinnierte er hoffnungsfroh in Gedanken, als seine Mutter, inzwischen extrem ungehalten, in sein Ohr fauchte: »Und, dass du jetzt fei nicht erst noch an dir rumschrubbst, gell?! Schmier dir a Nivea ins G'sicht und dann her mit dir. Hier brennt die Hüttn.«

Und dann hatte sie die Verbindung auch schon wieder unterbrochen.

Wofür hatte man eigentlich ein eigenes Hamam in der Wohnung, wenn es am Ende doch nur auf eine Katzenwäsche hinauslief? Bülent war sauer, aber irgendeine innere Stimme sagte ihm, dass vehemente Gegenreaktionen jetzt auch nicht wirklich angebracht waren. Immerhin hatte er seine Eltern schon seit Monaten nicht besucht, da konnte es durchaus sein, dass Maria plötzlich der Rappel gepackt hat und sie ihn deshalb, etwas unsanft, nach Hause beorderte.

Wenn das Mutterherz am Ausbluten war, konnte der Ton schon etwas rauer werden. Bülent zog es sicherheitshalber vor, an diese Version zu glauben. Und während er wenig später über die Autobahn schoss, träumte er, schon etwas milder gestimmt, von einem hausmütterlichen Omelett mit Schinken und einer großen Tasse Kaba. In solchen Fällen, und wenns Sauerbraten gab, schmeckte selbst dem Hauptkommissar die Heimat ohne Wenn und Aber.

Die Realität gestaltete sich dann aber nicht ganz so appetitlich. Seine Wange brannte noch immer, von der deftigen Watschn, die ihm Erna kommentarlos eingeschenkt hatte, als er langsam seinen Blick vom mittlerweile schwer durchweichten Bubblers Schorsch abwandte, der da immer noch im Fischkasten seine Runden drehte. Neben einem verräterisch würzigen, süßlichen Duft hing ein unheilvolles Schweigen in der Luft. Selbst Erna und Traudl hielten vorsichtshalber kurz mal ihre Münder und beobachteten mit wachsender Anspannung, was passieren würde.

»Und, was sagst?« Franz bemühte sich um einen betont bei-läufigen Ton. Bülent schloss die Augen und tat einen tiefen, verzweifelten Schnaufer. Dann sah er Franz ernst an.

»Ich sag dir, was ich sag, gar nix sag ich. Ihr ruft jetzt die Polizei, und ich fahr wieder.«

Die versammelte Mannschaft ächzte auf. Erna stapfte auf ihn zu und baute sich in ihrer ganzen Lebensgröße vor ihm auf. Sie ging ihm freilich nur bis kurz unter die Brust, aber ungefährlich war das trotzdem nicht, wie der Hauptkommissar wusste. Vorsichtshalber wich er einen Schritt zurück.

»Sag amal, Rambichler, hat dich deine Mutter als Kind zu heiß bad? Du bist doch ein Kriminaler«, spuckte ihm die Walderin zwiderwurzig entgegen.

»Erna, wie redst denn du von mir?«, brachte sich nun auch Maria aufgebracht mit ein.

»Ja, weils wahr ist. Da is a tote Leich und dein feiner Herr Sohn will sich vom Acker machen. Na, na, na, und für sowas zahlt unsereins dann Steuern. Ich hab gleich g'wusst, dass des nix bringt mit dem da.« Zack hatte Bülent Ernas Fußspitze im Schienbein. Das gab einen Blauen, aber das war jetzt auch schon wurscht. Er wusste im Moment nicht, welche Tatsache mehr zum Himmel stank, dass seine Mutter bei diesem schändlichen Spiel mitgemacht und ihn hierhergelockt hatte, oder dass sein Kumpel Franz – also Ex – der Regisseur dieser ganzen Hinterfotzigkeit gewesen war. Wo der doch ums Verrecken haargenau wusste, dass er es mit direkter Ermittlungsarbeit so gar nicht hatte. Grad richtig allergisch reagierte er darauf.

»Ich will aber nicht ins Gefängnis«, jammerte Traudl unvermittelt los und schmiss sich dem Franz an die Brust. Dafür kassierte sie ebenfalls einen unsanften Tritt ins Gebein.

»Bist etz gleich ruhig«, fuhr Erna sie an. »Darum gehts doch etz gar ned«.

Traudl wimmerte ungerührt weiter. »Aber der Dampfer hat doch g'sagt, wenn der Bülent den Fall nicht übernimmt, dann sind wir dran zwecks unserem Garten, weil …« Der Rest ihres Satzes ging in einem unverständlichen Gemumpfel unter, weil der Geiger der Alten eins a seine Finger vor die Goschen schob.

»Alte Leut und ihre Phantasie, gell?« Etwas unbeholfen grinste er Bülent an. Der konnte nur noch den Kopf schütteln. »Mir ist völlig wurscht, was ihr drei in eurer Freizeit treibt oder … züchtet. Und ob du da am Ende auch noch mit drinhängst, Mutter. Ich will einfach nix mit alledem zu tun haben. Und darum hol ich mir jetzt vom Doktor die Bescheinigung für eine saubere Magendarm, und dann bin ich erst mal raus. So schauts aus. Also servus miteinander.«

Bülent wandte sich zum Gehen. Doch kaum hatte er einen Schritt gen innere Freiheit getan, durchschnitt ein scharfer Pfiff seine Träume vom heimatlichen Lebewohl. Er kannte diesen Ton nur zu gut. Der kam bei seiner Mutter immer dann zum Einsatz, wenn er als Sohn nicht ganz auf ihrer Spur lief. Allerdings hatte er diesen schrillen Hirnsprenger schon lange nicht mehr vernommen. Seine landjugendlichen, pubertären Sturm-und-Drang-Zeiten waren ja schon lange vorbei, und er gab generell selten Anlass zu Beschwerde. Weil er halt auch selten daheim und außerdem kein kleiner Bub mehr war. Als er sich nun, zornig, wie er war, mit einem deftigen Konterspruch, der ihm schon fast von den Lippen tropfte, zu Maria umdrehte, konnte er sich gerade noch auf die Zunge beißen. Denn sie wirkte alles in allem nicht wirklich wütend, sondern eher hilflos. Wie sie so dastand und an ihrer optimistisch eidottergelben Bluse rumwurschtelte und knetete, so klein und verwundbar kannte er seine sonst so nervenstarke Mutter gar nicht. Und es schien ihm gar, als würden ihre Augen ein wenig feuchteln. Sofort zerschoss es ihm das Sprachzentrum. Die Sache mit der weiblichen Emotionalität brachte ihn seit jeher aus dem Konzept.

»Bub, du musst aber dableiben und des hier übernehmen. Bitte!« Marias Ton hatte etwas Flehendes.

»Mensch, Maria, zwecks meiner musst dich fei jetzt nicht so aufregen. Mir kriegen des schon hin. Abgeerntet ist schnell«, versuchte Franz sich als rambichlerischer Friedensengel, weils ihm sichtlich schon gar nicht so angenehm war, dass diese missglückte Familienzusammenführung auf seinem Mist gewachsen war.

»Ehrlich, Franz, ihr drei seids mir sowas von wurscht.« Die Antwort kam postwendend und sehr ernüchternd. Fast schon gemein.

»Ja, und warum machst dann so einen Aufstand?« Bülent bereute die Frage augenblicklich, weil er die Antwort darauf eigentlich gar nicht wissen wollte. Ahnte er doch schon, dass es ihn spontan grausen würd. »Weil der Erkan mit drinhängt. Stimmts oder hab ich Recht?!«, bretterte es aus Ernas so dermaßen zackig heraus, dass Traudl, die mit offenen Augen schlief, glatt vor Schreck ein wenig zusammenzuckte. Die Wahrheit, die dann ans Licht kam, katapultierte Bülent von jetzt auf gleich in seinen persönlichen Alptraum hinein. So, wie es aussah, war Erkan himself noch gestern im Bierzelt mit dem Bubblers Schorsch ordentlich zusammengerückt. Nachdem er ihn ein paar handfeste türkische Drohungen ins Gesicht geschleudert hatte, wollte er ihm gar noch mit einem Steckerlfisch[3] den Arsch versohlen. »Und das vor

---

3 Am Stab gegrillter Fisch (Makrele, Forelle …).

700 Zeugen«, greinte Maria. Es war ja jetzt tatsächlich durchaus kein Geheimnis, dass Erkan Rambichler vom Zweiten Bürgermeister gar nichts hielt. Im Grunde fing diese Dauerfehde damit an, dass der alte Rambichler in den Gemeinderat gewählt wurde, und von Anfang bei allen Abstimmungen grundsätzlich immer dagegen war. Aus Prinzip versteht sich. Zwecks des oppositionellen Gedankens. Er wollte schließlich aller Welt beweisen, dass auch Türken sich gegen die staatliche Obrigkeit aufzulehnen wissen, wenns drauf ankam. Der Bubbler Schorsch, das musste man ihm lassen, verlor niemals nicht die Contenance, und genau das machte Erkan freilich noch narrischer. Was ein echter Politiker war, der musste auch mal verbal zuschlagen, so seine klare Meinung. Das höchst einseitig geführte Kräftemessen fand seinen vorläufigen Höhepunkt darin, dass der Bubblers Schorsch den Erkan vom Fischerkönig-Thron gestoßen hatte und der Rambichler daraufhin felsenfest davon überzeugt war, dass bei dem Wettbewerb schon recht arg rummanipuliert wurde.

Der zweite Bürgermeister Lump zog nämlich den kapitalsten Karpfen aus dem Weiher, den es in der Geschichte von Strunzheim je gegeben hatte. Des Viech war so groß und fleischig gewesen, dass man tatsächlich der Meinung hätte sein können, dass da am Genpool ein wenig rumgepfuscht worden war. Hat aber außer dem Erkan niemanden recht interessiert. Vor allem nicht, nachdem der Schorsch dem Fischereiverein zehn Weinkisten Pfälzer Edelstoffes anlässlich seines Sieges spendiert hatte. Wer will da noch an eine Verschwörung glauben. Keiner außer Erkan. Der befand sich seitdem erst recht auf dem Kriegspfad – südländisch temperiert versteht sich.

»So wie der Erkan mit dem Gmeinwieser hantiert hat, glaubt doch jeder, dass er ihn abg'murkst hat«, schlussfolgerte Maria am Ende ihres Berichts. »Verstehst jetzt, warum ich dich hier brauch, Bub? Dein Vater ist zwar manchmal ein rechter Depp, aber bestimmt kein Mörder.«

Erna juckte ein pfundiges Widerwort schon sichtlich in der Kehle, aber ein scharfer Blick von Franz ließ sie schnell einlenken.

»Das glaub ich auch nicht, Rambichler, dein Vater ist doch ein wunderbarer Mensch«, zeiserlte sie stattdessen recht ang'schleimt daher.

»Ja, ganz wunderbar«, kam es etwas träge von Traudls Seite. Dabei schielte sie, dass einem ganz schlecht werden konnte. Das Kraut von vorhin schien ein wenig ihre Synapsen durchgewirbelt zu haben.

»Und was sagst jetzt?«, wiederholte Franz seine Frage von vorhin. »Vielleicht wars ja auch gar kein Mord, dann wär des ganze Geschrei eh umsonst gewesen.«

Der Hauptkommissar schwieg sich erst einmal aus. Wobei die Gedanken in seinem Hirn freilich Amok liefen. Also wenn man es ganz genau nahm, dann konnte, nein, musste er den Fall wegen Befangenheit ablehnen. Das war eindeutig klar und wahrscheinlich auch nervenschonender, andererseits sein Vater im Fokus einer Ermittlung, schön war das nicht.

Vor allem nicht für ihn. Auf der Dienststelle würden sie sich, mehr als sonst, das Maul über ihn zerreißen. Und dann noch der Köhl, der so große Stücke von Erkan hielt – warum auch immer.

»Langsam musst fei wirklich mal in die Gäng kommen, sonst geht der Bubblers Schorsch noch auf wie ein Hefeteig«, unterbrach Franz leicht drängelnd seine Überlegungen. »Musst deinem Chef ja nicht sagen, was hier wirklich Sache ist, mir halten eh das Maul. Weil zwecks, weißt schon.« Zur Untermalung seiner Worte zog Franz genüsslich an einem imaginären Joint und grinste dabei spitzbübisch in die Runde.

Maria, deren Bluse mittlerweile einem zusammengewuzelten Rührei glich, formte eine tonlose Bitte mit ihren Lippen und hob die Hände wie zum Gebet. Sah aus wie die heilige Mutter. Gehts eigentlich noch theatralischer? Bülents Blick wanderte gen Himmel.

Lieber Gott, manchmal bist schon wirklich ein Hund, dachte Bülent und kapitulierte.

KAPITEL 3

Daheim ist's doch am schwersten

»Mensch, Büli, dass du dir mal freiwillig einen Fall ans Bein bindest. Der Chef war ja ganz von den Socken nach deinem Anruf.« Astrid, die vor Kurzem mit Spurensicherung und Gerichtsmedizin am Tatort eingetroffen war, sah ihn forschend von der Seite an. »Hast du vielleicht Fieber.« Prüfend legte sie eine Hand auf seine Stirn.

»Schmarrn. Und du sollst mich nicht immer Büli nennen, wie oft denn noch«, ging er seine Assistentin missmutig an.

»Oha, da hat aber einer schlechte Laune.« Da, schon schmollte sie wieder. Weiber. Dabei hatte er wahrlich allen Grund zum Gifteln. Der zweite Mordfall seiner Laufbahn, wieder in Strunzheim, und dann hing auch noch sein Vater bis unter den Hemdkragen in diesem Drama mit drin. Aber all das konnte er Astrid ja nicht erzählen, wollte er ihr nicht erzählen. Sie sollte schließlich nicht hineingezogen werden in diese ganze undurchsichtige Affäre und am Ende ihre Karriere gefährden. Reichte schon, wenn er dem Köhl nur die halbe Wahrheit erzählte und ihn in dem Glauben ließ, dass er plötzlich eine nie dagewesene Lust aufs Ermitteln verspürte.

»Herr Rambichler, Frau Weber, kommens doch mal bitte her.« Gerichtsmediziner Dr. Fröstel winkte den beiden zu und strahlte dabei wie ein Sonnenkönig. Wie man bei diesem dauernden Leichenfleddern noch gute Laune haben konnte, war Bülent ein

Rätsel. Er selbst erschauderte, als er sich dem leblosen Körper vom Bubblers Schorsch bis auf einen Meter genähert hatte. Es war aber auch ein skurriler Anblick, der sich ihm da bot. Der Tote lag, mittlerweile schon etwas unschön aufgedunsen, mit dem Gesicht nach oben auf einer weißen Plane, von der er sich zwecks seiner nahtlos durchgebräunten Haut seltsam abhob.

»Allmächd, Traudl, schau dir mal des G'stell an, des ist ja bis in die Ritzn angeschmort.«

Klammheimlich hatten sich auch die Walder-Zwillinge herangewanzt und standen jetzt, geifernd vor Neugier, neben den Ermittlern. Anders als Maria und Franz, die bei Eintreffen von Bülents Kollegen freiwillig die Flucht ergriffen hatten, waren die zwei Alten schlichtweg am Tatort pappen geblieben. Weil sie aber auch ums Verrecken noch ihre Füß in den Fischkasten stecken wollten. Das hatten sie Bülent nicht nur einmal zu verstehen gegeben. Wenn man schon mal da war, dann war man schon mal da. Basta. Außerdem, und das war mehr als offensichtlich, hatten die beiden ein Auge auf Dr. Fröstel geworfen. Sie balzten wie zwei liebeskranke Täubchen.

Gerade gurrte Traudel zum wiederholten Male ein anrüchiges »Huhu« in Richtung Gerichtsmediziner. Dabei zwinkerte sie ihm so dermaßen schamlos über die Leiche hinweg zu, dass die Himmelangst dem Fröstel deutlich aus allen Poren triefte. Das hob doch glatt ein wenig Bülents Stimmung. War er doch selbst nicht gerade ein Befürworter von diesem freudetaumeligen Charmebolzen, der alles um den Finger wickelte, was weiblich und willig war.

»Na, Doc, was haben Sie für uns.« Eh klar, dass auch Sunshinchen diesen Pathologiedandy in den höchsten Tönen anzwitscherte. Sofort hellte sich dessen Miene wieder auf, während die Miene des Hauptkommissars noch ein paar Nuancen finsterer wurde.

»Schau dir den Doktor an, Rambichler, der zieht nicht 'so 'ne Lätschn wie du«, ploppte es dann auch glatt aus Ernas Mund und brachte endgültig das Fass zum Überlaufen. »Ich schwörs euch.«

Bülent ging drohend auf die beiden zu.

»Gleich lass ich euch wegen Behinderung der Ermittlungsarbeiten abführen, wenn ihr jetzt nicht gleich freiwillig verschwindet. Könnts eh vergessen, dass ihr heute noch irgendwo eure grindige Füß reinstreckts. Der Fischkasten wird nachher versiegelt, damit das klar ist. Soll euch der Franz halt ein Planschbecken aufstellen, da könnts dann eure Hornhaut bis zum Sankt Nimmerleinstag einweichen«, brach es nun etwas zu laut und zu wenig diplomatisch aus Bülent hervor.

War klar, dass das ein sofortiges Echo nach sich zog. Patsch hatte er die nächste Watschn von Erna im Gesicht.

»Rambichler, du bist ja völlig überspannt. Wennst des alles nicht packst, dann schleichst dich! Aber wunder dich dann hernach ned, wenn keiner mehr was von dir wissen will. Ned amal mehr deine Mutter«, zischte Erna ihm nicht minder angesäuert zu.

»Komm, Traudl, Abmarsch. Mir ist die Luft hier zu ung'sund.« Sie wandte sich hoch erhobenen Hauptes zum Gehen.

Ihre Zwillingsschwester dackelte wie immer gehorsam hinterher, aber natürlich nicht ohne dem Fröstel noch ein heiseres »Ciao« hinzuröcheln und ein schnelles Selfie mit ihm hinzudatschen. Dann war erst einmal alles still. Selbst die Vögel schienen die Luft anzuhalten. Bülent fuhr sich erschöpft mit der Hand über das Gesicht und wandte sich dann, ohne ein weiteres Wort über das Geschehene zu verlieren, dem Gerichtsmediziner zu.

»Also, was können Sie uns über den Toten sagen?« Der Arzt, der während des ganzen Spektakels sicherheitshalber hochmotiviert an der Leiche herumgefuhrwerkt hatte, um nicht in die Schusslinie zu geraten, räusperte sich.

»Wie es ausschaut, ist der gute Mann gerade mal so sechs bis maximal sieben Stunden tot. Also schätzungsweise hat es ihn gegen ein Uhr nachts erwischt. Plus/minus. Und wie man am Gesicht deutlich sehen kann, hat ihm vor Kurzem jemand schön eine mitgegeben. So, und was sein verkünsteltes Hinterteil betrifft: Da war definitiv kein Profi am Werk. Ich schließe auch eine Tätowiernadel aus, dafür ist das viel zu unsauber. Meines Erachtens wurde der Schriftzug mit einem spitzen Gegenstand reingeritzt. Muss ganz schön unangenehm gewesen sein, wenn er es denn noch erlebt hat.« Fröstel grinste. »Außer der Herr Bürgermeister stand auf Schmerzen.«

Pietätlos war er also auch noch. Astrid wuschelte sich mehrmals aufgeregt durch ihren dunklen Pagenkopf. Das tat sie immer, wenn ihr Hirn auf Hochtouren lief und sie kurz vor einem gedanklichen Auswurf war.

»Könnte es sich bei dem spitzen Gegenstand um einen Angelhaken gehandelt haben? Ich meine, das wäre nicht ganz unlogisch hier an diesem Ort, oder?« Triumphierend blickte sie die beiden Männer an.

Dr. Fröstel nickte zustimmend. »Durchaus im Bereich des Möglichen, selbst Draht wäre denkbar.« Augenblicklich drehte sich bei Bülent der Magen. Angelhaken gab es nämlich einige im Hause Erkan Rambichler.

»Ich denke bis der Tote in der Pathologie nicht von Kopf bis Fuß auseinandergenommen ist, lässt sich gar nix wirklich sagen. Und mit Vermutungen kommen wir nicht weiter«, fuhr Bülent heftiger als gewollt seiner Assistentin in die Parade. »Also, Fröstel, einpacken und dann Abmarsch.«

»Hey, chill mal deine Base. Du bist ja wirklich total überspannt«, schnappte Astrid wie ein Terrier nach ihm. »Autogenes Training würde vielleicht helfen«, bockelte sie noch nach. Süß war das schon sehr, wenn sie grantig war, aber hilfreich war es nie. Meist drohten aus solcher Laune heraus Arbeitsverweigerung und Yogaexzesse – alles schon gehabt. Bülent bemühte sich darum schnellstmöglich wieder um gute Stimmung. Er setzte seinen Welpenblick auf und winselte um Frieden.

»Du siehst so bescheuert aus«, grinste Astrid, während der Fröstel wenig höflich, aber schwer amüsiert in seine geschlossene Faust hineinprustete. Er ist und bleibt ein einfach ein Doldi⁴«, resümierte Bülent in Gedanken und im schönsten Fränkisch, als sich schon wieder neues Unheil, in Form der gmeinwieserischen Hinterbliebenen, vor ihm auftat. Franziska Gmeinwieser, eine wahre Walküre, die ihre perfekten Rundungen in ein tiefschwarzes Dirndl gepresst hatte, pflügte sich ohne Rücksicht auf Verluste über sämtliche Spurensicherer hinweg ihren Weg zum Leichnam.

Dabei schrie sie so dermaßen theatralisch herum über das Leid und überhaupt, dass es einem die Gänsehaut unter den Scheitel trieb. Da hatten die dörflichen Buschtrommeln ja mal wieder ganze Arbeit geleistet und, wie Bülent vermutete, sicherlich nicht gerade sensibel den Takt der Wahrheit geschlagen. Augenblicklich fühlte er beim Anblick dieser Trauerfregatte gleichermaßen Faszination wie Überforderung in sich aufsteigen. Auch Astrid schien es nicht anders zu ergehen. Mit offenem

⁴ Dummkopf.

Mund schaute sie dabei zu, wie diese, wahrlich nicht unattraktive Matrone vor ihrem toten Gatten auf die Knie fiel und ihn von oben bis unten abbusselte. Wobei ihr Busen schon arg nach Freiheit lechzte und der Dirndl-BH wohl kurz davor war, seiner Bürde nachzugeben. Nach dem Silberblick vom Fröstel zu urteilen, hätte der nichts dagegen, wenn die zwei formschönen Doppel-D-Granaten dann auch wirklich fallen würden. Sie war aber auch ein Vollweib, die Gmeinwieserin, so à la Christine Neubauer, also bevor die auf Magerstufe geschalten hatte. Und dann diese Stimme – wie die Uschi Glas, wenn sie hochdeutsch spricht. Dieses wundervolle beckenbaurische Weltbayrisch, das mochte Bülent schon irgendwie gut leiden. So gesehen konnte er also auch nichts anders tun als gaffen, weil zum Denken war grad so gar kein Blut mehr im Kopf.

»Wo ist eigentlich die Lederhosen von meinem Mann«, fragte die Gmeinwieserin, plötzlich wieder völlig Herrin über ihre Gefühlswelten. Die Ermittler zuckten ahnungslos mit den Schultern.

»Er hatte keine an und gefunden haben wir auch keine«, erklärte Astrid. »Oh mein Gott, das war ein Erbstück von meinem Großvater. Allein des Charivari, was dranhängt, ist ein Vermögen wert«, greinte sie grad mehr als über den Tod ihres Mannes, wie es Bülent vorkam. Aber er konnte sich auch irren.

»Des miassns verstehn. Mei Ur-Opa war für mei Mama ois. Und der war fei sogar noch mit dem Strauß auf der Jagd«, drang es unvermittelt extrem fisselig stimmbrüchig und im tiefsten Oberbayrisch an das Ohr des Hauptkommissars. Neben ihm stand ein dunkelhaariger, gut rausgefutterter Junge mit rot verweinten Augen, der sich nun den Rotz hochzog bis unter die speckige Stirnfalte. Den Rest Flüssigkeit versenkte er ohne mit der Wimper zu zucken in den Ärmel seines Lodenjankers. Ein zu groß und zu breit gewachsener Erbprinz, dem in seinen jungen Jahren schon unverkennbar die Patina des bajuwarischen Dreckbären anhaftete. Bülent konnte nicht genau sagen, warum, aber sympathisch fand er den Buben nicht. Seines Erachtens war das einer von der hinterfotzigen Sorte, so ein kleiner Lauser, der genau wusste, welche Knöpfe er zu seinem Vorteil drücken musste. Das sah man dem schon an seiner Amigovisage an, die überhaupt verdächtig an die eines äußerst ungemütlichen wie übermächtigen bayrischen Landesvaters erinnerte. Mit Teenagern hatte es Bülent aber eh so überhaupt gar nicht. Zu störrisch, zu uneinsichtig, zu unkontrolliert in ihren Gefühlswelten. Kurz: Zeitbomben auf zwei Beinen. Dennoch bemühte er sich um eine gewisse gnädige Freundlichkeit. Vor ihm stand schließlich eine Halbwaise.

»Du bist also der Sohn vom Bubblers … ähm, vom Schorsch. Wie heißt du denn?« Bevor der Bub überhaupt seine drahtumspannten Zahnleisten auseinanderbrachte, schnalzte seine Mutter schon tränenreich dazwischen. »Das ist mein Schorsch-Edmund. Das Einzige …«, alles an ihr vibrierte und brachte damit das Holz vor ihrer Hütte gefährlich zum Wanken, »das Einzige, was mir jetzt auf Erden noch geblieben ist«, vervollständigte sie stockend ihren Satz. Dann sank sie wieder, wie einst Julia in ihrer ganzen Pracht, auf ihren toten Romeo nieder.

Der Name der gmeinwieserischen Nachzucht war jetzt aber auch wirklich ein Grund zum Plärren, wie Bülent fand, enthielt sich aber wohlweislich einer Meinung.

»Das mit deinem Papa tut mir wirklich sehr, sehr leid.«

Unvermittelt nahm Astrid Schorsch-Edmund in den Arm und wiegte den Brackl[5] wie ein Baby. Der hormonell durchaus

---

5 Umgangssprachlich: großer Kerl.

schon leicht knospende Kerl ließ sich das anstandslos gefallen und drückte sein jubilierendes Unterrum gleich noch ein bisschen näher an die Kommissarin heran.

»Da Tod«, murmelte er dabei mit der getragenen Stimme eines Wiener Burgschauspielers in ihr Ohr hinein, »ist doch grad nur die letzte Abmahnung vom Leben. Ned mehr und ned weniger. Pfiati, Babba.« Tränen. Rotz. Ausnahmezustand. Denn jetzt heulte auch Astrid ob dieses kleinen, philosophischen Exkurses aus dem Mund eines Halbwüchsigen mit Bierwampen. Selbst der Fröstel, der dem Ganzen die ganze Zeit stumm wie ein Fisch gefolgt war, schluckte tief berührt. Konnte bei ihm allerdings auch an den tiefergelegten, franziskanischen Wallungen, denn an der Geistreiche des Moments liegen. Es dauerte dann auch etwas, bis sich alle wieder so weit im Griff hatten, dass sie vernünftig miteinander reden konnten. Und weil das in Anwesenheit eines vor sich hin gärenden, halbnackten Mordopfers schon sowieso recht schwierig war, entschied Bülent, dass man sich zur weiteren Befragung erst einmal in das Domizil der Bürgermeisterfamilie zurückzog.

Beim Anblick des gmeinwieserischen Anwesens blieb den Kommissaren aus Nürnberg dann aber erst einmal die Spucke weg. Inmitten des schönsten fränkischen Wohngebietes hatte sich der Bubblers Schorsch eine meisterhafte Kopie eines prächtigen Tegernseer Großbauernhofes reingenagelt, der bis auf die letzte Geranie an den ausladenden Balkonen perfekt war. Selbst das Bergmassiv des Schildensteins thronte als Miniaturfelslandschaft im Garten, nebst einem Gartenteich, der in Ausmaß und Optik schwer an den Tegernsee selbst erinnerte. Höchstens die Kois wirkten darin neben ihren bayrischen Kollegen Forelle und Renke etwas deplatziert. Da hatte das Strunzheimer Bauamt wohl bis auf die Hühneraugen alles zugedrückt, was ging. Es wirkte surreal, das ganze Areal, im Hinblick auf die sonst reichlich standardisierten dörflichen Eigenheime.

»Das stinkt ja förmlich nach Geld hier.« Astrid brachte es mal wieder ohne Umschweife auf den Punkt. »Verdient man als Zweiter Bürgermeister so viel Asche?«

Bülent hatte auch seine Zweifel, aber es gab ja noch die Gärtnerei, und so, wie die Witwe Gmeinwieser auftrat, kam sie sicherlich nicht aus einem schlechten Stall.

»Das Haus hat mein Papa für mich und den Schorsch bauen lassen. Es ist meinem Elternhaus in Kreuth nachempfunden. Damit ich ein bisschen weniger Heimweh hab.« Seine These wurde somit gleich von der Hausherrin selbst untermauert. Dabei schluchzte sie wieder so schön in ihr dezent besticktes Taschentuch hinein, dass selbst Bülent ganz warm ums Herz wurde.

»Wenn es Ihnen zu viel ist, dann können wir auch gerne ein anderes Mal weiterreden, Frau Gmeinwieser«, schlug er einfühlend vor und spürte sogleich die Einschläge von Astrids giftigen Blicken im Nacken.

Die edle Dame winkte ab. »Nein, nein, es geht schon. Sie müssen ja Ihre Arbeit machen, Herr Kommissar. Und nennens mich doch bitte Franziska, so wie alle meine Freunde.« Hau mich nauf, was für ein Blick. Bülent hatte immer noch wacklige Beine, als er sich wenig später auf die wunderschöne dunkelblaue Wildledercouch im Wohnzimmer sinken ließ, in die er sich augenblicklich verliebte. Überhaupt war es im Inneren der gmeinwieserisch-oberbayrischen Trutzburg dann endgültig vorbei mit gelebter Bescheidenheit.

Wohin das Auge auch schaute, wurde es mit alpenländischem

Designschick – machte schon was her, so ein Hirschgeweih in Silber gegossen – gepaart mit den Errungenschaften modernster Technik belohnt. Unverkennbar trugen diese Räume die formvollendete Handschrift einer höchst kultivierten Hausfrau, die sich nun hurtig in ihre Gemächer zurückgezogen hatte, um sich heimlich mit einem kurzen Nipperchen Champagner frisch zu machen. Schorsch-Edmund blieb bei den Ermittlern zurück. Er fläzte sich wie ein Schmelzkäs in einen Sessel und daddelte auf seinem Smartphone der neuesten Generation herum. Das monotone Gepiepe ging Bülent gleich gehörig auf den Zeiger. Er war heilfroh, als Franziska Gmeinwieser leicht beschwingt wieder auf der Bildfläche erschien und direkt gegenüber von ihm Platz nahm. Die Perspektive aufs Kreuther Voralpenland war nahezu perfekt.

»Sodala, jetzt gehts mir besser. Also Herr ...«

»Bülent, Sie können mich Bülent nennen, wie alle meine Freunde«, unterbrach er sie. Astrid sah man an, dass sie innerlich im Strahl kotzte, zumal ihr Chef keine Anstalten machte, sie ebenfalls vorzustellen.

»Ich bin Kommissarin Weber und führe gemeinsam mit Herrn Rambichler die Ermittlungen«, trompetete sie daher mitten rein in das offensichtliche Geflirte der beiden.

»Rambichler!?« Schorsch-Edmund schoss so unvermutet heftig aus seinem Sessel hoch, dass alle anderen vor Schreck zusammenzuckten. »Sie san aber ned verwandt mid am Erkan, dem Saukerl.«

Augenblicklich fing Bülent an zu schwitzen. »Ähm. Nein, also, doch, ja. Das ist mein Vater.« Souverän sah anders aus.

»Zefix, Mama, hast des nachad g'hört, da Polizist is da Bua vom dem Hallodri, der es oiwei auf Baba obgsehn hod«, petzte der kleine Scheißer dann auch gleich seiner Mutter, die sofort gefühlsmäßig einen Gang runterschaltete. Es wurde deutlich kühler im Raum, das spürte Bülent genau.

Außerdem schloss sie schnell den oberen Knopf ihrer Dirndlbluse. »Schorsch-Edmund bitte denk an deine Aussprache«, rügte das Muttertier, bevor sie sich Bülent mit vorwurfsvollem Blick zuwandte.

»Du bist der Sohn von diesem ahnungslosen Tölpel?« Immerhin war man noch beim Du, wie er sofort erleichtert zur Kenntnis nahm. Er nickte, was blieb ihm auch übrig.

»Das hätte ich jetzt nicht gedacht. Du wirkst mir weitaus seriöser und vor allem manierlicher als dein Vater. Bist du adoptiert oder lief deine Mutter neben naus?«

Franziska Gmeinwieser schien wirklich höchst überrascht zu sein. Zugegebenermaßen hatte er selbst früher das ein oder andere Mal Zweifel an Erkans Vaterschaft gehegt und sogar mal in einem promillegeschwängerten Moment seine Mutter danach gefragt. War natürlich ein großer Fehler, und es dauerte Wochen, bis seine Maria wieder halbwegs ein Wort mit ihm redete. Da war sie dann, in all ihrer mütterlichen Fürsorge schon gnadenlos nachtragend. Bülent jedenfalls zweifelte seitdem keinen Moment mehr an seinem Erzeuger, auch wenns manchmal hart war. Jetzt wäre leugnen zwar sinnvoll, aber am Ende kam ja doch alles raus.

»Nein, nein, er ist wirklich mein Vater«, gab Bülent dann auch schweren Herzens zu. Wohlwissend, dass das ganze Theater jetzt erst richtig losging. Franziska seufzte fast schon mittfühlend.

»Kannst ja jetzt auch so original nix dafür. Ich frag mich halt nur, warum sie dich schicken. Dein Vater ist doch praktisch der Hauptverdächtige. Oder nicht?«

Schorsch-Edmund nickte eifrig. »Genau. Genau. Mama.«

Neben Bülent war verdächtiges Zähneknirschen zu vernehmen. Astrids Unterkiefer malmte, und das verhieß nichts Gutes.

»Also, ja … also … noch wissen wir ja gar nicht, ob wirklich ein Tötungsdelikt vorliegt«, zählte Bülent daher, während sechs Augenpaare in gespannter Erwartung auf ihn gerichtet waren.

Kurz mal ein Verlegenheitsräusper und Abhuster hinterher, doch mehr Zeit schinden war beim besten Willen nicht drin. »Also, und darum also, ja«, wiederholte er sich, als Astrid ihn mit einer Handbewegung auf sein Knie zum Schweigen brachte. Mitfühlendes Fummeln war aber nicht angesagt, stattdessen krallte sie ihre Finger so dermaßen unter seine Kniescheiben, dass sie diese fast aus der Verankerung hob.

»Ich glaube, es liegt ein kleiner Irrtum vor. Ich leite diesen Fall«, sagte die junge Kommissarin mit einer Selbstverständlichkeit in der Stimme, als ob es nie anders gewesen wäre. »Wir wollen ja schließlich nicht, dass es hier nach Befangenheit stinkt«, fügte sie noch süffisant hinzu und drückte noch ein bisschen fester ins Gewölbe. Bülent nickte, besser gesagt, zuckte zustimmend, weils aber auch gesünder war für seine Knochen.

»Genau, so ist es. Ich hab eigentlich nichts zu melden. Ich arbeite Frau Weber nur zu«, presste er gerade so raus und brachte dabei sogar ein gequältes Lächeln zustande. Endlich lockerte seine Assistentin den Griff.

»Gut, das hätten wir jetzt mal geklärt. Hatte denn Ihr Mann außer dem Herrn Rambichler Feinde, beziehungsweise wissen Sie, von wem er das blaue Auge hat?«, fragte Astrid.

Die beiden Gmeinwiesers schüttelten synchron den Kopf. »Mein Mann, also der Schorsch, der war sehr beliebt hier im Ort. Überhaupt ist seiner Familie schon seit Generationen am Wohl des Dorfes gelegen. Er ist ja mittlerweile schon Zweiter Bürgermeister in der dritten Generation, müssen Sie wissen.«

»Und i werd da Vierte und danach Ministerpräsident«, brackelte Schorsch-Edmund rein in die gmeinwieserische Beweihräucherung. »Mama derf i mir a Milchschnittn holen«, fragte er dann schon auch ganz staatsmännisch souverän.

Franziska schüttelt den Kopf. »Schorsch-Edmund, wir wollen doch nicht, dass du ein Dickerle wirst.«

Zu spät, dachte Bülent und freute sich fast ein bisschen, dass der Junge jetzt einen enttäuschten Flunsch zog.

»Wo waren Sie beide denn letzte Nacht?« Ganz Profi brachte Astrid das Gespräch sofort wieder auf Linie.

»Daheim war ich. Den ganzen Abend und die ganze Nacht und der Schorsch-Edmund auch. Mir können uns das gegenseitig bezeugen, gell, Spatzerl?«, kam es ohne Überlegungen und wie aus der Pistole geschossen aus Franziskas schönem Mund. Schorsch-Edmund bestätigte die Worte seiner Mutter, obwohl sein Blick eine andere Sprache sprach. Zumindest meinte Bülent, das so für einen kurzen Augenblick wahrzunehmen. Ansonsten konnte der Junge allerdings reichlich wenig zum Gespräch beitragen. Zum einen, weil er jetzt schon recht beleidigt war, dass ihm sein Wunsch nach einem Fruchtzwergerl auch verwehrt blieb, zum anderen, weil sein feistes Näschen übers Jahr hinweg auf einem Internat am Chiemsee geparkt war. So gesehen hatte er kaum Einblick in die Alltäglichkeit seiner Eltern und war jetzt auch bloß da, weil Kirchweih war. Und wie man aus seinen Worten schließen konnte, auch nur rein zu repräsentativen Zwecken.

»Da Babba hats hoid gern, wenn ma an solchene Fest ois Familie auftredn dot. So wia de Kennedys hoid aa oiwei«, erklärte er mit tonloser Stimme. »Und 'etz is er tot, wia da John F. a«, schlussfolgerte er noch hinterher und brachte mit dieser unterirdischen Bemerkung seine Mutter erneut zum Weinen.

»Schorsch-Edmund, wie kannst du nur so reden.« Bülent konnte ihr da nur Recht geben. Der Bub hatte seines Erachtens gehörig einen an der Waffel.

»Du, Frau Astrid, werden Sie etz eigentlich den oidn Rambichla verhaftn?«

»So schnell geht das nicht«, antwortete Astrid sanft. »Erst einmal müssen wir auf das Ergebnis aus der Gerichtsmedizin warten, um sicherzugehen, wie dein Vater zu Tode kam. Aber ich verspreche dir, ich werde alles dafür tun, damit das Ganze sehr schnell aufgeklärt wird.« Sülz. Sülz. Grad, dass sie ihm nicht noch ein Fläschchen anbot. Das Riesenbaby war mindestens fünfzehn, da konnte man wirklich einen härteren Ton anschlagen. Aber seine Assistentin schien ja geradezu aufzugehen in ihrer Ammenrolle, und das sagte er ihr hinterher auch, als wieder draußen unter dem fränkischen Himmel standen.

»Du musst reden, wer schwänzelt denn um diese Tegernseer Matrone herum wie ein läufiger Rüde. Dabei sieht doch ein Blinder, dass sie dich gezielt um den Finger wickeln will. Und dann noch das mit deinem Vater. Erzähl mir bloß nicht, dass du das nicht gewusst hast.« Ihr Konter kam zielgerichtet und traf. Bülent verzichtete zwecks des eh schon angeschlagenen Klimas auf weitere Ausreden und ließ der Wahrheit freien Lauf.

»Irgendwie hab ich gedacht, ich krieg meinen Vater aus der Schusslinie, bevor du was davon merkst«, beendete er sein geständiges Reden.

»Na super. So wie ich des seh, ist dein Vater der Einzige, der momentan in der Schusslinie steht. Aber des ist mir eigentlich auch egal. Ich glaub sowieso nicht, dass der Erri sowas macht.

Ich frag mich bloß, warum du mir nicht vertraust.« Ihre letzten Worte kamen eher enttäuscht denn wütend daher.

»Natürlich vertraue ich dir. Ich wollte dich einfach nicht mit reinziehen in das ganze Gewäsch. Reicht doch schon, wenn mir das Arschwasser bis zur Hüfte kocht.« Bülent duckte sich vorsichtshalber in Erwartung eines emotionalen Einschlages. Aber der ließ tatsächlich auf sich warten. Stattdessen baute sich Astrid vor ihm auf und schaute ihm fest in die Augen.

»Jetzt pass mal auf, du komischer Typ, du. Wir zwei sind ein Team und egal, wie hirnverbrannt manche Dinge auch sein mögen, wir ziehen das gemeinsam durch. Ich kann im Übrigen gut selbst für mich entscheiden, was ich tu und was nicht, verstanden?«

Bülent nickte zerknirscht. »Und was tun wir jetzt?«

Astrid musste nicht lange überlegen. »Na offiziell, also hauptsächlich vor den Gmeinwiesers, leite ich die Ermittlungen, geht ja nicht anders, und dem Köhl sagen wir erst einmal gar nichts. Den interessiert eh nur das Ergebnis. Aber wehe, du softelst weiter so mit dieser Witwenschauspielerin rum, dann petz ich, das kannst mir glauben.« Sie knuffte ihn freundschaftlich in die Seite, und er knuffte zurück. Im Hinblick auf Franziska Gmeinwiesers Aufrichtigkeit war er zwar definitiv anderer Meinung als Sunshinchen, aber er dankte Gott dennoch dafür, dass er ihm diese Wahnsinnige an die Seite gestellt hatte, die nun höchst motiviert zu seinem Dienstwagen hüpfte.

»Komm schon, jetzt werden wir mal deinem alten Herrn auf den Zahn fühlen. Mal sehen, was der so zu sagen hat.« Sofort löste sich die lila Wolke, die den Hauptkommissar gen Glückseligkeit tragen wollte, in nichts auf.

KAPITEL 4

Familiäre Angelegenheiten

»Bitte schön, das Leiden Christi wie es leibt und lebt«, sagte Maria offensichtlich unterirdisch gelaunt und deutete dabei auf ihren Mann Erkan, der im abgedunkelten Wohnzimmer auf der Couch vor sich hin vegetierte. Die embryonale Büßerhaltung, der Eimer und die von alkoholischen wie sonstigen Ausdünstungen schwere Luft im Raum sprachen eine eindeutige Sprache. Da hatte jemand einen Mordskater und war dementsprechend nicht gewillt mit irgendjemandem zu reden. Schon gar nicht mit der Polizei und schon gar gar nicht, wenn die Polizei in Gestalt des eigenen Sohnes auf der Matte stand.

»Verschwinds, ich hab keine Sprechstunde«, grummelte Erkan Bülent und Astrid dann auch wenig kooperativ entgegen. Wobei seine fulminante Schnapsfahne für die Beflaggung von halb Mittelfranken ausgereicht hätte und Bülent fast den Atem raubte. In so einem erbärmlichen Zustand hatte er seinen Vater noch nie gesehen. Klar trank Erkan gerne mal einen oder zwei über den Durst, aber zu einem kompletten Totalausfall hatte es bis dato, soweit er sich erinnern konnte, noch nie geführt. Da musste schon einiges im Argen liegen, wenn sein Vater sich über seinen eigenen eisernen Grundsatz hinwegsetzte, den Bülent während seiner Landjugendzeit nur zu oft gehört hatte. »Wer saufen kann, kann auch arbeiten«, hieß es damals jedes Mal ungnädig, wenn der Sohnemann nach einem Fetzenrausch, ziemlich lethargisch in den Seilen hing. Da gab es kein Erbarmen, mütterlicherseits nicht und schon gar nicht väterlicherseits.

Und jetzt fläzte sein alter Herr selber da wie ein Schluck Wasser in der Kurve und ließ sich gehen.

Der ausgewaschene Schlafanzug aus unverwüstlicher Baumwolle, den Erkan am Leib trug und den Bülent noch aus Kindertagen kannte, komplettierte das Bild des temporären geistigen wie körperlichen Verfalles. Peinlich war ihm das jetzt schon sehr. Es musste ja nicht unbedingt sein, dass seine Assistentin dieses familiäre Trauerspiel live und in Farbe mitbekam. Aber Astrid schien das Ganze eher kaltzulassen, zumindest erweckte sie den Anschein absoluter Gelassenheit.

»Sag mal, Maria, seit wann liegt er denn da schon so?«, fragte sie möglichst beiläufig – zwecks Alibi, wie Bülent vermutete. Maria zuckte die Schultern.

»Lang«, kam es knapp und wenig überzeugend aus deren Mund. Na, wunderbar. Der eine antwortete gar nicht, die andere nur kryptisch kurz. Irgendetwas stank da gewaltig zum Himmel. Ungeduldig rüttelte Bülent seinen Vater an der Schulter.

»Jetzt rede mit uns! Der Bubbler-Schorsch ist tot, und du hast ihn gestern im Bierzelt angeblich bedroht. Stimmt das?« Was folgte war eine bröckelweise, aber schon sehr ausführliche Wiedergabe der kulinarischen Freuden des gestrigen Kirchweihabends, ohne Worte, aber mit viel Ton. Ja, brutal. Bülent ging aus Angst um seine eleganten Wildlederslipper spontan auf Abstand.

»Allmächd, Bub, was schüttelst auch so an deinem Vadder rum. Des derpackt der doch in seinem Zustand gar nicht!«, zürnte Maria für ihre Verhältnisse schon sehr grantig, während sie ihrem desolaten Gatten einen kalten Waschlappen mit solch einer Wucht in den Nacken klatschte, dass dem sein Gesicht fast im Speikübel drinhing. Liebevoll sah anders aus. Ein einziges rambichlerisches Desaster, bei dem anscheinend nur Astrid so etwas wie Ruhe bewahrte. Unaufgeregt kruschtelte sie in ihrer Tasche ein Pillendöschen hervor, aus dem sie nun ein paar kleine, weiße Kügelchen entnahm, die sie Erkan auffordernd unter die Nase hielt.

»Hier Erri, Nux vomica, das hilft gegens Schlechtsein.« Angewidert verzog Erkan die Nase.

»Sei mir ned bös, Maadla, aber des homöopathischen Graffl verkraft ich ned. Bringt's mir lieber eine Konterhalbe, dann gehts gleich wieder auf beim Schichtl«, knurrte Erkan und drehte ihnen seinen Allerwertesten hin. Wobei der ausgeleierte Gummi der Schlafanzughose das optisch Schlimmste grad zu verhindern wusste.

»Wennst jetzt nicht gleich mit uns kooperierst, dann nehmen wir dich zum Ausnüchtern mit nach Nürnberg«, ätzte Bülent in Ermangelung eines sonstigen Einfalles und sorgte sogleich für eine hysterische Grundstimmung bei seiner Mutter.

»Bülent Ludwig! Ich glaub, dir brennt der Hut. Ausg'nüchtert wird bei uns immer noch daham. Verstanden!« Oje, wenn seine Mutter ihn bei seinen sämtlichen Vornamen nannte, dann war Vorsicht geboten.

»Ludwig?« Astrid grinste. »Das hab ich ja gar nicht gewusst. Wiggerl, wie süß.« Geschmeichelt schaltete Maria sofort einen Gang runter.

»Gell, des passt schon auch gut zu ihm. Da hab ich mich damals gegen den Erri durchgesetzt. Der wollte ja unbedingt Roger wegen dem Whittaker. Aber stell dir mal einen Roger bei uns ins Franken vor, des geht ja gar ned.« Frauen und ihr Talent, einen ausschweifenden, aber vollkommen am Thema vorbeigeschossenen, sinnlosen Ratsch von jetzt auf gleich in jede noch so widrige Situation zu integrieren – Bülent würde dieses Phänomen nie verstehen. Er merkte langsam, wie sein Nervenkostüm nur noch ein rechter Fetzen war, zumal von der Couch nun leichtes Schnarchen zu vernehmen war. Gibts des, jetzt brettert sein Vater sich auch noch so mir nichts, dir nichts ins Nirwana, während um ihn herum die Welt am Durchdrehen war. Bülent nahm entschlossen die Flasche Selters die auf dem Fußboden stand und kippte den prickelnden Inhalt seinem Vater über den Kopf.

Erkan, durchgewässert bis auf die Haut, fuhr so dermaßen zackig in die Höhe, wie es sein Zustand eigentlich kaum vermuten ließ.

»Himmelherrgottzack! Womit hab ich bloß so einen Fregger[6] wie dich verdient!? Da liegt man halbert im Sterben, und der eigene Bub hat nichts Besseres zu tun, als einem noch die letzte Lebenskraft aus den maroden Gliedern zu saugen. Das di ned schämst.« Erschöpft von seinem Ausbruch und weil offensichtlich sein Schädel schon arg grantig pulsierte, ließ sich Erkan stöhnend zurück in die Kissen fallen. Bülent ignorierte die Schimpftriade und beugte sich nahe an seinen Vater heran, auch wenn das bedeutete, dass er seine Sauerstoffzufuhr kurzfristig auf ein Minimum reduzieren musste.

»Vadder, der Bubblers Schorsch ist nicht nur tot, er hat auch ein blaues Auge, das ihm irgendwer verpasst hat. Und jetzt frage ich mich freilich, ob du das gewesen bist. Weilst ihn ja auch gar so gerngehabt hast.«

Erkan winkte ab. »Ich mach mir doch an dem meine Händ

6 Ungezogener Junge.

ned schmutzig. Auch wenn er mehr als einen 8oer Rundschlag verdient hätt, der Haderlump.« Er machte eine Bewegung, als würde er Fliegen verscheuchen. »Und etz haut endlich ab, ich brauch mei Ruh. Heute Nachmittag ist der Kärwazug. Da muss ich ausgeruht und topfit sein, jetzt, wo ich wieder Fischerkönig bin.« Die letzten Worte wurden begleitet von einem diabolischen Grinsen, welches Bülent gleich einen dermaßigen Schauer über den Buckel jagte, dass es ihn glatt schüttelte. Machtgier als Motiv – warum nicht? Dafür hatten schon weit weniger emotional durchblutete Gesellen gemordet.

»Wo genau muss er hin?«, unterbrach Astrid seine düsteren Gedanken und sah dabei ziemlich ahnungslos aus der Wäsche.

»Zum K i r c h w e i h u m z u g !« Maria betonte jeden Buchstaben bis aufs Äußerste. Als würde sie mit einem Deppen reden. Ungläubig starrte Bülent erst seinen Vater, dann seine Mutter an.

»Das ist jetzt aber nicht sein Ernst? Ist ihm eigentlich klar, in was für einem Dreck er steckt?«

Maria zuckte hilflos mit den Schultern. »Kennst ihn doch, den sturen Hund. Er hat doch schon immer g'macht was er g'wollt hat. Ohne Rücksicht auf andere.« Da, schon wieder dieses verräterische feuchte Glitzern in Marias Augen.

»Ist doch eigentlich gar nicht so schlecht, wenn er sich unter Leuten zeigt. Das beweist doch, dass er nix zu verbergen hat«, sagte Astrid in dem Versuch, Maria ein wenig zu beruhigen.

»Ich hab auch nix zu verbergen«, tönte es erneut aus den Untiefen des Sofas hervor. »Der Bubblers Schorsch war ein aufblasener Gockel. Allerweil hat er so rumsödern müssen und auf großen Politiker g'macht. Ist doch klar, dass so einer mal über seine eigenen Füß stolpert und sich dabei derhutzt[7]. Selber Schuld, sag ich da nur. Und jetzt: Ende der Durchsage.«

Die Zornader auf Bülents Stirn nahm bedenkliche Ausmaße an. »Falls es noch nicht ganz bei dir angekommen ist, wir reden hier wahrscheinlich von Mord, und du scheinst mir, wie auch immer, da irgendwie mit drinzuhängen. Es wär also besser, du redest mit uns, bevor andere kommen und ganz anders mit dir reden werden.« Die versteckte Drohung war nicht zu überhören und wirkte, zumindest bei Maria. »Komm schon, Erri, etz sag halt, was du weißt. Er meints doch nur gut«, bettelte sie an ihren Gatten hin.

»Ich sag nix, weil ich nix zu sagen hab. Basta.« Demonstrativ spuckte Erkan in den Eimer und erhob sich schwankend von seinem Lager. »Ich geh jetzt in die Badwanner, und wehe einer kommt mir nach.«

Bülent hielt seinen Vater am Oberarm fest. »Moment, wir sind noch nicht fertig! Vorher zeigst uns noch dein Angelzeug.«

Erkan stierte seinen Sohn aus blutunterlaufenen Augen an. »Hab ich verlegt.«

Mehr war dann auch wirklich nicht mehr aus Bülents Erzeuger herauszubekommen. Zwar versuchte Maria noch mit Engelszungen auf ihn einzureden, aber auch sie scheiterte an dem rebellischen Bock, der ihr Gatte nun mal war und der sich nun demonstrativ im Badezimmer verschanzte.

Nebst rauschendem Wasser war wenig später tatsächlich auch ein fröhlich geplärrtes »Live is life, na na na na na« aus der Nasszelle zu vernehmen. Provokation pur und für Maria Grund genug, komplett die Nerven zu verlieren.

---

7 Einen Unfall haben.

»Mir reichts etz. Soll er doch schaun, wie er zurechtkommt, der alte Hallodri. Mich hat er etz jedenfalls erst mal g'sehn«, wütete sie durchs rambichlerische Gehäuse und packte nebst Klamotten auch gleich ein paar Einmachgläser mit Erdbeermarmelade in ihren angestaubten Reisekoffer. Das war schon ein Orkan der seltenen Art, der da jetzt um Bülents Ohren sauste. Normalerweise überstand Maria die Eskapaden ihres Mannes mit bewundernswerter Gelassenheit und viel Liebe.

»Ja, aber Mama, wo willst denn hin?« Da konnte man noch so erwachsen und selbstständig daherkommen, aber wenn die eigenen Eltern in ein eheliches Drama versanken, und das noch vor den Augen ihres Kindes, war es vorbei mit der Souveränität.

»Ich geh zum Franz und seine Weiber. Da ist nämlich entspannter als hier. Und ihr zwei schauts, dass ihr das hier alles geregelt kriegt. Zimmer hab ich schon hergerichtet für euch.« Bei diesem für seine Mutter sehr untypisch dominanten Tonfall verzichtete Bülent dann lieber mal auf Widerworte. Zwar hatte er überhaupt keine Lust, seine Zelte in der Heimat, noch dazu, wie schon beim letzten Fall, erneut in seinem Kinderzimmer aufzuschlagen, aber eine dumpfe Ahnung sagte ihm, dass ihm wohl auch diesmal nichts anderes übrig bleiben würde. Außerdem wusste er nur zu gut, dass es übernachtungstechnisch in Strunzheim zu festlichen Zeiten an Alternativen mangelte. Weil halt auch die Krapfenbergers, also die findigen Wirtsleute von der »Goldenen Sau«, ihre Monopolstellung ausnutzten und ihre paar Fremdenzimmer über die Kirchweih hinweg nur stündlich vermieteten.

G'schäft ist G'schäft, und mit der kurzfristigen, promillegesteuerten Lust lässt sich eben schon so einiges an Bares unter der Hand einfahren, und des nimmt man dann freilich immer gern mit. Muss ja schließlich jeder selber schaun, wo er bleibt. So lautete die pragmatische wie wirtstechnisch absolut logische Erklärung. Und die bekam jetzt auch Astrid von Maria zu hören, weil sich die natürlich ein wenig zierte, gemeinsam mit ihrem Chef und dessen offensichtlich leicht durchgeknalltem Vater unter einem Dach zu hausen. Aber das rambichlerische Nähzimmer war ab jetzt ihres, da konnte sie noch so zweifeln und hadern. Nachdem das mit der Zimmeraufteilung in Marias Sinne geklärt war, machte sich diese dann auch wahrhaftig vom Acker.

Die beiden Kommissare blieben in leicht bedröppelter Stimmung zurück. Besser gesagt, Bülent dröppelte, und Astrid zuckte strumpfsockig, mit geschlossenen Augen und riesigen Beats-Kopfhörern auf den Ohren über den laminierten Küchenboden. Neuerdings war sie auf dem Kundalinitrip und zappelte gerne mal zur inneren Entspannung. Ganz würde er sich an diese yogischen Grenzerfahrungen, die sich ihm da in regelmäßigen Abständen boten, wohl nie gewöhnen.

Bülents trübsinniger Gedankenfluss wurde jäh von der Stimme von Freddie Mercury unterbrochen, die nun lauthals »Under pressure« aus seinem Diensthandy dröhnte. Zudem erschien das Konterfei eines Nasenaffens auf seinem Display. Der Köhl war dran. Klar, wenns nicht lief, dann liefs nicht.

»Rambichler …«, keuchte der Führungsprimat etwas außer Atem in die Muschel – wahrscheinlich hetzte ihn seine resolute Gattin wieder die Nürnberger Kaiserstraße rauf und runter. »Rambichler, ich zähl auf Sie.« Schnauf. »Machen Sie es wie beim letzten Mal.« Keuch. »Mischen Sie sich unter Ihresgleichen und schauens …« Pause.

Bülent presste das Ohr ans Phone. Hatte der Kerl am Ende jetzt einen Herzskasper. »Schauens, dass' den Fall schnell gelöst kriegen.« Zu früh gefreut. »Und schönen Gruß an Ihren werten Herrn Papa, gell. Also dann. Servus, Rambichler. Schneckerle, etz wart doch mal, da vorn gibts ja einen Schampaninger.« Der Rest ging dann endlich in einem unverständlichen Rauschen unter.

Tja, der Chef genoss die Freuden des Wochenendes, während es seinen heiligen Samstag stückweise zerlegte. Und Astrid, die schien gerade um sich herum so gar nichts mehr mitzubekommen. Wunderbar. Bülent schnappte sich eine Flasche Raki aus dem Eisfach, wie hatte es schon Grönemeyer so schön besungen – »Alkohol ist der Sanitäter in der Not« –, und zog sich damit in den rambichlerischen Gartenschuppen zurück. Schon beim Gelbwurstpflunzn-Fall diente dieser als sicherer Rückzugsort und Einsatzzentrale. Damals allerdings war die Scheune von Erkan so dermaßen hochmotiviert aufpoliert worden, dass sie tatsächlich den Vergleich mit einer polizeilichen Kommandozentrale nicht zu scheuen brauchte. Davon war jetzt nichts mehr zu erkennen. Als Gemeinderat sah er sich anscheinend zu Höherem berufen als nur zu einem familiär aktivierten Hilfssheriff. Oder aber er wollte dadurch, auf seine ganz eigene Erkanart, die polizeiliche Ermittlungsarbeit torpedieren? Nix Gewisses wusste man nie.

Bülent setzte sich in Ermangelung eines Stuhls auf den Hackstock und hoffte auf die schnell einsetzende Wirkung des Schnapses. Mag schon sein, dass ihn viele für wehleidig hielten. Für einen Schönling, der nichts aushielt, aber alle, die da lästerten, hatten es auch nicht mit einem südländisch temperierten Vater zu tun, der sich, wie Pippi Langstrumpf, die Welt machte, wie sie ihm gefiel. Bülent setzte zum fünften Stamperl an. Doch selbst nachdem dies seine Eingeweide umspült hatte, wollte sich noch immer keine gnädige Wurschtigkeit über seine gebeutelte Seele senken, stattdessen tauchte Astrid tiefenentspannt auf der Bildfläche auf.

»Also echt jetzt, Hase!« Sie nahm ihm die Schnapsflasche weg und reichte ihm ihren mit einem blumigen Hippiemuster verzierten Trinkbecher, den sie in letzter Zeit überall mit sich herumschleppte. »Du brauchst 'nen klaren Kopf.« Vorsichtig schnupperte Bülent am Becherrand entlang. Es roch nach Tee, unbekannt, aber nicht dramatisch. Das beruhigte ihn irgendwie. »Trink jetzt.«

Gottergeben nahm Bülent einen tiefen Schluck aus der Schnabeltasse, wie er Astrids floralen Kelch gerne nannte, und gleich kam's ihm wieder hoch. »Willst du mich vergiften!« Angewidert zog er seine Zunge über den Ärmel, um den grausigen Geschmack des Gebräus schnellstmöglich loszuwerden. Half natürlich gar nichts, das Zeug hatte sich schon definitiv in seine Kehle eingebrannt.

»Das ist ein Sud aus Kurkuma, Ingwer und Umboshipflaumen. Schmeckt nicht, reinigt aber«, erklärte Astrid, ohne auf das kindische Verhalten ihres Chefs einzugehen. Als ob es das Normalste von der Welt wäre, sich mit grausiger Flüssigkeit zu malträtieren. Sie zog nun selbst kräftig an und verzog dabei keine Miene.

»Wenn du nicht willst, dass ich dich anspei, dann bleibst mir bitte in Zukunft weg mit sowas«, frotzelte Bülent. Er gierte zur Rakiflasche, die Astrid immer noch fest in Händen hielt.

»Dein Dad hat übrigens bester Laune das Haus verlassen und dabei eine Old Spice-Wolke hinter sich hergezogen, als wolle er damit halb Strunzheim betören«, erzählte Astrid. Sie schüttelte dabei mit strengem Blick den Kopf, als er erneut zum Schnaps greifen wollte.

»Ey, ich bin jetzt schon echt am Anschlag. Am liebsten würde ich alles hinschmeißen und mich davonmachen.« Bülent sprang von seinem Sitz auf und tigerte wie eine eingesperrte Wildkatze durch den Schuppen.

»Blabla – erzähl mir was Neues«, entgegnete Astrid unverschämt gelangweilt. »Du kannst deine Eltern jetzt nicht im Stich lassen. Vor allem nicht deine Mum.«

»Ts, die hat doch jetzt den Franz«, eifersüchtelte er gleich noch kindisch wie eine beleidigte Leberwurst daher und erntete dafür einen unmissverständlichen Augenverdreher.

»Du bist echt 'ne Dramaqueen.« Astrid stellte die Flasche viel zu heftig vor ihm auf den Boden ab und machte Anstalten, den Schuppen zu verlassen. »Meld dich, wennst erwachsen bist.«

Kurz zögerte er, aber dann siegte doch die Vernunft. »Bleib da, du hast ja Recht.« Weil ohne sie, das wusste er, ging gar nichts mehr. »Ich reiß mich ab jetzt zusammen. « Er versuchte sich in einem schiefen Grinsen.

Astrid lächelte. »So gefällst mir schon besser. Die Spusi hat sich übrigens gerade bei mir gemeldet.«

»Und?«

Astrid zuckte mit den Schultern. »Nichts Brauchbares. Viele Spuren, aber die könnten zu jedem gehören. Anscheinend tummelt sich das halbe Dorf da unten am Weiher.«

Bülent nickte. »Ja, leider. Habens wenigstens die Hosen vom Bubblers Schorsch gefunden?«

Astrids Daumen fuhr gegen den Erdboden. »Fehlanzeige.«

Der Hauptkommissar blies resigniert die Backen auf. »Des hilft uns ja alles so überhaupt nicht weiter.«

Astrid hob mahnend den Zeigefinger. »Aber jammern auch nicht. Also versprich mir, dass du es lässt. «

Er zögerte, dann hob er die Hand zum Schwur. »Kein Gejammer mehr«, gelobte er feierlich.

Astrid klatschte in die Hände. »Wunderbar. Dann packen wir jetzt unsere Sachen in Nürnberg zusammen und danach gehts auf den Kärwazug«, entschied Astrid ganz chefig. In der Gurgel brachte sich natürlich gleich schon wieder ein Ächzen in Stellung, aber er verkniff es sich und nickte nur.

KAPITEL 5

Ein Zug nach Nirgendwo

Seit jeher war es ein ungeschriebenes Gesetz in Strunzheim, dass jeder der noch halbwegs hatschen konnte, im Dorf an dem Umzug teilnahm. Es war halt auch fast jeder Bürger mindestens in einem der zahlreichen Vereine, da konnte man sich also nicht so einfach aus der Affäre ziehen und daheim bleiben. Die Folge war, dass außer ein paar Alten, Gehfaulen und vereinzelten, tatsächlich noch vereinslosen Zugezogenen kaum jemand als Zuschauer dem Event beiwohnte. Man trabte durch ein Geisterdorf. Und dennoch fühlten sich alle Teilnehmer des Festzuges, als würden sie beim Münchner Oktoberfestumzug mitmarschieren und von Millionen von Menschen bewundert werden. Da wurde stolz ins Leere gewunken und die mitgebrachten Bonbons nicht geworfen, sondern selber gelutscht, während die Blaskapellen den stimmungsvollen Takt vorgaben und so die motivierte Meute samt geschmücktem Kirchweihbaum fröhlich durchs Dorf trieben. Gelebte und geliebte Tradition eben. Als Bülent so dastand und die ersten Strunzheimer an sich vorbeiziehen sah, wurde er fast ein bisschen wehmütig. Auch er war hier oft mit von der Partie gewesen. Erst als Windelrocker auf den Schultern von seinem Papa, später mit Franz auf dem Traktor, den Baum hinter sich herschleppend. So schlecht war das nicht. Vor allem hinterher im Bierzelt nicht.

»Ich glaub's ja nicht. Schau. Schau. Schau.« Aufgeregt unterbrach Astrid Bülents nostalgisches Sinnieren und zeigte mit dem Finger auf eine schwarze, herrschaftliche Kutsche, die von vier wunderschönen Rappen gezogen wurde. Die Franziska wieder. Schon hatte es sich tatsächlich gelohnt, dabei zu sein. Bülent konnte nicht anders, als diese Frau für ihren Stil und ihre Contenance zu bewundern. Wie Jackie O. persönlich winkte sie aus dem Gefährt heraus und lächelte in die nicht vorhandene Menschenmenge. Schorsch-Edmund, ihren minderjährigen Flegel, hätte es da jetzt zwar nicht dabei gebraucht, wie Bülent fand, aber auch der raubte der Schönheit nicht ihren Moment.

»Mach mal den Mund wieder zu, es zieht«, kam es knapp von der Seite. »Bisschen übertriebene Inszenierung für die Frau eines Zweiten Bürgermeisters, findest du nicht?«

Nein, das fand er überhaupt nicht. Mochte Astrid jetzt noch so ironisch daherblöken »The show must go on«. Was verstand sie schon. Die Gmeinwieserin war ein Pfund, eine Dame von Welt, und als solche brauchte sie eben ihren Auftritt.

»Ja, ja, die Charity-Franzi, die weiß sich halt in Szene zu setzen«, erklang plötzlich Ernas markante Stimme aus tiefergelegten Regionen. Die Walders, wenn man sie auch nie brauchte, da waren sie immer. »Die Gmeinwieserin g'fällt dir, gell, Rambichler.« Neckisch stupste Erna ihn in die Hüfte. »Aber da wirst nicht viel Chancen haben bei der trauernden Witwe.« Die letzten Worte kamen reichlich ironisiert aus dem Mund der Zwillingshälfte.

»Charity-Franzi? Wird sie so im Dorf genannt?«, lenkte Bülent schnell, um ein gutes Betriebsklima bemüht, vom Thema ab.

»Ja, ja, freilich. Der Name ist Programm. Mir hats auch schon mal am Pfarrfest die Hornhaut g'raspelt und dafür Spenden einkassiert. Weißt noch, Traudl, des war für so ein Kinderhilfswerk in Schlagmichtot, ich weiß es nicht. Da kennt die nix, die Franzi. Für ein sauberes Prestische tut die alles.«

Es ist doch immer wieder eine Freude, wenn Erna mit Fremdwörtern um sich schmiss. »Uih, schau, Rambichler, da kummt dei Vadder ums Eck, mit der Fischerkönigsketten um sein Kragen. Allmächd, schau dir des an.« Jetzt war es an Traudl, die aufgeregt ihren spitzen Finger in Bülents Hüfte bohrte.

»Dem Erkan ist ein sauberes Prestige anscheinend total egal«, unkte Astrid leise, aber immer noch laut genug, dass die Walders geradeheraus losmeckerten vor Erheiterung.

»Maadla, du g'fallst mir.« Ein Kompliment aus Ernas Mund, wann hatte es das schon mal gegeben. Bülent konnte sich allerdings nicht lange darüber wundern, zu sehr entsetzte ihn dann doch der Anblick seines Herrn Papas, der mit unnatürlich geschwellter Brust lichtgestaltig durch den Ort stolzierte, als wäre nichts gewesen. Hinter ihm dackelten schwer bedröppelt und gebührend Abstand haltend, seine Fischerkollegen. Die Mienen der durchweg älteren Herren verrieten deutlich, dass sie sich nicht ganz so wohl fühlten in ihrer Haut. Ein jeder von ihnen trug zum Zeichen seiner Trauer einen schwarzen Flor um den grünen Hemdsärmel. Alle – außer der Rambichler senior freilich. Augenblicklich wünschte Bülent, der Erdboden möge sich auftun und entweder Erkan oder ihn verschlucken. Passierte natürlich nicht. Aber, dem einsichtigen Himmel sei Dank, nachdem er ein paar Gläser thermogemixten Erdbeerlimes mit deftiger Umdrehung von den Landfrauen abgestaubt hatte, sah er sich tatsächlich psychisch so weit in der Lage, mit Astrid dem Kirchweihzug gen Festplatz zu folgen. Die Walders blieben ihnen dabei selbstredend dicht auf den Fersen.

»Hau ruck. Hau ruck.« Seit nunmehr einer halben Stunde versuchten die mittlerweile schon schwer verschwitzten Mitglieder der freiwilligen Feuerwehr mit einer eher zweifelhaften Performance, den Kirchweihbaum gen Himmelszelt zu hieven. Das gute Stück schwankte und wankte dabei nicht selten unheilvoll über die Köpfe der Strunzheimer Bürgerschar hinweg, die sich nach dem Umzug am Kirchweihplatz versammelt hatte, um dem sich alljährlich wiederholenden Schauspiel beizuwohnen.

Eine gewisse Ungeduld war zu spüren. Vor allem unter den Besitzern von Kinderkarussell, Autoscooter sowie sonstigen halbscharigen Buden, die endlich ihren Geschäften nachgehen wollten und berechtigterweise auch etwas Angst um ihr bisschen Habe hatten. Die Sonne brannte so dermaßen gnadenlos herunter, dass es dem ein oder anderen schon das lichtbehaarte Hirn verbrutzelte.

»Die sind doch schon wieder all zam b'soffen wie die Waagscheidle«, kommentierte Erna das extrem wagemutige Hantieren der Feuerwehrleute. Bülent musste ihr Recht geben. Aber auch das war eigentlich schon immer so gewesen. Bis dato gab es dennoch kaum nennenswerte Kollateralschäden beim Aufstellen des Strunzheimer Festsymbols. Und auch diesmal ging alles gut und der Baum stand, wie von Zauberhand geleitet, plötzlich in seiner ganzen 25 Meter hohen Pracht und Herrlichkeit da. Erleichterter Applaus flammte ringsherum auf.

»Wow, die haben ja sogar die Kränze auf Halbmast gesetzt«, stellte Astrid fest. Jetzt sah Bülent es auch, und noch etwas stellte er verwundert fest – der Schmuck aus Nadelbaumzweigen war überraschend perfekt und schön gebunden. In seiner Jugend und auch später wurde diese harzige Arbeit stets von der Landjugend bewerkstelligt. Und zwar pragmatischerweise in einer

Nacht- und Nebelaktion. Hauptsach, die Sach hält zam, war die Devise, aber das hier jetzt sah nach dem Werk eines Profis aus.

»Wer hat denn den Baum geschmückt?«, fragte er die Walders, die seit geraumer Zeit neben ihm auf- und abhupften, um ja nichts zu verpassen.

»Na, der Wuwu!« Die Antwort kam zweistimmig prompt und half nicht wirklich weiter.

»Der wer?« Er beugte sich näher zu den Zwillingen hinunter um alles richtig verstehen zu können.

»Na, der Praktikant von den Gmeinwiesers«, baunzte Erna ihm ungeduldig ins Ohr.

»Eigentlich heißt er ja Okechukwu Onwuatuegwu«, verbesserte Traudl ihre Schwester mit einer gewissen aufgeblasenen Noblesse in der Stimme.

»Des ist doch sowas von wurscht, den Namen kann sich doch eh ka Sau merken«, entgegnete Erna und wandte sich verschwörerisch dreinblickend den Ermittlern zu. »Man munkelt, dass der Wuwu der beste Kranzbinder im ganzen Landkreis ist. Seit der da ist, bestellens von überall her des Friedhofsgraffel nur noch bei den Gmeinwiesers in der Gärtnerei. Deswegen haben die auch so viel Diridari, weil g'storben wird allerweil.«

Traudl nickte zustimmend. »Genau, der hat nämlich magische Händ, der Okechukwu«, flüsterte sie so dermaßen entrückt, als würde sie von einer Marienerscheinung reden. Ging aber dann doch eigentlich nur darum, dass der Wuwu nicht nur ein wunderbarer Kranzbinder war, sondern die Füß massieren konnte wie kein Zweiter.

»Eine Lymphdrenasche macht der, da hauts dir den Vogel raus«, vollendete Traudl ihren angeschwärmten Bericht.

Erna schnaubte verächtlich. »Geh, für dich kann doch jeder

was, der freiwillig an dich hingriffelt.« Traudl ließ sich diesmal nicht von der Boshaftigkeit ihres Zwillings aus dem Konzept bringen.

»Des stimmt aber, dass er gut massieren kann«, gab sie spitz zurück, »sogar die Wadeln von unserer A-Mannschaft darf er behandeln, und seitdem hat die immer wieder fast gewonnen.«

Auch da hatte sich also nichts geändert, dachte Bülent. Die Strunzheimer Fußballer waren also nach wie vor, wie ihre großen Vorbilder vom 1. FC Nürnberg, stetig am Auf- und wieder Absteigen. Immerhin etwas, auf das man sich als Fan verlassen konnte. Langweilig wurde es nie.

»Woher kommt den der Oke… also der Wuwu?« Auch Astrid hatte sichtlich ihre Schwierigkeiten mit der Aussprache des Namens.

Die Zwillinge zuckten synchron mit den Schultern. »Des weiß keiner so genau. Irgendwo aus Afrika. Hat die Gmeinwieserin daherzogen. Schwarz ist der wie die Nacht finster, des kann ich euch sagen«, berichtete Erna halbseiden politisch korrekt. »Und wohnen tut er angeblich in so einem kleinen Kammerl in der Gärtnerei.

»Vielleicht ist er ja ein afrikanischer König. Hat man ja schon öfter g'hört, sowas«, romantisierte jetzt Traudl wieder so dermaßen daher, dass Erna nur noch den Kopf schütteln konnte.

»Mei, Traudl, was habens dir nur in die Milch nei?«

Traudls Antwort ging im allgemeinen musikalischen Gescheppper der Blasmusik unter. Mit verstimmten Akkorden forderte diese die trachtig gekleideten Mädels und Burschen der Landjugend zum obligatorischen Tanz um den Kirchweihbaum auf. Zweifelsohne, ganz nüchtern war von der heiligen Jugend auch keiner mehr. So manch ein weibliches Drum wurde bei der

Pfingstrosen-Polka schon arg durchg'wirbelt. Da wurde es einem allein beim Zuschauen schon ganz schlecht. Astrid sah man an, dass sie nicht so recht wusste, was sie von all dem halten sollte.

»Wie die Wilden«, wisperte sie Bülent ins Ohr und wiederholte damit haargenau das, was sie schon vor gut einem Jahr bei ihrem ersten Aufeinandertreffen mit den Einheimischen gedacht hatte. Der Lauf der Strunzheimer Welt veränderte sich nun mal nicht von einem Kriminalfall zum nächsten, dachte Bülent noch, als die letzten Töne aus Tuba und Trompete verklungen waren und die überhitzte Strunzheimer Meute endlich gen Bierzelt lechzen durfte. Die Kommissare wurden geradezu mitgerissen vom Strom, und sosehr die Walders auch strampelten, letztendlich verloren sie doch den Anschluss an die Staatsmächtigen. Halleluja. Manchmal war so ein diffuses einwohnerübergreifendes Suchtverhalten doch für etwas gut.

Im Bierzelt dauerte es dann freilich nicht lange und die ersten vollen Maßkrüge wurden geschwungen. Die Stimmung konnte besser nicht sein. Nachdem die Fahnenträger der einzelnen Vereine dann auch noch ihren Einmarsch höchst würdevoll zelebriert hatten, wollte man sich definitiv nur noch dem eigentlichen Sinn des Daseins widmen: Bier und Gemütlichkeit!

KAPITEL 6

Der Rausch des Lebens

Gegrüßt seist du, Maria, voll der Gnade, der Herr ist mit dir. Du bist gebenedeit unter den Weibern und gebenedeit ist die Frucht deines Leibes Jesus, der für uns gegeißelt worden ist.

Heilige Maria, Mutter Gottes, bitte für uns Sünder, jetzt und in der Stunde unseres Todes…

Das Gemurmel aus einer Vielzahl von fränkischen Kehlen klang sowohl monoton wie einschläfernd. Immerhin, das musste man den Strunzheimern lassen, beim Rosenkranz waren sie textsicher. Wenn wahre Begeisterung sich auch anders anhörte. War aber auch etwas schwierig, in der festzeltigen Atmosphäre über das ewige Leben und die Vergebung der Sünden hinwegzuflehen, wo doch der wimmernde Rachen nach Gerstensaft dürstete. Doch da hatten sie alle die Rechnung ohne Franziska Gmeinwieser gemacht. Kaum war nämlich endgültig der bierselige Gelassenheitsfunke auf alle übergesprungen, ging, nein, schritt, nein, glitt die Charity-Franzi mit Schorsch-Edmund an der Hand auf die Bühne und bereitete der wunderbaren Sinnlosigkeit des Augenblicks erst einmal ein Ende. Sie unterbrach die Musiker, so dass Rosi diesmal ohne Traktor weiterkommen musste, und befahl – ja, anders konnte man es nicht nennen – allen Anwesenden aufzustehen und für ihren Mann zu beten. Klar wurde hier und da gemurrt und gemeckert, aber ein scharfer Tritt vom schlauen Eheweib, dazu ein harsch gezischtes »Hälst etz ned glei dei Goschn« hielt so manchen trunkenen Mann in Schach. Schlussendlich standen alle da und gaben ihr Bestes, damit der Moment möglichst schnell ein Ende nehmen und man sich wieder wesentlichen Dingen, wie etwa dem Verzehr einer Brezen mit Emmentaler, widmen konnte. *Amen.*

Endlich, nach einer gefühlten Ewigkeit war sie da, die Erlösung. Wie auf Kommando senkten sich um die 700 Hinterteile erleichtert gen Kirchenbänke.

»Halt!« Franziska plärrte laut ins Mikrofon und stoppte damit unmissverständlich den Abwärtstrend. Da standen nun alle da, als würdens gleich in den Wald scheißen. »Für eine Gedenkminute für meinen Schorsch werdet ihr ja wohl noch Zeit haben, oder?« Alle wollten wahrscheinlich was anderes, nickten aber brav und schwiegen. Stille breitete sich im Raum aus, man hörte nichts als das gleichmäßige Brummen der zahlreichen Kühlschränke an der Essens- und Getränkeausgabe. Bülent war gleich noch mehr fasziniert von dieser Frau, die, ohne mit der Wimper zu zucken, ein ganzes Volk zum Stillstand brachte. Fast. Denn plötzlich ertönte, inmitten des schönsten Schweigens hinein, ein fulminanter und ihm in Geräusch und Heftigkeit nur allzu bekannter Nieser, gefolgt von einer Rotzsalve in ein Taschentuch hinein. Selbstredend hatte es Erkan sich nicht nehmen lassen, seinen höchst eigenen Beitrag zum Gedenken an den Bubblers Schorsch zu leisten. Ob jetzt gespielt oder echt, war da auch schon egal. Schorsch-Edmund schien es jedenfalls gänzlich die Lichter auszublasen.

»Der Kerl da hod mein Babba auf dem G'wissn und etz beschmutzt er a no sei Andenken«, brüllte er so laut, dass kein Mikro nötig war, und sofort brach ein kleiner Tumult aus.

»Was willst denn du oberbayrisches Zwedschgermännla schon wissen. Für den Erri leg ich meine Hand ins Feuer«, brüllte einer aus den Reihen des Geflügelzuchtvereins heißblütig dagegen und bekam gleich mehrstimmigen Zuspruch. Zweifler an der Rechtschaffenheit ihres türkischen Gemeinderates gab es sicherlich auch ein paar, aber wer wollte sich in Zeiten von AFD und anderen grindigen Vereinigungen schon das Maul verbrennen.

Man war schließlich nicht ausländerfeindlich, sondern nur extrem vorsichtig. Das war schließlich was anderes. Also sagte man gegen ihn nur ganz leise was, während viele ganz offensiv für den Rambichler lospolterten. Bülent konnte direkt spüren, wie seinem Vater bei so einem Höllenspektakel um seine Person die Sonne aus den hinteren Regionen strahlte. Immerhin hatte die Band das Hirn am rechten Fleck und setzte mit einem überzeugenden »Ein Prosit der Gemütlichkeit« der brenzligen Stimmung fürs Erste ein Ende. Na, und die bauernschlaue Gmeinwieserin legte noch eine Lokalrunde für alle obendrauf und stürzte sich dann mittenrein ins Getümmel. Trauer hatte schließlich viele Gesichter. Und schon war wieder alles in bester Ordnung. Man musste die Leute nur zu beschäftigen wissen.

Einzig Schorsch-Edmund schien mehr als überfordert zu sein und stolperte in seiner eleganten Miesbacher Tracht den Mittelgang entlang gen Ausgang. Dabei verlor er seinen gamsbärtigen Hut, aber das bekam er eh schon gar nicht mehr mit. Ein klassischer Fall von Tunnelblick.

»Du, ich kümmere mich mal um den Jungen.« Astrid war schon auf den Beinen, bevor Bülent überhaupt was sagen konnte.

Na bitte, sollte sie ihn doch bemuttern, für ihn war hier und jetzt Feierabend. Prost.

Astrid fand Schorsch-Edmund ekstatisch an einem Liebesapfel kauend auf den Stufen des Kinderkarussells. »Ist hier noch ein Platz frei?«, fragte sie vorsichtig.

Der Jugendliche sah sie mit zuckerverschmiertem Mund an und zuckte gleichgültig mit den Schultern. »Bitte.«

Die junge Kommissarin ließ sich Zeit, bevor sie weiterredete. Man wusste ja, wie schreckhaft Jugendliche manchmal waren. Ein falsches Wort und schon Schneckenhaus.

»War grad ned so schlau von mia, oda?« Überraschenderweise begann Schorsch-Edmund von sich aus selbstkritisch zu reden.

»Na ja, nein, nicht wirklich.« Astrid lächelte ihn mitfühlend an. »Nur weil einer manchmal seine guten Manieren vermissen lässt, ist er noch lange kein Mörder. Und jemanden einfach so an den Pranger stellen, kann echt gefährlich sein.«

Schorsch-Edmund biss krachend in die süße Sünde hinein. »Mein Gott, i wollt doch bloß, dass olle die Wahrheit erfahrn.«

»Kennst du denn die Wahrheit?«

Das Schweigen, das nun folgte, war zu lang, das ganze Gehabe zu nervös, als dass man dahinter wirkliche Aufrichtigkeit vermuten konnte. Der Junge wusste etwas, das sagte Astrids Näschen. Jetzt musste sie ihn nur noch zum Reden bringen. Also Vertrauen aufbauen und auf beste Freundin machen. Astrid deutete auf die kleine Spickerbude gegenüber. »Lust auf eine Runde Luftballons killen?«

Schorsch-Edmund sah nachdenklich zu dem Stand, von dem viele bunte Luftballons herübergrüßten, und schüttelte den Kopf.

»Boring«, urteilte er kurz und knapp. Er konnte also doch noch eine zweite Fremdsprache. »Kannst schießn?«

Astrid tippte ihm gespielt erbost an die Stirn. »Hallo, ich bin bei der Polizei, schon vergessen?«

»Hoast ja nix«, erwiderte der Gmeinwieser-Spross frech, aber immerhin einen Hauch fröhlicher, als noch zu Anfang des Gesprächs. So ein wirklich quietschfideler Wonneproppen war er wohl eh noch nie gewesen, überlegte Astrid, eher so einer, der schon in frühen Jahren über die Düsterheit des Daseins sinniert hatte.

»I hätt gern den Sponge Bob da«, unterbrach Schorsch-Edmund die Gedanken der Kommissarin und deutete auf eine überdimensionierte, gelbe Plüschfigur, die als einer der Hauptpreise am Schießstand ausgelobt wurde.

Astrid sah ihn verwundert an. »Bist du dafür nicht schon ein bisschen zu alt?«

»Bist du ned a bissl zua unflexibl?« Touché! Er mag zwar vom lieben Gott nicht mit der Grazie seiner Eltern gesegnet sein – wobei, das konnte sich noch verwachsen –, aber schlagfertig war er.

Astrid sprang hoch und reichte ihm die Hand. »Na komm, erlegen wir den Schwammkopf.«

Schorsch-Edmund lächelte scheinheilig. »Mit Ihrer Dienstwaffn?«

»Nein, natürlich nicht.« Die Polizistin gab für einen kurzen Moment den Blick auf ihr gut gefülltes Holster frei. »Mein Baby hier spuckt nur im Notfall«, erklärte sie und verschwieg dabei geflissentlich, dass die Waffe eh in den seltensten Fällen geladen war. Damit würde sie ja praktisch ihre eigene Autorität untergraben. Der Junge gab sich offensichtlich mit dieser Erklärung zufrieden und ließ sich von Astrid zum Schießstand ziehen.

Kaum zehn Minuten später händigte ihnen der Budenbesitzer mit schwitzigen Händen nebst dem viereckigen Schwachkopf in blauer Hose noch einen angestaubten Teddybär für lau aus.

Hauptsache, diese Verrückte schoss bei ihm nicht mehr mit Blei um sich.

»Des war echt supa!« Schorsch-Edmund, der die erlegte Beute kaum tragen konnte, freute sich wie ein Kind, das er ja auch irgendwie noch war.

»Und etz?« Mit leuchtenden Augen sah er Astrid an.

»Musst du dich nicht mal wieder bei deiner Mutter blicken lassen?«, fragte Astrid. Sofort knipste er seine Leuchten aus und sah sie finster an.

»Ich hab ihr g'simst, dass i heimgeh.« Er hob zur Verdeutlichung seiner Aussage sein Handy hoch und sah sie lauernd an.

»Willst mi am End loswerd'n?« Oha, die Sache mit dem schlechten Gewissen hatte er also auch schon drauf.

»Ich mein ja nur. Vielleicht macht sie sich Sorgen.«

Schorsch-Edmund gab einen verächtlichen Ton von sich. »Was glaubst?«

Astrid blieb ihm eine Antwort schuldig, denn sie konnte im Grunde nur verletzend für den Jungen sein. Er war einsam und verwirrt, darüber konnte auch sein Erwachsengetue nicht hinwegtäuschen. Astrid traf eine Entscheidung. Sollte Bülent doch frotzeln, was er wollte, sie würde ein Auge auf den Jungen haben, der ihres Erachtens mitten in einer fetten Identitätskrise steckte. Außerdem verriet ihr ihre Intuition, dass da noch einiges an fallrelevanten Informationen rauszuholen war. »Also, was willst du als Nächstes machen?«, fragte sie freundlich.

Schorsch-Edmund lief tiefrot an und strahlte über das ganze runde Gesicht. »Knutschn!«

Zack, schon gingen bei Astrid alle Lichter aus. Wenn sie sich auch jetzt nicht direkt über diesen Vorstoß zu wundern brauchte. Der Junge steckte mittendrin in der Pubertät, und da war es fak-

tisch gottgegeben, dass seine Wünschelrute bei jeder sich bieten-
den Gelegenheit hormonell ausschlug wie die Bäume im Früh-
ling. Spontan kam Astrid der Film »Reifeprüfung« mit Dustin
Hoffman in den Sinn. Aber sie wollte ja weder verführen noch
berühren, sondern einfach nur ihren Job machen. Und aus ermittlungstaktischen Gründen war so eine temporäre Verliebt-
heitsphase seitens des zu beobachtenden Objektes schon eine
echte Chance. Denn wo das Hirn weich, lag das Herz nicht selten auf der Zunge. Ein bisschen schäbig war es freilich trotzdem.
Verstohlen blickte sich Astrid um, ob sie auch niemand beobachtete. Fehlte ja noch, dass sie im allgemeinen Strunzheimer
Tratsch-Ranking nach oben schoss. Aber, oh Wunder, keiner
schien sich sonderlich daran zu stören, dass sie mit dem gmeinwieserischen minderjährigen Halbwaisen abhing. Konnte allerdings auch daran liegen, dass die meisten Strunzheimer Ü20 sich
im Bierzelt aufhielten und nur die Jugend sich vor den Buden
hin- und herchillte. Und der war ja generell eh vieles scheißegal.
Das war auf dem Land nicht anders als in der Stadt.

»Entschuldigung«, wisperte Schorsch-Edmund zaghaft in ihr
Gedenke hinein. Er hatte offensichtlich Astrids Irritation bemerkt und ruderte nun schneller als ein Achter zurück. »Des
war schon wieder ned guad von mir.«

Klatsch. Schon hatte er sich selbst eine geschnalzt und hielt
sich jetzt die brennende Wange. Oha, der Junge hatte tatsächlich
noch weniger Latten im Zaun als gesund war.

»Das wäre jetzt eigentlich meine Aufgabe gewesen«, versuchte
Astrid die peinliche Situation zu überspielen.

»Dann häd i di anzeigt«, erwiderte Schorsch-Edmund trocken.

Schlagartig war Astrid klar, dass sie es hier mit einem starken

Gegner zu tun hatte. Sie musste vorsichtiger sein. Oder sie wurde jetzt langsam schon paranoid. Immerhin war er fast noch ein Kind, das sich jetzt zwar eine gehörige Portion Gletscherprise in beide Nasenlöcher schnaubte, aber trotzdem.

»Möchtest du aa oan Schmaizler[8]?« Astrid lehnte dankend ab. »Schade, do verpasst aba wos. Mia hod des mei Mama beigebracht. Des zünd nei, des sog i dir«, erklärte er nasal, während ihm die Tränen und der braune Rotz übers Gesicht liefen. Es dauerte etwas, bis sich seine jungfräulichen Nasenschleimhäute wieder so weit beruhigt hatten, dass sie weiterziehen konnten.

Nach mehreren Runden Autoscooter, bei denen Schorsch-Edmund ein durchaus leicht aggressives Fahrverhalten an den Tag legte, und einem kurzen Intermezzo auf der Schiffschaukel – »Hilfe, I muass spein!« – fühlte sich die Kommissarin doch halbwegs wieder als Herrin der Lage. Zumal weitere anrüchige Übergriffe seitens eines Minderjährigen ausblieben. Astrid tat ihre Gedanken von vorhin als völlig überzogen ab. Was konnte ihr dieser kleine Scheißer schon anhaben. Sie musste sich deswegen auch nicht groß überwinden Ja zu sagen, als Schorsch-Edmund sie höflich darum bat, dass sie ihn nach Hause begleiten möge.

»I mog ned im Dunkeln aloa hoamgehn, mid den ganzn Bsuffenen übaoi. Und mein Mama bleibt bestimmt no zwecks am Image.« Als dann allerdings wenig später Serge Gainsbourg orgastisch »Je t'aime« durchs gmeinwieserische Wohnareal hauchte, wars dann auch schon wieder vorbei mit der gelebten Leichtigkeit. Was den unangenehmen Moment verstärkte, war die Tatsache, dass sich im ganzen Haus wie auf Kommando die

8 Schnupftabak.

elektrischen Rollläden schlossen und eine wie auch immer geartete Flucht durch ein Fenster unmöglich machten. Immer diese militanten Technikfreaks. Muss sich denn heutzutage jeder wie in einem James-Bond-Film fühlen?

»Du, ich glaub ich geh dann lieber. Es ist wirklich spät«, rief Astrid bemüht lässig über einen Marmortresen hinweg ihrem Gastgeber zu, der gerade in der eleganten Landhausküche einen Virgin Mojito für sie mixte. Er sah sie mit großen, enttäuschten Augen an.

»Echt etz. I hab denkt, mir zwoa zocken no a Runde auf meiner Playstation.«

Astrid kam bei diesen pubertären Wechselschüben nicht mehr mit. Immerhin stellte Schorsch-Edmund zu ihrer Erleichterung das sinnliche Gedudel ab und reichte ihr den wirklich verlockend aussehenden Drink.

»Wer hat dir denn das beigebracht?«, fragte sie.

»Mei Babba«, antwortete er, während er diversen Kabelkram aus einem, wie zu vermuten war, sündhaft teuren Sideboard zog. Er hielt Astrid einen Controller hin. »Komm, nur ein Game. Du derfst a entscheiden, welchs. Bitte.« Treudoof, aber süß sah jetzt aus, und was sollte auch schon passieren.

Astrid zog genussvoll an ihrem Strohhalm und gab sich geschlagen. Schlussendlich war das dann auch schon fast das Letzte, an das sie sich klaren Verstandes erinnern konnte.

»Wir kommen alle, alle, alle in den Himmel, weil wir so brav sind, weil wir so scharf sind ...« Die berauschte Menge im Bierzelt grölte, was das Zeug hielt, während Bülent versuchte seinen gamsigen Vater in Schach zu halten. Nach dem beschleunigten Abgang von Astrid hatte er sich sicherheitshalber zu

ihm gesellt. Und das war auch gut so. Erkan schien das nämlich mit dem »scharf« etwas zu wörtlich zu nehmen und flirtete
alles an, was einigermaßen ansehnlich daherkam. Er erfüllte sozusagen allumfassend das Klischee eines Südländers, dem seit
Kurzem zu allem Überfluss auch noch eine gewisse Verrucht-
heit anhaftete. Das kam selbstredend bestens an bei der untenrum schwerstgelangweilten Strunzheimer Damenwelt. Erkan
war sich außerdem nicht zu schade, über sein abtrünniges Eheweib zu lamentieren, was ihm noch mehr Sympathiepunkte ein-
brachte. Gerade zirpte Erkan an einer drallen Endsiebzigerin
herum, die Bülent verdächtig an seine ungeliebte Grundschul-
lehrerin erinnerte, jene pädagogische Peinigerin, die maßgeblich
für seine Handarbeitspsychose verantwortlich war. Sticken und
Stricken – welch sechsjähriger Junge übersteht so etwas schon
ohne Trauma.

»Mensch, des ist ja der Bülent. Mei, ist der Bub groß geworden.« Verdacht bestätigt – und schon hatte sich der Lehrerinnen-
koloss neben ihn gequetscht. Leider hatte auch die Musik kein
Erbarmen und lud zu einem fröhlichen Schunkler ein. »Auf und
nieder immer wieder.« Die Alte umklammerte Bülents Arm wie
eine Ertrinkende, während sie Erkan komplett ignorierte. Ob die
volle Maß Bier wirklich ganz von allein in Bülents Schoß gelandet ist oder ob da jemand nachgeholfen hat – so genau wusste
das hinterher keiner mehr zu sagen. Aber, wie heißt es so schön,
im Krieg und in der Liebe sind alle Mittel erlaubt. Bülent jedenfalls entschied sich gegen dieses Schmierentheater und erhob
sich von seinem Platz.

»Da schau an, der Herr Kommissar hat's wohl nicht mehr
halten können.« Klar, wer den nassen Schritt hat, braucht für
den Spott nicht zu sorgen. Augen zu und durch, half ja nichts.

Bülent kam allerdings nicht weit. Plötzlich war er umringt von fünf Frauen Ü40, in pinken Leggins und knappen bauchfreien Shirts, auf denen in großen Lettern »Jazz-Cats« zu lesen war. Erst jetzt fielen ihm die Katzenohren auf, die sich jede von ihnen in die Frisur gepflanzt hatte. Und, eh klar, hatten alle schon mächtig einen im Tee. Das erklärte auch das hemmungslose Nähebedürfnis, mit dem Bülent sich jetzt konfrontiert sah, und das selten am eigenen Ehemann ausgelebt wurde. Zumindest nicht zu Zeiten von Fasching und Kirchweih. Da war man schon etwas toleranter hier am Ort. Auch wenns allenthalben mal zu einer Scheidung kam, im Schnitt blieb man bei dem, was man hatte, und ließ los, was einem nur für den Moment Glückseligkeit versprach. Das schöne Bäumchenwechseldich-Spiel – auch das war schon immer so gewesen.

»Rambichler, du gehst etz mit uns in die Bar und gibst einen aus«, forderte ein besonders rassiges Kätzchen forsch und zog ihn mit in den von Tarnnetzen abgegrenzten Bereich, der seit jeher bekannt war für billigen Fusel und schlechte Witze.

Bülent konnte fliehen oder sich seines Schicksals ergeben, er entschied sich für Letzteres, aus ermittlungstaktischen Gründen. Er orderte eine Flasche Faber und schon hatte er die Damen gänzlich auf seiner Seite. Wenn es denn immer so einfach und billig wäre.

»Hast du eigentlich schon eine heiße Spur,« schnurrte eine heftig angeschmierte Blondine in sein Ohr.

Bülent schüttelte den Kopf. »Dazu darf ich mich leider nicht äußern.«

»Wissen tut er noch nix«, quäkte unvermittelt Erkan dazwischen. Wo kam der denn jetzt plötzlich wieder her. Anscheinend hatte er die Lust an der Pädagogik verloren.

»Magst auch was trinken?«, fragte Bülent weniger aus Höflichkeit denn um des lieben Friedens willen.

»Oh, der Herr Sohn, plötzlich so spendabel. Wie komm ich denn zu der Ehre?« Offensichtlich war Erkan noch immer nicht gewillt das Kriegsbeil zu begraben. »Wo ist eigentlich die Astrid, weiß die, was du hier treibst?«

»Weiß denn die Mama, was du hier so treibst?« Vater und Sohn funkelten sich böse an.

»Hallo. Hallo. Hallo«, lallte eine rundliche, asiatisch anmutende Katze mit heftigem Zungenschlag dazwischen. »Wir haben uns doch alle lieb, oder?« Sie rülpste feucht und wurde von einer Katzenkollegin daraufhin schleunigst gen Frischluft bugsiert.

»Habts eigentlich die Charity-Franzi schon vernommen?« Die Angeschmierte gab einfach keine Ruhe.

»Sicher«, entgegnete Bülent knapp. »Und, nimmst ihr die trauernde Witwe ab, Herr Ermittler?« Der süffisante Unterton gefiel Bülent überhaupt nicht. »Und wenn?«

Sie grinste. »Dann bist schön blöd.«

Die Frauen lachten und Erkan lachte am lautesten. Irgendetwas lief hier in die völlig falsche Richtung, aber jetzt wollte Bülent schon genau wissen, was Sache war.

Drei weitere Flaschen Faber und eine Laternenmaß später glühten ihm die Ohren von dem ganzen Geschwätz. Glauben tat er davon nicht einmal die Hälfte. Angeblich, so hatte man ihm unter dem Siegel der Verschwiegenheit – sowieso– erzählt, war es mit der Ehe der Gmeinwiesers nicht mehr weit her gewesen. Außen hui, innen pfui, lautete die einhellige Meinung. Nix Genaues wusste man freilich nicht, aber der Wuwu musste da auch irgendwie seine Hände, also die magischen, mit im Spiel haben.

»Ich hab immer gewusst, dass der nicht ganz sauber ist. Man weiß ja schon gar nicht genau, wo der herkommt«, tönte Erkan zustimmend mitten rein in den Tratsch. Ganz vergessend, dass er selbst vor Jahrzehnten als Fremder in Strunzheim gestrandet war und das große Glück hatte, Maria zu treffen, die jeden wegbiss, der ihm Böses wollte. Bülent jedenfalls hatte irgendwann genug Lästereien gehört und war außerdem voll wie eine Haubitze. Er orderte noch eine letzte Runde, und als sie sich nun alle zu den berührenden Klängen von »Sierra Madre« in den Armen lagen, war die Welt zumindest für den Moment wieder vollkommen in Ordnung. Sierra Madre. Sierra Madre del Sur.

KAPITEL 7

Gerçek dost kötü günde belli olur[9]

»Ahhhohhhihhhahhhjajajaja!« Das oktavierte, zweistimmige Stöhnen, das plötzlich laut an Astrids Ohr drang, klang so animalisch wie irritierend. Es hörte sich an, als würde ein Kleinstnager mit einem Ochsen … Aber das konnte ja nicht sein. Träumte sie, aber warum dachte sie dann, und warum zum Teufel fiel ihr das Denken so verdammt schwer? Überhaupt hatte die Kommissarin so gar keinen guten Gesamteindruck von sich selbst. Die Zunge klebte pelzig am Gaumen, und alles in allem fühlte sich alles massiv zäh an in ihrem Kopf.

»Ahhhohhhihhhahhhjajajaja!« Wo kamen diese Lustlaute nur her? Langsam und unter größtmöglicher Anstrengung zwängte Astrid ihre Lider nach oben und starrte direkt in die glubschigen Augen von Sponge Bob.

Verdammt, das konnte nicht wahr sein. Sie atmete tief durch. Jetzt nur nicht in Panik geraten. Es gibt für alles immer eine logische Erklärung. Atmen. Atmen. Atmen. Vielleicht war doch alles nur ein Traum.

Das diffuse Licht, das spärlich durch die geschlossenen Jalousien brach, reichte allerdings aus, um die unvermeidliche und schreckliche Wahrheit zu erkennen. Sie lag in einem Bett, und das war nicht ihrs. Das war ihr freilich schon einige Male in

9 Ein Freund in der Not ist ein Freund in der Tat.

ihren drei Jahrzehnten Leben passiert, aber in diesem Fall kam das Ganze einem persönlichen Amageddon gleich. Denn alles in diesem ihr fremden Zimmer roch nach Teenager und sah auch danach aus. Ein Saustall, mit der ganz speziellen Note eines verzogenen, oberbayrisch-fränkischen Frischlings.

»Fuck. Fuck. Fuck«, flüsterte Astrid. Wie auch immer es passieren konnte – sie war, fuck, in Schorsch-Edmunds Zimmer gelandet. Unter seiner FC-Bayern-Bettdecke. Als Astrid selbige nun hochhob und vorsichtig darunter linste, wurde ihr gleich noch einmal ganz anders. Sie trug nichts mehr, außer ihrem T-Shirt und Hipster Shorts. Letztere hatte immerhin mehr Stoff als ihre sonst eher verschwindend winzigen Stringis. Oder kleine Scheißerle, wie ihre Mutter sie früher gerne genannt hatte, wenn sie ihr mal wieder die Waschmaschine vernichtet hatten. Schwammkopf, der Perversling war im Übrigen ganz nackt. Sofort kamen der Kommissarin diverse Bilder von schüleraffinen, amerikanischen Lehrerinnen in den Kopf, die es mit dem Altersunterschied auch nicht so genau nahmen. Wenn sie nun auch mit Schorsch-Edmund – ja, fuck. Dann wären wir ja doch wieder bei der Reifeprüfung. Sie wollte gar nicht daran denken und schon gar nicht wollte sie es glauben. Aber warum lag sie hier?

Gedanklich rekapitulierte sie den gestrigen Abend und kam zu dem fatalen Schluss, dass der Mojito nur halb so Virgin gewesen sein musste, wie sie gedacht hatte. Irgendetwas darin hatte ihr definitiv die Lichter ausgeblasen.

»Ich Vollidiotin, fuck!«, beschimpfte sich Astrid und schlug sich heftig mit der flachen Hand auf die Stirn. Nach dieser Selbstgeißelung hielt sie verwundert einen leuchtend gelbes Post-it in Händen, welcher ihr mitten aufs Hirn geklebt worden war. In schönster Schmierschrift stand darauf zu lesen: *Reg di ab! Hab di ned ang'fasst bist mia fuiz alt. Pfiati Spatzl.*

Der Erleichterung folgte Wut. Dieser kleine irre Nerd. Astrids Restsympathien für Schorsch-Edmund, der sich Gott sei Dank sonstwohin verzogen hatte, verpufften von jetzt auf gleich. Zornig zerknüllte sie den Zettel und warf ihn mitten rein in die Visage vom Franz-Josef Strauß, der goldumrahmt von der taubenblauen Wand regierte. Warum der auch immer im Zimmer eines fünfzehnjährigen Halbwüchsigen rumhängen musste. Am liebsten hätte sie dem allmächtigen Landesvater gleich noch den Mittelfinger gezeigt, weil er gar so selbstgefällig daherschaute. Aber was konnte der schon dafür, dass sich sein minderjähriger Mitbewohner so schändlich danebenbenahm. »Ahhhohhhihhhahhhjajajaja!« Der frivole Lärm kam eindeutig von nebenan, wie Astrid, nun definitiv wieder fitter in der Birne, lokalisierte. Eine Ausdauer hatten die. Aber wer, und vor allem, mit wem? War es doch in diesem Haus seit Kurzem um die ausgewachsene Männlichkeit nicht mehr ganz so gut bestellt. Kurz überlegte sie, der beischläfrigen Sache auf den Grund zu gehen. Allerdings lief sie dann Gefahr, sich selbst zu verraten, und was dann? Verführung Minderjähriger – wenn auch nur in den Köpfen anderer – machte sich nicht ganz so gut im Hinblick auf eine aalglatte Beamtenlaufbahn, mal ganz abgesehen von Bülent. Nicht auszudenken, wenn er davon erfuhr.

Sie beschloss daher, schon klar auch ein bisschen gegen den Willen ihrer Spürnase, dass die Antwort auf diese Frage erst einmal warten musste. Safety first. Sie musste hier weg und zwar, bevor das orgastische Finale eingeläutet wurde. Hektisch blickte sie sich im Zimmer um, fand aber inmitten all des Chaos nichts, was nur annähernd nach ihren Klamotten aussah. Schorsch-Edmund musste die Sachen versteckt haben. Warum auch immer.

Und dann traf sie die Erkenntnis wie ein Donnerschlag. Auch ihre Dienstwaffe samt Holster war weg. Fuck. Fuck, fuck, fuck. Wenn sich der Junge jetzt damit was antat. Wobei, es waren ja keine Patronen drin und seine Nachricht klang eher auch nicht danach. Rotzfrech und unverschämt war die. Zwischen den Zeilen war da nichts von einer depressiven Grundstimmung zu lesen. Eher von einem Selbstbewusstsein, das grad so zum Spein war. Astrid, die von Natur aus eigentlich so gar nicht am Wasser gebaut war, hatte Mühe, ihre zornigen Tränen zurückzuhalten. Da halfen selbst yogische Schnauferer nichts mehr. Allein der Gedanke an Bülents Reaktion, wenn er von alledem erfahren würde. Maßlos enttäuscht würde er sein und nebenbei noch darauf herumreiten, dass er die Hinterfotzigkeit in den Augen des Jungen ja gleich gesehen hätte. Blablabla. Vom schwindenden Vertrauen in sie gar nicht erst zu reden. Wahrscheinlich würde er diese verkackte Geschichte zum Anlass nehmen, um sich gänzlich wieder hinter seinem Schreibtisch festzutackern. Von wegen, weil man sich ja auf sie nicht verlassen könne und er sich allein gelassen fühle. Irgendetwas in der Art, da war er grundsätzlich höchst kreativ, ihr Boss.

»Und alles nur wegen dieses kleinen, verzogenen Bürgermeisterbengels«, fluchte Astrid zornig, während sie sich in die original-durchpieselte Hirschlederne von Schorsch-Edmund hangelte, die achtlos zwischen schmutzigen Socken, leeren Milchschnittenpapierchen und restlichem undefinierbarem Zeug auf dem flauschigen Teppichboden geparkt war. Immerhin, ihr Smartphone hatte ihr der pubertäre Wicht gelassen. Sie fand es auf seinem, von einem imposanten Gamer-

PC überfrachteten Schreibtisch. Aber, war ja klar – Akku leer. Wenns dick kommt, dann immer ganz fett. Wobei, wen hätte sie schon anrufen und um Hilfe bitten können. Die Lage war so verzwickt wie unangenehm, und es war wohl besser, wenn erst einmal keiner davon Wind bekam. Am allerwenigsten der Büli. »Ahhhohhhihhhahhhjajajaja!« Im Gelüstgemach war man Gott sei Dank immer noch emsig zugange, und Astrid konnte unbemerkt daran vorbei, über das bedielte Treppenhaus hinab, ins Erdgeschoss huschen. Aber da war dann auch schon wieder Ende mit der rasanten Flucht. Die Haustür war fest verschlossen und ansonsten, eh klar, die Rollos an den Fenstern, immer noch unten.

»Das ist ja der reinste Hochsicherheitstrakt hier«, mumpfelte Astrid mehr wütend als verzweifelt, während sie auf der Suche nach Freiheit hurtig durch die luxuriöse Villa tigerte. Dabei kam sie an einer Wellenesslandschaft mit Schwimmbad, Sauna, Solarium und Kneippbecken, oh ja Kneippbecken, vorbei, auf die so manches Hotel neidisch gewesen wäre, außerdem an einem gut gefüllten Champagnerkeller sowie einer Tegernseer Jagdstubn mit allerlei totem Getier darin. Letzteres raubte ihrem veganer Herzerl fast den Takt. Zwischendrin fanden sich immer wieder überdimensionale Familienbilder der Gmeinwiesers mit Tracht und ohne Tracht, auf dem Berg und hinter dem Berg, am Tegernsee und drin. Man hatte sich offenbar sehr lieb in diesem Daheim. Astrid glaubte keine Sekunde daran. Irgendetwas war hier faul, aber das musste sie wann anders herausfinden. Die Zeit lief nämlich gerade maximal gegen sie. Überhaupt wie viel Uhr war es eigentlich? Kurzerhand und aus Ermangelung digitaler wie analoger Alternativen befragte Astrid Alexa, die auskunftsfreudige Amazonamazone, die stolz auf einer Marmorsäule im

Wohnzimmer thronte. Direkt unter einem Kruzifix. Da hatte man Fluch und Segen praktisch gleichzeitig vor Augen. Selbstverständlich gab der Kasten dann auch bereitwillig Auskunft darüber, dass es 4 Uhr 45 am Morgen war. Es folgten ungefragt Datumsangabe, welche A- bis C-Promis am heutigen Tag Geburtstag hatten, die Wettervoraussichten und und und …

»Schnauze jetzt«, barschte Astrid die übermotivierte Dame unhöflich an, nachdem diese endlos weiterplapperte und sie fürchten musste, dass jemand das stoische Gebrabbel hören würde.

»Ich habe leider gerade Schwierigkeiten dich zu verstehen«, echote die dumme Kuh zurück, und die Kommissarin riss den Stecker aus der Wand, bevor ihr selbst gänzlich der Geduldsfaden riss. Endlich Ruhe! »Ahhhohhhihhhahhhjaaaaaaaaa!« Mist. Das hörte sich jetzt eindeutig nach ekstatischem Schlussakkord an, und anscheinend ging man auch erst einmal nicht in die Verlängerung, wie kurz darauf das Rauschen der Toilettenspülung eindeutig bewies.

Bülents Assistentin schlich sich möglichst katzenartig – soweit es das Lederdrum an ihren Beinen zuließ – von einem Raum in den nächsten. Kurz bevor die letzte Hoffnung schwand, war das miserable Glück dann doch endlich mal auf ihrer Seite. Am Gästeklo, das im Stil eines alpinen Plumpsklos daherkam, ohne den Komfort der Neuzeit vermissen zu lassen, schien der Bunkerwahn der Bürgermeisterfamilie, Gott seis gepriesen, gänzlich vorbeigegangen zu sein. Zwischen rot-weißen Vorhängen lockte ein herzförmiges Fenster mit Tageslicht und freier Bahn. Eine kleine, wenn auch sehr enge Gelegenheit, das gmeinwieserische Epizentrum ungesehen verlassen zu können. Astrid überlegte keine Sekunde.

»Schau dir des an, ich hab's ja glei g'wusst, dass bei denen aller-weil was los ist«, frohlockte Erna und drückte das mitgebrachte Fernglas gleich noch ein bisschen fester auf ihre neugierigen Äuglein. Das waren die Momente, wo ihr der Lebenssaft gleich noch mal so schnell durch die Adern rauschte. Wenn sich was rührte im Dorf, ging der alten Walderin faktisch das Herz auf, vor allem wenn sie die Erste war, die ihre Nasen mit drinstecken hatte. Da braucht's kein Doppelherz und kein Ginseng nicht.

»Etz lass mich halt auch amal«, quengelte Traudl und zupfte ungeduldig an der Strickweste ihrer Schwester herum.

»Schrei halt noch lauter. Willst, dass uns wer erwischt?« Das wollte der jüngere Zwilling freilich nicht. Erstens, weil sie halt nur in ihrem Nachthemd und ungewaschen daherkamen, und zweitens, weil es ihr ganz blümerant wurde bei dem Gedanken, was der Dampfer sagen würde, wenn er rausbekam, dass sie sich heimlich die Rikscha-Flunzn unter den Nagel gerissen hatten. Das motorisierte Drum war sein absolutes Heiligtum, und es machte die ganze Sache nicht besser, dass sie beide ja überhaupt keine Fahrerlaubnis mehr besaßen. Und zwar weder zu Lande, noch im Wasser und schon gar nicht in der Luft. Dafür hatte Bülent im letzten Jahr gesorgt. Also nach der dummen Unfall-sache mit dem Franz. Was im Sinne einer gesunden Umwelt frei-lich auch besser war. Aber ihre Schwester war in ihrem Schaf-fensdrang wie immer gnadenlos.

»Bis der alte Dampfer aufwacht sind mir längst wieder da«, versicherte sie ihrer Schwester, als sie gemeinsam im Morgen-grauen das Gefährt aus der Garage zerrten, um wenig spä-ter damit durchs schlafende Dorf zu heizen. Natürlich rein aus Freude am Fahren. Wie Erna, eh klar, jedem versichern würde, der ihnen blöd kam, und gerade machten sie halt genau gegenüber vom gmeinwieserischen Sumpf eine kleine Pause. So war das und nicht anders.

»Herrgottzack, wer ist denn des?« Erna wackelte aufgeregt mit ihrem Hinterteil auf dem Sitz des Zweirads herum.

»Ja wer denn nachad?« Traudl versuchte über die Schultern ihrer Schwester hinweg irgendetwas zu erkennen. Aber kurzsichtig, wie sie war, konnte sie freilich nur bis zum nächsten Gullydeckel glubschen.

»Wenn ich fei ned bald auch amal schaun darf, geh ich heim«, bockelte der jüngere Zwilling dann doch langsam schwer angefressen.

»In Gottes Namen, da, bitte«, entnervt reicht Erna Traudl das Fernglas, die hastig danach griff. In ihrer ausgeprägten Neugier waren sich die Walders dann doch unglaublich ähnlich.

»Ja, des ist ja die junge Kommissarin!« Kaum ausgesprochen wars dann dann für Traudl auch schon wieder vorbei mit der optimalen Fernsicht.

»Gib her, schnell!« Erna rupfte am Feldstecher herum und merkte gar nicht, dass sich ihre Schwester das Stück mit der Schnur um den Hals gehängt hatte. Jetzt hing die Jüngere etwas windschief in den Seilen, während Erna wieder Herrin der Lage war. »Pfeilgrad, des ist tatsächlich die Kollegin vom Rambichler.«

»Sag ich doch«, gurgelte Traudl, schon auch ein bisschen schadenfröhlich stolz drüber, dass sie mal früher dran war als ihr Zwilling. Seit Geburt hing ihr nämlich das Trauma der ewigen Zweiten nach, und da tat so ein kleiner Erfolg zwischendurch mal ganz gut.

»Uierlaaa, etz hat's uns g'sehn.« Hektisch versuchte Erna den Motor der Flunzn zu starten. Sie wollte schließlich keinesfalls erneut mit dem Gesetz in Konflikt kommen, und wie man wusste, schoss die Kollegin vom Bülent schärfer als der Hauptkommissar selbst. Was jetzt bei dem rambichlerischen Lusch auch nicht verwunderlich war. Aber Erna hatte die Rechnung ohne das DDR-Schwalberl gemacht. Das hatte nämlich gänzlich seinen eigenen Schädel und mitnichten so spontan Lust, den Zweitakter zu starten, vor allem nicht, wenn jemand wie eine Narrische auf ihr rumhantierte.

»Zefix diese Ostblockbritschn«, nervöselte Erna schon jetzt extrem grantig herum, während Traudl sich hinten in den Transportraum verschanzte und die Hände vor das Gesicht hielt. Getreu der Kleinkindstrategie »Was ich nicht seh, sieht mich auch nicht«.

»Hallo?! Bitte bleiben Sie, wo sie sind.« Unerbittlich näherte sich Astrid den beiden.

»Ich hab's gewusst, dass das schiefgeht. Du immer mit deine Ideen«, winselte Traudl.

»Was soll denn schon passieren. Wir fahren ja nicht, wir stehen«, entgegnete Erna unwirsch, wobei es ihr schon selbst ein wenig kalt den Buckel runterlief, als die junge Frau jetzt so direkt vor ihr stand. »Was machen Sie denn hier?«, fragte die Ermittlerin, weil sie es halt auch fragen musste.

»Pause«, kam es zweistimmig unschuldig und ganz nach Plan aus den Zwillingsmündern.

»Und du?«, wollte Erna nun schon auch wissen.

»Staatsgeheimnis«, antwortete Astrid verschwörerisch, sah dabei aber so dermaßen verzwirbelt drein, wie einmal durch den Odel[10] gezogen. »Jedenfalls bin ich sehr froh, dass ich Sie hier getroffen habe. Können Sie mich vielleicht mitnehmen?«

10 Gülle.

Sie schaute an sich hinunter. »Ist mir ein bisschen unangenehm, so durchs Dorf zu laufen.« Die Ermittlerin lächelte zerknirscht.

»Freilich«, posaunte Traudl gleich höchst hilfsbereit heraus und erntete einen unsanften Zwicker von Erna. »Aua, was denn? Du hast selber noch g'sagt, dass du sie sympathisch findest.« Traudl rieb sich schmollend die Stelle, wo Ernas schmerzhaftes Ungemach sie getroffen hatte. »Des gibt wieder einen Delln. Du weißt doch, wie empfindlich meine Füß sind.«

Astrid räusperte sich vernehmlich. »Ich glaube, wir sollten jetzt besser fahren, bevor uns noch jemand sieht.« Ohne auf Ernas giftigen Blick zu achten, setzte sie sich neben Traudl, die eifrig Platz machte.

»Ich fahr ned, am End ist des eine staatsmächtige Falle«, maulte Erna und verschränkte demonstrativ ihre Hände vor der ausladenden Brust. »Hat's alles schon geben.«

Die Ermittlerin atmete einmal tief durch. »Frau Walder, mir ist wirklich wurscht, ob Sie hier illegal rumrasen oder spionieren oder sonst was. Ich habe ganz andere Probleme. Vor mir erfährt keiner was, und ich hoffe, ich kann Ihrerseits auf Stillschweigen hoffen.« Astrids letzte Worte hatten durchaus einen mahnenden Unterton.

»Allmächd, des is ja fast wie in einem Krimi«, raunte Traudl heiser, während sich in Ernas Gesicht ein fettes Grinsen breitmachte.

»Etz simma beinand Maadla, aber merk dir eins: Mir spionieren nicht, mir wissen nur gerne über alles Bescheid«, erklärte sie und startete den Motor, der sofort losschnurrte wie ein Katzerl.

»Edeltraud, oh Edeltraud! Hey, du host ein sauguats Gros obaut!«, söllnerte es laut vom Garten herauf direkt in Franz' Ohr.

Dabei wollte er sich gerade noch mal schön für einen letzten Abschlussschnarcher reindrehen in seine gute Biberbettwäsche. Die war noch von seiner Mutter selig und sämtlichen Jahreszeiten zum Trotz kam ihm nachts nichts anders an die Haut. Da war er eigen, der Geiger Franz. Und was das sonntägliche Ausschlafen betraf, auch. Vor dem Kirchzusammenläuten um 9 Uhr 30 ging da gar nichts mit aufstehen. Auch wenn er jetzt nicht unbedingt ein fleißiger Kirchgänger war, aber dem Heiligen Geist konnte man ja auch anders begegnen. Da musste man jetzt nicht unbedingt die katholische Kirche bemühen. War dort sowieso nichts mehr so, wie es war mal, seits den Pfarrer Winter strafversetzt hatten, bloß weil er den alten Witwen im Dorf schöne Augen und noch ein bisschen mehr hingedreht hatte. Sünde war das in Franzens Augen jedenfalls keine, sondern wie der Winter selbst auch stets beteuerte, gelebte Nächstenliebe. Weg musste er trotzdem, und seitdem gab es in Strunzheim nur noch Pfarrer to go. Kaum hatte man sich an den einen gewöhnt, kam schon der nächste daher, einzig die Gottesdienstzeiten blieben die gleichen. Und daher war das sonntägliche Glockengeläut so etwas wie eine feste Konstante in Franzens Leben. Ein Blick auf seinen nostalgischen Wecker, der da am Nachtkästchen vor sich hin tickte, sagte ihm allerdings, dass er noch eine halbe Stunde von seiner geliebten Morgenroutine entfernt war. Herrgott, litten diese eineiigen Weiber denn an seniler Bettflucht? So sehr der Franz die Walders auch schätzte, manchmal gingen sie ihm schon arg auf die Nerven mit ihrer Rumwurschtlerei. Und jetzt war auch noch die Maria da und fuhrwerkte in seinem Haushalt mit rum. Nicht zu vergessen, Hannelore die Sau, die im Gelbwurstpflunzenfall eine gewichtige Nebenrolle spielte und sich seitdem aufführte wie eine Diva. Langsam kam er sich echt vor wie in einem

Frauenhaus. Bloß, dass seine Mitbewohnerinnen keine Angst vor niemandem hatten, eher im Gegenteil.

Franz zog die Bettdecke über seinen Kopf und zwickte seine Augen zusammen. Vielleicht kam er ja noch mal vorbei, der Sandmann, aber freilich machte so einer keine Überstunden. »Edeltraud, oh Edeltraud ...« Es half nichts.

Franz quälte sich aus den Federn, warf sich seinen alten, zerschlissenen, ehemals weißen, jetzt eher gelblich muttermilchfarbenen Bademantel über und stapfte hinunter in den Garten. Ein Donnerwetter schon im Anschlag. Das blieb ihm dann allerdings grad so im Halse stecken, als er Astrid mitten in seiner Wiese entdeckte, wo sie sich so dermaßen verbog, dass es selbst bei diesem Anblick ihm in der Wirbelsäule krachte. Dass sie überhaupt da war, reichte ihm eigentlich schon. Es war ja jetzt nicht so, dass er Bülents Kollegin nicht leiden konnte. Im Gegenteil, sie war schon ein heißes Schniddler, und dass sein Kumpel da nicht in den Angriff ging, verstand er sowieso nicht, aber sie war halt auch eine Kriminalerin durch und durch. So ein hochmotivierter Bullenterrier, der sich selbst schon an ihm brutal verdachtsmäßig festgebissen hatte. Und weil Schnittlauch nun einmal das unschuldigste Grün war, das in seinen Gewächshäusern heranwachsen durfte, konnte man beim Anblick dieser aufstrebenden Beamtin, selbst als entspanntester Typ, schon kurz mal ins Schwitzen kommen. Der Rest seiner Mannschaft schien sich aber nicht an der Anwesenheit der Ermittlerin aus Nürnberg zu stören. Die saßen im schönsten Frieden um den Terrassentisch herum, aßen Mohnsemmeln mit dick Butter und Marias Erdbeermarmelade und spülten alles mit Tee hinunter. Mit welchem, das wollte er schon gar nicht wissen.

»Oh, hallo, Franz.« Astrid die sich gerade in einer Pose befand, die eher nach Begattung denn nach Entspannung aussah, winkte ihm fröhlich zu. Schon klar, dass er nicht zurückwinkte. So weit kommt's noch. Bloß nicht einwickeln lassen.

Erna, die Franzens Zurückhaltung wohl richtig deutete, schmiss ihm eine Semmel an den Kopf. »Scheiß dir ned in die Hosn, Dampfer, des Maadla tut dir nix.« Sie zwinkerte Astrid verschwörerisch zu. »Mir haben nämlich was ausg'macht mit ihr.«

Maria und Traudl nickten zustimmend. Was ihn gleich noch fuchtiger machte. Jetzt wurde auf seinem Grundstück schon mit der Staatsmacht kooperiert. Für einen ehrenwerten Anarchisten wie den Franz kaum zu fassen. Wenn der Bülent nicht sein ältester Freund wäre, würde der keinen Fuß hier reinsetzen dürfen. Da hatte der Geiger einfach seine Prinzipien. »Was habt ihr denn ausg'macht«, presste er gerade noch so ruhig hervor, dass es nicht ganz so unfreundlich rüberkam.

»Mir geben der Astrid ein Alibi für die Nacht, und sie hat nie was gesehen hier«, erklärte Erna, als ob alles so normal wäre wie jeden Tag.

Franz verstand nur Bahnhof. »Warum brauchst denn du ein Alibi?«, fragte er die junge Kommissarin, die mittlerweile vor ihm stand und nervös an ihrer Unterlippe kaute. Sie war schon ein wirklich süßes Schneckerle. Die Frage, warum diese Schnecke jetzt allerdings in übergroßen Lederhosen daherkam, ersparte er sich dann aber doch lieber gleich. Das könnte am End noch schwerstkompliziert werden.

Bevor Astrid antworten konnte, schob sich Maria zwischen sie und Franz. »Damit sich mein Bubi nicht so aufregen tut, deswegen sagen mir, dass sie hier g'schlafen hat. Verstehst?«

Nein, Franz verstand natürlich gar nichts. »Also des heißt, ich soll quasi meinen besten Freund anlügen?«

Alle vier nickten eifrig.

»Etz hat er's g'schnallt«, kam es von Traudl, für ihre Verhältnisse schon enorm schlagfertig.

»Win-win«, setzte Erna noch hinterher. Sie grinste dabei so dermaßen breit, dass man die Mohnsamen zwischen ihren Dritten einzeln zählen konnte.

Für Franz klang das Ganze eher nach einer charmant verpackten Erpressung von der jungen Dame vor ihm, aber besser man dampfte drüber weg und regte sich nicht weiter auf. Er hatte eh keine Chance gegen diese weibliche Übermacht. Am Ende saß er über Frieden und Freiheit sinnierend in seiner geblümten Hollywoodschaukel, kraulte Hannelore die Borsten und wunderte sich selbst dann nicht, als Erna der Astrid mit den Worten »Da kannst neibrunsen« ein leeres Einmachglas überreichte. Weiber!

KAPITEL 8

Irgendetwas hakt da gewaltig

Bülent erwachte mit einem heftigen Brand im Hals und einem Vorschlaghammer im Schädel. Er spürte das Pochen seiner hirnigen Eingeweide bis in die Haarspitzen hinein. So einen Rausch hatte er tatsächlich schon lang nicht mehr im Gesicht gehabt. Aber der blubbrige Frauenfusel hatte es auch wirklich in sich gehabt. Erst spürte man lange nichts und dann, bäm!, zog es einem den Boden unter den Füßen weg. Sämtliche Synapsen verdreht. Immerhin lag er alleine im Bett worüber er arg froh war. Dunkel erinnerte sich Bülent, dass sich die Jazz Cats im Laufe des Barabends schon arg willig an ihn rangeschnurrt hatten und das sich ihre grell lackierten Krallen verdächtig oft in seiner Gürtelschnalle verhakelt hatten. Aber irgendwie musste er es geschafft haben, aus der Nummer rauszukommen. Wie genau, daran konnte er sich beim besten Willen nicht erinnern. Er wusste nicht einmal, wie er in seinem Kinderzimmer und unter seiner verblichenen Captain-Future-Bettwäsche gelandet war. Angezogen war er auch noch bis zu den Socken. Was er jetzt schon ziemlich unhygienisch fand.

Jetzt wusste Bülent jedenfalls wieder, warum er jahrelang einen großen Bogen um die Strunzheimer Kirchweih gemacht hatte. Einmal im Bierzelt war es nämlich schnell vorbei mit der Vernunft und bei manch einem oder einer auch mit Anstand und Moral. Da musste man ja nur die rolligen Tanzmiezen anschauen, von denen garantiert jede einen ahnungslosen Kater daheim im Körbchen sitzen hatte. Hoffentlich hatte wenigstens Astrid nichts von diesem ganz speziellen Naturschauspiel mitbekommen. Vor allem nicht von seiner Heimkehr, die, wie sein Zustand vermuten ließ, sicherlich nicht ganz so optimal verlaufen war. Wäre ihm schon arg unangenehm, wenn seine Assistentin ihn in so einem dermaßen untergründigen Zustand erleben hätte müssen.

Momentan schien jedenfalls noch alles ruhig im Haus. Mal abgesehen von Erkans lautstarkem Schnarchen, das durch sämtliche Wände des Hauses bretterte. Wie seine Mutter das nur aushielt. Für ihn ein echtes Rätsel. Aber jetzt war sie ja erst einmal weg. Bülent wurde gleich ein bisschen wehmütig, als er an Maria dachte. Noch nie war es vorgekommen, dass sie länger als ein paar Stunden von daheim weg war. Zumindest nicht freiwillig. Seine Mama war einfach die feste Konstante im Hause Rambichler. Diejenige welche, die alles zusammen und Erkan in Schach hielt. Ohne sie lief faktisch nichts. Gerade heute in der Stunde seines Todes – also gut, er wollte jetzt mal nicht übertreiben –, aber gerade heute hätte er sie schon gebraucht. Keine konnte so einen guten und vor allen Dingen eiskalten Konterkaba machen wie seine Mutter. Der half immer in solchen alkoholbeschwerten Moment.

Bülent seufzte schwer und ächzte sich in die Vertikale. Es dauerte einen Augenblick, bis seine Augen ausgeschussert hatten und er wieder halbwegs geradeaus schauen konnte. Das würde einer der härteren Arbeitstage in seiner Laufbahn werden. Erst einmal musste er die Spuren der Nacht beseitigen und sich die Falten aus dem Gesicht cremen. Ein Abend wie der gestrige reichte aus, um Monate emsiger Körperpflege zunichtezumachen. Während Bülent auf wackligen Beinen ins Bad tapste, schimpfte er über sich selbst. Mit über vierzig durfte man sich einfach nicht mehr so kopflos in die vollkommene Trunkenheit stürzen. Das verzieh einem der Körper nie mehr. Aber eigentlich war ja an allem mal wieder nur einer schuld – sein werter Herr Papa, der just in diesem Moment so abgrundtief schleimig dahergrunzte, dass es Bülent vor Graus gleich sauer hochkam. Im eigentlichen wie auch im zornigen Sinn. Es konnte definitiv nicht angehen, dass sein alter Herr friedlich dahinschlummerte, während alle anderen für ihn die Drecksarbeit erledigten. Nein, wirklich nicht. Bülent beschloss seinem Vater jetzt und hier gehörig den Marsch zu blasen. Mit Restalkohol im Blut steigt der Mut. Statt ins Bad bog der Hauptkommissar ins Schlafgemach seiner Eltern ab, und da war dann aber auch sofort wieder Schluss mit guten Vorsätzen. Denn gerade als er so richtig verbal lospoltern wurde, nahm Bülent rechts und links von Erkans Kopf windschiefe Katzenöhrchen wahr, die gerade mal so unter der Decke hervorblitzten. Damit wäre jetzt immerhin auch geklärt, wohin sich diese willigen Viecherl verkrochen hatten. Na bravo.

Bülent stolperte rücklings aus dem rambichlerischen Tierasyl und schloss leise die Tür hinter sich. Jetzt war ihm wirklich schlecht. Er traute seinem Vater viel zu, aber das war definitiv zu viel. Dass es diese Frauen vor gar nichts grauste. Er jedenfalls hatte jetzt dringend Redebedarf.

Zaghaft klopfte er an die Tür von Marias Nähzimmer, hinter der er Astrid vermutete. Doch nichts rührte sich. »Astrid, bist du wach?« Nichts. Er blickte auf seine Armbanduhr. Es war neun, da konnte man wirklich schon Einsatz erwarten. »Astrid! Hallo!«, krächzte er in Ermangelung seiner Stimme, die beim dritten Sierra Madre kollabiert war, nun etwas lauter. Dabei kratzte er an der Tür herum, wie ein Hund, der es eilig hatte. Vergeblich. »Astrid, ich komm jetzt rein«, warnte Bülent, noch bevor er mit Schwung die Tür öffnete und ins Leere starrte. Freilich war das Zimmer voll bis unter den Rand mit allerlei Zeugs, was nur Hausfrauen verstehen und gebrauchen können, aber im Bett war halt niemand. Und so jungfräulich ordentlich, wie es aussah, hatte da heute Nacht auch noch keiner dringelegen. Fassungslos stand der Hauptkommissar da und starrte in das jungfräulich ordentliche Nichts.

So fühlte es sich also an, wenn man sich von Gott und der Welt verlassen fühlt. Wahrscheinlich hätte Astrid sogar die Sache mit dem Kaba hinbekommen. Wo zum Henker war sie nur? Er hatte sie nicht mehr gesehen, seit sie dem g'wamperten Gmeinwieser-Spross hinterhergerannt war. Gleich hatte Bülent ein schlechtes Gewissen. Hätte er nur besser auf sie aufgepasst. In diesem bierseligen Moloch wusste man ja nie, wer einem da querkam. Es gab schon durchaus die ein oder andere dumpfe Gestalt in Strunzheim, die zwar nicht bis drei zählen konnte, aber trotzdem alles angrub, was nicht bis ebenselbige auf den Bäumen war. Vielleicht hatte sie ja versucht ihn zu erreichen? Bülent hektelte im Laufschritt in sein Zimmer und angelte sein Handy aus der Jackentasche. Keine Anrufe in Abwesenheit, er drückte Astrids Kurzwahl und erhielt wenig später die elektronische wie unbefriedigende Nachricht ihrer temporären Unerreichbarkeit. Na, wunderbar. Noch ein Problem mehr.

Bülent tat, was er immer tat, wenn er emotional leicht angeschossen war, er verfiel erst in Selbstmitleid, dann in blinden Aktionismus. In seiner Wohnung hätte er jetzt angefangen zu putzen, hier begab er sich auf die gründliche Suche nach Erkans Angel, respektive: dem Haken an der Sache. Er fegte wie ein Derwisch durch Haus, Keller und Garten. Erfolg gleich null. Dann eben noch einmal alles auf Anfang. Bülent machte sich gerade zum zweiten Mal über den Inhalt der rustikalen Schrankwand im Wohnzimmer her, als Erkan schwer zerknittert auftauchte und ihn wütend anfunkelte. Alt schaute er aus, dachte Bülent noch, als sein Vater schon auf ihn losgeierte. »Was griffelst denn du in unseren Sachen rum? Des geht dich fei alles nix an.« Der Wind pfiff schon wieder mächtig scharf zwischen Vater und Sohn. »Wenn du mir nicht sagst, wo du deine Angel versteckt hast, muss ich halt danach suchen«, antwortete Bülent bemüht beherrscht. »Ich hab nix versteckt. Sie ist weg.« Erkan ließ sich erschöpft aufs Sofa sinken und barg den Kopf in seine Hände. Bülent musterte seinen Vater. Möglicherweise sagte er ja tatsächlich die Wahrheit, aber leider konnte man das bei dem alten Schlawiner nie so genau wissen.

»Wo hast du sie denn das letzte Mal gehabt?«

Zornig klatschte Erkan mit der flachen Hand auf seinen Oberschenkel. »Zefix, ich weiß es ned.«

Sein Vater log, das sah er ihm an der Nasenspitze an, aber er wusste auch, dass er so nicht weiterkam.

»Bist du jetzt eigentlich unter die Zoodirektoren gegangen«, fragte Bülent mit vor Süffisanz triefender Stimme und erntete einen verständnislosen Blick von Erkan. »Na, ich mein ja nur, weil du dir da oben zwei Wildkatzen hältst.«

Schlagartig wechselte Erkans Gesichtsfarbe von Promillig-Weiß ins Wutrot und das bis unter den Haaransatz. »Sag amal, schnüffelst du mir etz bis unter die Bettdecken hinterher?«

Bülent lachte verächtlich. »Da muss ich gar nicht lang schnüffeln, das stinkt schon so alles zum Himmel.«

Erkan erhob sich und baute sich vor seinem Sohn auf. »Du glaubst wohl, du bist was Besseres, bloß weilst Abitur hast?« Da war sie wieder, die alte Minderwertigkeitsgefühlleier, die sein Vater immer dann anstimmte, wenn er sonst keine Argumente mehr zur Hand hatte.

»Vadder, ich bin doch nicht gegen dich. Ich will dir nur helfen«, lenkte Bülent ein.

Erkan schnaubte abfällig. »Ich brauch deine Hilfe ned. Schau lieber, dass du deine Arbeit machst. Und etz geh mir besser aus den Augen.«

Nichts lieber als das, dachte Bülent und wandte sich wortlos ab.

»Bub, du sagst aber nix der Mama, gell? Es ist nämlich gar nix passiert«, tönte es dann doch noch etwas demütiger gegen Bülents Rückgrat. Immerhin, er hatte wenigstens noch eins.

Nachdem die zwei beschämten Streunerinnen von sich aus das Weite gesucht hatten – nicht ohne ihrerseits noch mehrmals zu erwähnen, dass nix gewesen sei –, entschied auch Bülent, dass es Zeit war für eine Luftveränderung. Er warf sich in seine atmungsaktive, höchst professionell daherkommende Joggingkluft im Neonlook, stellte dabei entsetzt fest, dass Faber-Sekt offensichtlich eine aufschwemmende Wirkung hatte, und setzte sich in Bewegung. Sein Weg führte ihn über die Felder, die hinter dem rambichlerischen Anwesen lagen, in den nahen Wald hinein. Die angenehme Kühle, die ihn dort empfing, war eine Wohltat für seinen malträtierten Schädel. Bülent atmete tief ein und aus. Er liebte diese spezielle Duftsymbiose aus Moos und harzigem Holz. Es weckte glückliche Erinnerungen in ihm. Schon als kleiner Junge hatte ihn sein Großvater Rambichler in die Geheimnisse des Waldes eingeweiht. Er hatte ihm die schönsten Pfifferlingsstellen gezeigt, ihn gelehrt, in der Stille des Waldes Antworten zu finden, und ihm verraten, in welchem Fuchsloch er den aktuellen Jungbäuerinnen-Kalender vor der Oma versteckt hielt. Später dann war Bülent oft alleine oder mit Franz ins Unterholz gezogen. Sie hatten Robin Hood oder Tatort gespielt und im Teenageralter einen Hochsitz für sich entdeckt. Dort oben saßen sie oft stundenlang, pafften ihre ersten Kippen bei einer Flasche Baileys, die sie Maria geklaut hatten und philosophierten über das Leben. Sie hatten sich frei und unabhängig gefühlt. Natürlich nur so lange, bis der zuständige Revierjäger dahinterkam und bei jeder Gelegenheit, die sich ihm bot, seine nervösen Dackel auf sie hetzte. Bülent musste grinsen, als er daran dachte, wie dieser kleine Kläffer seine spitzen Beißer an Franzens Hosenbein eingehakelt hatte. Genau wie Astrid beim letztjährigen Fall, die sich auch am Geiger als vermeintlich Schuldigem festgebissen hatte. Freilich nur rein symbolisch und nicht ganz so tierisch. Irgendwann würde er Sunshinchen mal mit hier herausnehmen und ihr die Plätze seiner Jugend zeigen. Wahrscheinlich würde sie jeden Baum umarmen, der sich ihr in den Weg stellte, und irgendetwas von einem magischen Kraftquell faseln. Auch das hatte er schon durch mit ihr. Es war noch gar nicht so lange her, da hing sie plötzlich ohne Vorwarnung mitten in Nürnberg minutenlang an einer ausgemergelten Kastanie, um Energy zu tanken, wie sie ihm dabei ganz lapidar mitgeteilt hatte. Er persönlich wollte damals ja eigentlich nur seine obligatorischen Drei im Weckla[11] zwecks Mittagspause tanken und sah so überhaupt keine Veranlassung, trotz vehemen-

11 Drei Nürnberger Bratwürste in der Semmel.

ter Überredungsversuche seitens Sunshinchen, sich ebenfalls ans schmächtige Gehölz zu kleben. Wo bei diesem verhungerten feinstaubgeschädigten städtischen Gestrüpp die Power herkommen sollte, war ihm eh ein Rätsel. Hier im Strunzheimer Wald sah die Sache ganz klar anders aus. Das waren noch Bäume, die voll in ihrem Saft standen. Da spürte man förmlich die Energy durchfließen. Er könnte ja mal einen Versuch wagen. Mehr, als dass nichts passiert, konnte eigentlich nicht passieren.

Bülent verlangsamte seinen Schritt und näherte sich einer wuchtigen Fichte, die aussah, als könne sie einiges ertragen. Er zögerte noch kurz, dann gab er sich einen Ruck. Bülent legte seine Arme sanft um den mächtigen Stamm, schmiegte seine Wangen an die raue Rinde und fuhr zärtlich mit den Fingerspitzen durch deren dralle Rillen.

Er schloss die Augen und seufzte zufrieden. »Mmmmh.« Man sollte es kaum glauben, aber es fühlte sich tatsächlich gut an.

»Servus, Bülent, na habts ihr zwei einen rechten Spaß miteinander?«War ja klar, dass das so kommen musste. Kannte der Himmel denn überhaupt keine Gnade mehr mit ihm? Hektisch eiste sich Bülent vom Baum los.

»Franz!? Was machst jetzt du da?«

Der Angesprochene gab sich möglichst gleichmütig, obwohl ihm schon arg die Mundwinkel zuckten. »Mir ist daheim zu viel Trubel. Und du? Frisch verliebt?« Kaum ausgesprochen konnte Franz dann doch nicht mehr an sich halten. Er prustete mit dermaßen Druck los, dass es gleich ein paar Mohnsamen hagelte, von wegen, weil Bülent halt ausgesehen hatte wie ein liebestoller Borkenkäfer im Ganzkörperkondom, was definitiv eine deftige Anspielung auf seinen hautengen Sportdress war. War ja klar, dass so einer wie Franz nix von der Aerodynamik eines Läufers verstand.

Bülent spürte, wie sein Gesicht vor Scham in Flammen stand. Ausgerechnet der Geiger musste ihn bei seinem kurzfristigen Ausflug in esoterische Welten erwischen. Jahrelang würde er sich das nun wieder anhören dürfen.

»Jetzt ist aber gut«, maulte Bülent reichlich angefressen, weil sein Kumpel jetzt mit übertrieben gespitzten Kusslippen lustvoll am Baum herumschnabelte und dabei erotisch aufgeladene Töne von sich gab.

»Bist am End eifersüchtig?« Franz grinste spitzbübisch.

Bülent konnte nicht anders und musste ebenfalls lachen. »Du bist echt ein solcher Depp«, erwiderte er und umarmte seinen alten Kumpel herzlich. Man sah den beiden an, dass sie froh waren, just in diesem Augenblick den anderen getroffen zu haben. »Warum warst denn gestern nicht im Bierzelt?«, fragte Bülent.

Franz schüttelte den Kopf. »Seit ich trocken bin, meide ich feuchtwarme Plätze, wo ich am End wieder dauerhaft versumpfen könnt. Mei Leber hat in ihrem Leben schon genug Schimmel angesetzt.« Philosophisch betrachtet war der Franz schon immer ein Brett. »Was meinst, hocken wir uns kurz auf unseren Sitz nauf.«

Bülent sah seinen Freund erstaunt an. »Ja, gibt's den noch?«

Franz lächelte hintergründig. »Als ob sich bei uns hier draußen so wahnsinnig viel verändern würde.«

Wenig später saßen sie auf ihrem alten Hochsitz, der jetzt mittlerweile schon arg marode war, und Franz dübelte sie erst einmal kräftig ein. Bülent hatte dankend abgelehnt. Aber auch bloß, weil er es nicht mochte, wenn seine Hände nach Rauch stanken und keine Seife in Sicht war. Da war er eigen. Stattdessen knabberte er an einem Keks, den Franz aus den Untiefen seines alten Bundeswehrparkas gezogen hatte, und der ihm nach ein paar Bissen gleich wohlig ins Gemüt fuhr. Echte waldersche Wertarbeit eben. Nach einer kurzen Weile des nebulösen Schweigens, was sie schon immer gut zusammen konnten, erzählte Bülent den ganzen Wahnsinn, der ihn gerade umgab. Er ließ kein noch so deftiges Detail aus, auch die Muschiparade in Erkans Bett verschwieg er nicht.

»Irgendwie hakt's grad überall. Mein Alter mauert, meine Mama bockt rum, und ich hab keine Ahnung, wo Astrid ist. Alles ein einziges Drama«, beendete Bülent seinen Bericht und schaute jetzt schon arg hilflos drein.

Franz blies ein Pfund Dampf in die Luft und seufzte. »Wem sagst du das.« Nachdenklich kratzte er sich am Kopf. »Also, was deinen Vadder betrifft, einen Mord trau ich ihm nicht zu. Dass er dem Gmeinwieser eine schmiert, wenn der ihm blöd kommt, ja, des schon. Aber gleich umbringen, des passt ned zum Erkan. Im Grunde seines Herzens ist der doch genauso ein Schisser wie du«, schlussfolgerte Franz wenig schmeichelhaft für die rambichlerischen Herren.

Bülent ignorierte das geflissentlich und war eigentlich nur heilfroh darüber, dass Franz an die Unschuld seines Vaters glaubte. Dann wollte er das auch noch eine Zeitlang tun, auch wenn das hieß, dass sie erst einmal keinen Verdächtigen mehr hatten. »Weißt du denn irgendetwas von den Gmeinwiesers, also außer das, was alle im Dorf wissen?«

»Lass mich mal sinnieren«, entgegnete Franz und schloss erst einmal die Augen. Nach einer gefühlten Ewigkeit – Bülent war schon nahe dran, die Geduld zu verlieren – schoss Franz tatsächlich eine tief vergrabene Erinnerung ins bewusstseinserweiterte Hirn. »Meine Mutter hat früher beim alten Gmeinwieser, also dem Vadder vom Bubblers Schorsch den Haushalt g'macht. Des muss ein ganz ein harter Hund gewesen sein. Jedenfalls kam sie eines Tages heim und hat drei Obstler hintereinander kippt, weil sie irgendeine komische G'schicht mitkriegt hat, die sie lieber ned mitkriegen hätt wollen und sollen wahrscheinlich auch ned. Muss was ganz Arges gewesen sein, weil meine Mutter ja sonst eine ganz eine Abstinente war.« Franz zuckte schief lächelnd mit den Achseln »Leider hab ich des nicht von ihr g'erbt.«

Bülent fäustelte ihn kumpelhaft in den Oberarm. »Dafür hast andere Qualitäten.«

Franz sah ihn dankbar an. »Leider kann ich dir ned sagen, um was es damals genau ging. Des hat's mir auch nie g'sagt, die Mama. War ja eh nie so die Geschwätzigste.«

Geradezu unüblich für dörfliche Gefilde, dachte Bülent. Laut sagte er: »Passt schon, wenn es sein muss, finde ich das schon raus. Aber jetzt muss ich erst einmal mein Sunshinchen finden.«

Franz räusperte sich. »Also da kann ich dich beruhigen«, nuschelte er offensichtlich äußerst schlechtgewissig. »Der ihr hübsches Gestell hängt auch bei mir rum.« Franz betrachtete auffällig unschuldig seine Hände.

»Wie bitte!« Bülent fuhr so dermaßen zu Franz herum, dass das gesamte Jägerkonstrukt schwer ins Wanken geriet.

»Öha, vorsichtig.« Franz hielt sich ängstlich am Geländer fest.

»Warum sagst du mir das mit der Astrid denn erst jetzt?« Franz hob abwehrend die Arme. »Du hast mich ja nicht gefragt.« Er zog noch ein Gebäckstück aus seiner Tasche. »Magst noch einen Beruhigungskeks?«

Mochte Bülent jetzt freilich ganz klar nicht. Er wollte Antworten und zwar gleich. Doch Franz machte schlichtweg und knallhart von seinem Aussageverweigerungsrecht Gebrauch.

Er brabbelte noch irgendeinen Schmarrn von neutralem Gebiet und geiger'scher Schweiz daher und schwieg sich dann demonstrativ aus.

»Na toll, und so einer wie du schimpft sich bester Freund.« Enttäuscht und wütend starrte Bülent in die Weite und in die Stille hinaus.

Franz schüttelte verständnislos den Kopf. »Alder, wird echt Zeit, dass du mal was gegen dein Überdruck unternimmst. Du bist ja dermaßen grausig unausgeglichen. Des is fei auf Dauer ned g'sund.«

Das hatte ihm jetzt gerade noch gefehlt. »Ich kann mir halt das Leben nicht immer schöndampfen, so wie du«, frotzelte er zurück.

»Aber du kannst dir endlich dein Kripohaserl schnappen und...« Franz pfiff frivol durch die Zähne.

Der Hauptkommissar zweifelte nun doch extrem am Verstand seines Freundes. »Astrid und ich? Nie im Leben.«

»Ach ja, stimmt«, giggelte der Geiger-Lurch. »Du bist ja seit heut anderweitig vergeben.«

Bülent konnte nichts weiter tun, als die erneute Lachsalve, die nun folgte, stoisch über sich ergehen zu lassen. Franz drückte es die Tränen so dermaßen aus den Augen raus, dass sein Gesicht schon patschnass war und er kein vernünftiges Wort mehr rausbrachte. Stattdessen bekam Franz einen mordsmäßigen Schluckauf. Was Bülent nur gerecht fand. Er selbst nahm sich dann doch noch einen Keks und dachte nach. Über die Liebe und andere Widrigkeiten des Daseins.

KAPITEL 9

Kärwa. Karma. Koitus.

Schlussendlich hatte sich der Franz dann wieder so weit im Griff, dass er ohne Gefahr für Leib und Leben vom Hochsitz kraxeln konnte. Sogar entschuldigen tat er sich beim Bülent, wenn auch noch immer mit einem fetten Grinser im Gesicht. Aber er wollte nicht nachtragend sein. Immer noch besser einen Freund mit schlechtem Humor als gar keinen. Im besten Einvernehmen kamen die beiden daher bei der Casa Geiger an. Da wars dann aber ab dem Gartentürchen auch schon wieder vorbei mit der Gemütlichkeit. Es sah nämlich schwer danach aus, als hätte die anwesenden Damen durch die Bank der Wahnsinn gepackt.

Astrid, die Walders und Maria kreischten, wälzten und wirbelten sich durch den Garten wie die Verrückten. Selbst vor gegenseitigen Erdschmierereien machten sie nicht halt. Was freilich wiederum Hannelore der Sau gut gefiel. Endlich gab es außer ihr noch ein paar andere, die sich wie Schweine benahmen. Schwestern im Geiste sozusagen. Das ganze irrsinnige Spektakel wurde von einer dermaßen aufpeitschenden Musik begleitet, dass Bülent beim bloßen Zuhören schon Herzrasen bekam. Und weil das Kraut natürlich noch nicht fett genug war, hatten sich Vaddi und Muddi, das neugierige Ehepaar von nebenan ihre Kissen auf dem Fensterbrett zurechtgepolstert und folgten mit einer Tüte Erdnussflips im Anschlag dem entrückten Schauspiel in Nachbars Garten. RTL 2 war ein Dreck dagegen.

Wenn das mal nicht alles im nächsten Gemeindeblatt breitgetreten würde.

»Herrgott, Franz, was baust denn du für ein Gift an?«, schrie Bülent aufgebracht und besorgt gleichermaßen. Maria hatte nämlich gerade so dermaßen ihr Gesicht verrenkt und dabei die Zunge raushängen lassen, dass es einem ganz Himmelangst werden konnte.

Franz antwortete nicht. Er starrte nur wie paralysiert auf die wilde Weiberhorde, die da so völlig gnadenlos über seinen heiligen Wiesenboden hinweghantierte. Obwohl Bülent dringend nach Flucht zurück ins schützende Unterholz war, sah er es als seine staatsdienstige Pflicht an, dem Ganzen hier ein Ende zu bereiten. Am Ende kamen aufgrund des furchtbaren Lärms noch die Grünen oder jetzt die Blauen – was eh farblich oftmals besser zu ihrem allgemeinen Zustand passte –, und dann wurde es richtig peinlich. Er machte sich daher schleunigst auf die Suche nach dem Quell der Höllenmusik und fand einen Ghettoblaster auf einem Baumstumpf thronen, der via Bluetooth mit Astrids iPhone verbunden war. War ja klar, dass nur sie hinter alldem esoterischen Ungemach hier stecken konnte.

Bülent hatte sich ja mittlerweile so halbwegs damit abgefunden, dass seine Assistentin dauerhaft auf einem seltsamen Trip war, aber dass sie jetzt auch seine Mutter infiltrierte, das ging dann doch zu weit. Wer sollte denn seinen Vater am Boden halten, wenn Maria auch auch noch zu schweben begann. Grund genug, dass er jetzt zur Tat schritt und dem kuriosen Treiben den Saft abdrehte. Off und Ende. Er atmete tief durch. Doch die Ruhe währte nicht lang.

»Rambichler!« Erna stapfte auf ihn zu wie ein kleiner Bulldozer. »Hat dir wer erlaubt, dass du da rumgriffelst?« Wütend blitzte sie ihn an und auch die anderen drei samt Sau näherten sich ihm nicht gerade in freundlicher Stimmung. Und selbst die Nachbarn pfiffen ihn aus.

»Mensch Büli, wir waren gerade so schön drin in Phase 2«, nörgelte Astrid ihn vorwurfsvoll an. »Katharsis, verstehst?«

Erna bellte wie ein Rottweiler. »Und etz hast uns total rausbracht.«

»Was?« Bülent verstand nur Bahnhof. Katharsis, aha. Die vier verdrehten im Kollektiv die Augen. Hannelore war da allerdings raus.

»Dynamische Meditation nach Oslo«, erklärte Traudl so kurz wie unverständlich.

»Osho«, plärrte Erna. »Des war der Osho. Oslo ist die Hauptstadt von Dänemark.«

War jetzt zwar auch knapp daneben, aber wer wollte sich bei diesen aufgedrehten Grazien schon belehrend in die Nesseln setzen. Dieser Osho jedenfalls, kam Bülent zu dem schnellen Schluss, war wohl nicht ganz sauber. Meditation, dass war doch sonst langweiliges Rumgehocke mit Kerze und irgendwer haute noch mit einem Schlegel auf eine blecherne Salatschüssel[12] ein, aber das, was er gerade erleben musste, grenzte schlichtweg an Schwachsinn. Sagte er natürlich nicht, stattdessen musterte er die drei argwöhnisch. Sahen eigentlich alle ziemlich normal aus, bis auf Astrid, die sich in einen türkisfarbenen Frotteejogger in Zwergengröße gequetscht hatte. Grad so bis über die Knie gingen ihr die Bündchen des altmodischen Drums.

»Den hat mir Erna geliehen«, erklärte ihm Astrid, die seinen irritierten Blick richtig deutete. Das Warum blieb sie ihm aller-

---

12 Bülent war das Wort Klangschale entfallen.

dings schuldig. Stattdessen grinsten die vier jetzt wie auf Pilz oder Pils, je nachdem, Geschmäcker waren da ja verschieden.

»Habts ihr was eingeschmissen«, fragte Bülent sicherheitshalber nach und erntete dafür den nächsten synchronen Augenverdreher. Langsam wurde es symptomatisch. Bevor er noch weitere Fragen stellen konnte – und da hätte es schon noch einiges gegeben, was er wissen wollte –, schaltete seine Mutter einfach wieder auf On und das höllische Getöse ging in die nächste Runde.

»Griffel weg«, mahnte Maria noch mit erhobenem Zeigefinger, und dann pflügte die narrische Bande auch schon wieder durch den Garten. Bülent gesellte sich zu Franz, der mittlerweile in der Hollywoodschaukel saß und seinen Freund fragend ansah.

»Katharsis«, sagte er nur.

Franz nickte, als ob jetzt alles klar wäre, dabei spiegelte sich jedoch maximale Resignation in seinen Augen wider.

»Keks?« war dann für längere Zeit sein letztes Wort an diesem Morgen. Und während die Männer an der Entspannung naschten, tanzten, jauchzten, weinten, lachten sich die Frauen schrittweise durch sämtliche Phasen, um sich am Ende optisch völlig durchgewirbelt, aber glücklich in den Armen zu liegen. Strahlen taten sie jetzt wirklich, so von innen heraus, das musste Bülent schon zugeben. Selbst die Walders sahen einigermaßen friedlich drein.

Erna deutete auf ihn und grinste frech. »Rambichler, gehst du heut eigentlich als Presssack?«

Du mich auch, dachte er.

»Erna, des ist dem Bubi sein Laufzeugs, des hat ihm des Christkind gebracht«, verteidigte Maria ihren Jungen und machte gleich noch alles ein bisschen schlimmer.

»Wo warst du denn heute Nacht?«, wandte er sich ohne ein weiteres Wort über sein Outfit zu verlieren an seine Assistentin, die sich im Schneidersitz in die Wiese gepflanzt hatte und ein Gänseblümchen streichelte.

»Na hier!«, kam es vom Strunzheimer Viergestirn wie aus einem Munde.

»Ich hab mich heut Nacht dummerweise verlaufen, und dann bin ich hier gelandet«, setzte Astrid noch nuschelnd nach. Das Gänseblümchen hatte inzwischen einen Mittelscheitel so sehr bürstete sie daran herum. Was war sie denn so nervös?

»Warum hast du denn nicht angerufen?«, fragte Bülent, dem die Sache doch reichlich komisch vorkam.

»Handy leer«, plärrte Traudl triumphierend dazwischen, als ginge es um ein Quizduell. Wahrscheinlich wollte sie lediglich ihren Fauxpas von grad eben wettmachen.

»Genau«, grinste Astrid schief, »Handy leer.«

Die nächste Frage lag Bülent schon auf der Zunge, als er von Maria einen leichten Schlag auf den Hinterkopf bekam.

»Du, gell, etz hörst mal auf mit deiner Ausfragerei. Des arme Maadla. Sei froh, dass mir uns um sie kümmert haben, wenn du es schon ned machst.« Patsch, das hatte gesessen und kratzte mächtig an Bülents Ego. »Ich hab mir schon Sorgen um sie gemacht. So ist es nicht«, verteidigte er sich. »Ach so, und deswegen stinkst auch wie einmal durchs Puffwasser geschwommen. Hättest dir ja wenigstens noch dein Dreck von gestern Abend wegduschen können«, schimpfte Maria. »Vielleicht entschuldigst dich jetzt mal bei der Astrid.«

Für was? Er wusste es nicht. Tat es aber trotzdem. »Entschuldigung«, murmelte er. Astrid sprang auf und gab ihm spontan ein Bussi auf die Wange.

»Passt schon.« Warum war sie denn jetzt so erleichtert. Und Franz, der schüttelte unentwegt den Kopf. Der Vollständigkeit halber sei gesagt, es folgten noch ein mütterlicher Friedensschmatzer von Maria und zwei feuchte Knutscher von Traudl. Nur Erna enthielt sich der allgemeinen Liebkosungen, die pfuschte lieber an einem Joint herum, der hinterher zwar etwas windschief daherkam, aber schmeckte, wie eh und je. Nachdem sich also die allgemeine Lage sowie die enttäuschten Nachbarn halbwegs wieder beruhigt hatten und Hannelore völlig geschafft unter dem Apfelbaum pennte, bat Bülent seine Mutter um ein Gespräch unter vier Augen. Was natürlich eine große feminine Protestwelle auslöste. Aber das war ihm egal. Jetzt war ein ausführliches Mutter-Sohn-Gespräch fällig.

Maria zickelte vehement herum. Von wegen sie hätte keine Geheimnisse vor ihren Freundinnen, und überhaupt hätte sie schon gar nichts zu sagen. Schließlich gelang es Bülent doch noch, seine Mutter ins Wohnzimmer zu bugsieren, wo sie auf einem aus Europaletten zusammengezimmerten Sofa Platz nahmen. In Ermangelung eines dicken Kontos war Franz hinsichtlich seiner Einrichtung schon immer reichlich kreativ gewesen. Für Bülents Geschmack nahm das mit dem individuellen Touch allerdings manchmal etwas überhand, wie der Couchtisch aus einem riesigen Traktorreifen eindeutig bewies. Während er sich noch überlegte, wie er das Gespräch mit seiner Mutter angehen sollte, zerlegte diese sichtlich nervös ein Tempotaschentuch in atomare Kleinstteile. Sagen tat sie erst einmal nichts.

»Mama, magst nicht endlich mit mir reden. Dich bedrückt doch was, das seh ich doch«, versuchte es Bülent erst einmal engelszüngig.

Sie schüttelte den Kopf. »Mir gehts wunderbar«, sagte sie so betont lässig, dass klar war, dass es nicht stimmte. »Wennst was wissen willst, musst mit deinem Vadder reden.«

Bülent seufzte. Langsam kam er sich vor wie ein Kreisel, der nimmermüde seine Runde drehte, aber niemals nicht ans Ziel kam.

»Der redet aber nicht mit mir. Vor allem nicht über die Mordnacht.«

Maria zuckte mit den Achseln. »Dann solls so sein. Solang er ned red, red ich auch nicht. In guten wie in schlechten Zeiten.«

Bülent hob abwehrend die Hand und unterbrach sie. »Lass stecken, Mama, ich kenn den Spruch, aber wenn ihr zwei so weitermacht, dann scheidet euch nicht der Tod, sondern das Gefängnis.« War jetzt nicht ganz so sensibel schlau dahergeredet. Das sah Bülent dann schon spontan ein. Auch ohne, dass jetzt der Watschnbaum noch extra hätte umfallen müssen. Das hatte vielleicht gezündet.

Maria war danach wortlos abgerauscht. Bülent hielt sich die lodernde Wange, als sein Handy in der Tasche vibrierte. Der Fröstel war dran und wollte die Kommissare pronto in der Gerichtsmedizin sehen. Das mit dem am siebten Tage sollst du ruhn, hatte der Leichfledderer wohl noch nicht ganz verinnerlicht. Aber half ja nichts. Nachdem sich Bülent wieder auf Vordermann gebracht hatte, sprich, er hatte sich den aufdringlichen Jil Sander-Sun-Katzengeruch, der ihm tatsächlich anhaftete, vom Leib geschrubbt, und auch Astrid wieder ihrem sonstigen Stil entsprechend gekleidet war, rasten sie in die Gerichtsmedizin.

»Voilà, da haben wir unseren werten Patienten«, schuggerte der Gerichtsmediziner wie immer zum Erbrechen fröhlich in die Ohrmuscheln rein. Er enthüllte dabei die Leiche vom Bubblers

Schorsch mit einem dermaßen Elan, dass er sich gleich einmal um die Achsen drehte. Zu allem Überfluss lief im Hintergrund der Soundtrack von Dirty Dancing[13], zu dem der Doktor emsig seine Hüften schwang, wobei er freilich wie zufällig ein ums andere Mal mit Astrids Becken kollidierte. Die Sau. Bülent hätte ihm grad raus eine schmieren können. Dieser blonde Schönling mit seiner dauerwurstigen Launigkeit machte ihn einfach sowas von aggressiv. Astrid hingegen wurde zu Butter in der Nähe von »Dr. Strahleweiß«. Grad heut sahnte sie extrem an ihm rum. Die beiden schienen fast vergessen zu haben, dass er auch noch da war. Bülent räusperte sich mehrmals laut. Dr. Fröstel sah ihn besorgt an.

»Brauchens vielleicht ein Goody für Ihren Hals, Herr Rambichler?« Der alte Süßholzraspler. Er wusste haargenau, was er brauchte – viel frische Luft. Diese wilde Mischung aus Formaldehyd und Dr. Fröstels aufdringlichem Aftershave hantierte nämlich schon arg an seiner Nasenscheidewand herum.

»Lassens uns einfach anfangen, Fröstel. Wir haben nicht auf Ewigkeit Zeit.«

Dr. Fröstel stupste Astrid an. »Heut hat er aber wieder eine Laune beinander. Sie müssten vielleicht mal ein bisschen entspannen, Herr Hauptkommissar. Meditation, Yoga oder Tanzen.« Er packte Astrid und wirbelte einmal um den Tisch herum.

»Genau das sag ich auch immer«, sagte Astrid atemlos und mit roten Bäckchen. Na, wunderbar. Hauptsache, diese zwei Turteltäubchen sind sich einig. Es ist ja immer gut, wenn andere wissen, was für einen das Beste ist.

»Anfangen!«, befahl Bülent schroff und erntete dafür von Astrid verständnisloses Kopfschütteln.

13 Für alle U40: Filmklassiker aus den 80ern.

»Büli, jetzt sei mal nicht so garstig.« Der Patrick Swayze schien wenig beeindruckt von Bülents Kommando-Auftritt. Grinsend knallte er seine Birkenstockhacken zusammen und salutierte. »Zu Befehl, Herr Hauptkommissar.« Danach tänzelte er zu einem der Kühlfächer, öffnete es und holte einen Teller mit einem hellbraunen Klumpen darauf hervor. Er hielt es den beiden Kommissaren direkt unter die Nase. »Na, eine Ahnung, was das ist? Steckte im Hals des Toten.«

Bülent ging gleich mal hurtig auf Abstand von dem kontaminierten Drum. Was musste man das auch auf einen stinknormalen Speiseteller drapieren? Grauste es denn diesen Mann vor gar nichts?

Astrid schnupperte daran. »Riecht nach Fisch.«

Der Rechtsmediziner nickte anerkennend. »Genau genommen ist es ein paniertes Karpfenstück.«

»Ist unser Opfer daran erstickt?«, fragte Astrid.

Der Gerichtsmediziner drehte eine Pirouette und schüttelte den Kopf. »Nein, er ist definitiv ertrunken.« Fröstel kratzte sich nachdenklich am Kopf. »Allerdings, und das ist wirklich äußerst seltsam, finden sich keinerlei Spuren für körperliche Gewalt, jetzt mal abgesehen von diesen älteren Hämatomen in seinem Gesicht und der Schrift auf seinem Hintern. Aber sonst nichts, was auf einen Kampf hindeuten würde oder zumindest auf heftige Gegenwehr seinerseits. Es scheint fast so, als wäre er freiwillig ins Wasser gegangen. Was jetzt aber gelinde gesagt ein äußerst merkwürdiger Abgang wäre, zumal einem da der Überlebensreflex schon gehörig dazwischenfunken würde. Deswegen schließe ich Selbstmord eigentlich aus und tendiere weiterhin zu Mord, wie auch immer das vonstattengegangen sein mag. Aber das herauszufinden ist ja dann Ihre Aufgabe.« Er grinste Bülent breit an.

»Und wenn er einfach pieseln wollte und vornübergekippt ist. Er könnt ja auch betrunken gewesen sein«, sagte Bülent in der leisen Hoffnung, das Unvermeidliche noch einmal abwenden zu können. »Könnte!« Fröstel grinste wie ein dreijähriger Wecklafresser. »Aber von Spezi hab ich persönlich noch keinen Rausch heimzogen.« Dass Astrid bei diesem unterirdischen Scherz auch noch lachen konnte. »Und mal ehrlich, Herr Rambichler ...« Der Arzt beugte sich tief vornüber, griff mit einer Hand zwischen seine Beine und kratzte unschön an seinem Hintern herum. »Auch wenn es anatomisch möglich wäre, wie Sie sehen, glaube ich doch kaum, dass der Tote die unschönen Verzierungen an seinem Allerwertesten selbst verursacht hat.« Dr. Fröstel tauchte mit hochrotem Kopf, aber höchst zufrieden mit sich und seiner Vorstellung, wieder unter seinem Gemächt hervor.

»Wars das dann?«, unfreundelte Bülent, dem es jetzt wirklich an humoristischen, akrobatischen und gesteppten Einlagen reichte.

»Noch nicht ganz.« Der Mediziner machte eine gewichtige Pause. »Wir müssen noch etwas tiefer in die hinteren Regionen des werten Bürgermeisters einsteigen.« Lächeln und wieder Pause. Das klang ja mal scheiße.

»Sie meinen die Inschrift auf seinem ..., also seinem Popo?« fragte Astrid so süß, dass es beiden Männern wie Zucker runterging.

»Nun ja. Nicht direkt. Nein.« Der Mediziner räusperte sich. »So wie es aussieht, hatte Herr Gmeinwieser direkt vor seinem Exitus noch Sex, und zwar hintenrumigen. Wenn Sie verstehen, was ich meine. Ob freiwillig oder nicht, das ...« Der Rest der Worte ging in einem lautstarken Geschepper unter. Bülent hatte sich in seinem Schock über das Gehörte an einem Regal festgehalten. Leider hielt das seinen 90 Kilogramm Lebendgewicht nicht Stand und krachte mit ihm auf den spiegelblanken Fließenboden.

In seinem Kopf wirbelte ein Sturm aus Gedanken.

Wenn sein Vater nun mit dem Mord etwas zu tun hatte, dann hatte er am Ende auch – er war der Ohnmacht nahe.

»Hase, was machst du denn für Sachen?« Astrid musterte ihn besorgt und reichte ihm die Hand. Seine Beine fühlten sich an wie Gummi, als er nun wieder in die Vertikale krabbelte. »Du glaubst doch nicht, dass dein Vater ...«

Er schnitt seiner Kollegin mit einer forschen Handbewegung das Wort ab. »Pssst, nicht weiter reden. Bitte, bitte, nicht weiterreden.« Bülent schlug sich mit den Händen auf die Ohren und schrie: »Hundewelpen! Hundewelpen! Hundewelpen!«

Astrid und Dr. Fröstel sahen sich an, als hätten sie es mit einem Bekloppten zu tun.

»Dabei ist das in der heutigen Zeit doch ...« Dr. Fröstel kam schlagartig ins Stocken, als er Bülents tollwütigen Blick registrierte. »Alles klar, kein gutes Thema.« Er grinste schief und machte ein Peacezeichen. »Dann würde ich sagen, sind wir fertig für heute. Bringt mir DNA. Bringt mir den Arschkratzer. Und ich bring euch weiter.« Zwinker. Zwinker. Vollpfosten.

Bülent stürmte grußlos aus der Pathologie. Er bekam nicht mehr mit, dass Astrid dem überraschten Mediziner mit gekonntem Augenaufschlag ein randvolles Einmachglas mit ihrer Pippiprobe überreichte und um Überprüfung auf bewusstseinsausknockende Substanzen bat. Und weil der Fröstel schon ein arg gründlicher Pedant war, riss er der armen Astrid gleich noch ohne Vorwarnung ein paar Haare samt Wurzeln aus dem Schädel heraus. Wenn schon Check, dann richtig. Irgendwie schien bei dem Typen auch nicht jedes Schräubchen am richtigen Fleck zu sitzen, dachte sie sich, während sie Bülent mit wummernder Kopfhaut hinterhereilte.

»Auch schon da«, brummte Bülent, als Astrid sich nun, leicht außer Atem, neben ihn in den Autositz fallen ließ.

»Ich habe mich im Gegensatz zu dir wenigstens noch vom Fröstel verabschiedet«, schnappte Astrid zurück. Sie tippte ihn an den Oberarm. »Du, Herr Hauptkommissar, hast dich ja mal wieder benommen wie die Axt im Walde.«

Bülent schnaubte verächtlich und ließ den Motor aufheulen.

»Der Fröstel macht echt 'nen guten Job und ...« Mehr brachte Astrid nicht hervor, denn Bülent gab so dermaßen narrisch Gas, dass sie in Formel-1-Manier über den Parkplatz bretterten, allerdings im Rückwärtsgang. »Büli, ich will noch nicht sterben«, kreischte Astrid und klammerte sich am Türgriff fest.

»Du sollst mich nicht immer Büli nennen, sagst zum Fröstel ja auch nicht Frosti«, maulte er angefressen, aber immerhin schaltete er einen Gang runter, wenn auch nicht emotional. Astrid sah ihn schief von der Seite an.

»Sag mal, bist du eifersüchtig?« War ja klar, dass sie jetzt wieder mit sowas daherkommen musste. Manche Frauen litten wirklich an einem überzogenen Selbstbewusstsein. Er war freilich überhaupt nicht eifersüchtig. Ihm gefiel es bloß nicht, wie die zwei immer miteinander rumharmonierten. Außerdem, Scherze auf seine Kosten mochte er sich von so einem weißkittligen Gockel schon gar nicht gefallen lassen. Aber das Schlimmste war die andere Sache. Diese ... ach, er wollte gar nicht daran denken.

»Also, ja«, interpretierte Astrid sein Schweigen und sagte daraufhin den Rest der Fahrt nichts mehr, sondern grinste nur noch zufrieden zur Windschutzscheibe hinaus.

KAPITEL 10

Helene und andere Fischer

Am frühen Nachmittag passierten die Ermittler erneut das Dorf-
schild von Strunzheim. Alles wirkte wie ausgestorben. Die Straßen menschenleer, die Häuser verwaist. War aber nicht weiter
verwunderlich, denn die ganze Gemeinde hockte seit dem Frühschoppen im Bierzelt und spülte sich den Gerstensaft durch die
Knochen. Ganz klar war der Mord am Bubblers Schorsch, neben
dem drohenden Abstieg der A-Mannschaft, das Top-Thema des
Tages. Saublöd nur, dass es halt ausgerechnet den Zweiten Bürgermeister erwischen musste, wo der doch immer so spendabel
mit Biermarken um sich geschmissen hatte. Fanden viele schon
arg schad, dass sie ihren Sonntagsrausch jetzt doch glatt selber
zahlen mussten. Der Unmut war allenthalben spürbar und in
Ermangelung eines sonstigen Bauernopfers war es nun doch Erkan, dem der Wind frostig entgegenschlug. Es war zwar noch
nichts bewiesen, aber irgendwo musste man ja seinen Frust ab-
lassen. Und wenn man mal ehrlich war, irgendwie war er ja doch
immer ein Fremder geblieben, der alte Rambichler. Da half auch
der fränkische Nachname nichts. So oder anders ging es hintenrum daher, während man von vorn freilich noch allerweil
recht freundlich dahergrinste. Man wollte sich schließlich nichts
nachsagen lassen. Bülent bekam von der aufgeheizten Stimmung
gegen seinen Vater erst einmal nichts mit. Er war mit Astrid zum
Tatort gefahren, um die Aura des Ortes noch einmal auf sich

wirken zu lassen. Kam freilich nicht von ihm, dieses Gschmarri. Seit rund zehn Minuten standen sie nun schon vor dem Fischkasten und fühlten sich rein. In was oder wen hatte Bülent jetzt nicht so ganz begriffen. Aber er wollte nicht schon wieder der Spielverderber sein.

»Irgendwie kommen da keine Vibrations rüber«, gab Astrid zu seiner Überraschung enttäuscht zu. »Aber schau mal, da.« Sie deutete auf zwei Fischer, die in ihren obligatorischen Gummistiefeln, die bis zum Nabel reichten, regungslos am gegenüberliegenden Ufer des Weihers standen und sich an ihren Angeln festklammerten. Beide glotzten dabei so stoisch in den Weiher, als wollten sie die Viecher darin hypnotisieren. »Die kennen bestimmt das Opfer und deinen Vater. Vielleicht wissen die was, das wir noch nicht wissen.« Die junge Kommissarin winkte den beiden Männern zu.

»Entschuldigung«, rief sie freundlich und erntete dafür, wie sollte es anders sein, ein mehrstimmiges »Pssst.« Das wars dann aber auch schon wieder mit der Kommunikation. Für einen Maulfaulen war das wirklich das absolut perfekte Hobby, dachte Bülent und wunderte sich zugleich, was Erkan da dann zu suchen hatte. Der konnte ja keine fünf Minuten am Stück ruhig sein. »Wenn der mal stirbt, muss man seine Schläbbern[14] extra derschlagen«, prophezeite Bülents Zuzzlers-Oma, die immer so gern die gelben Wrighleys auszuzzelt hat, oft und allerweil, wenn es um das Mundwerk ihres Schwiegersohns ging, mit dem sie zeit ihres Lebens ein Hühnchen zu rupfen hatte.

»Hallo, wir müssen mit Ihnen reden«, trällerte Astrid, immer noch um Höflichkeit bemüht.

14 Große Klappe

»Herrgottzack, Maadla, etz halt dei Goschn, bitte«, kam es postwendend, und wie, als würde jemand freundlich, aber bestimmt mit einem strunzdummen Gör reden, zurückgeechot. Die Kommissarin schnappte hörbar nach Luft.

»Hast du das gehört?«

Bülent zuckte mit den Achseln. »Er hat immerhin bitte gesagt.«

Ihr Blick daraufhin: vernichtend. »Diese Neandertaler in Gummihosen können jetzt aber mal was erleben«, tobte Astrid. »So redet niemand mit mir.« Während sie das sagte, rannte sie auch schon los wie von der Tarantel gestochen. Da war wieder dieses kurze Zündschnürchen, das er schon kannte und das jetzt lichterloh brannte. Aufhalten war in diesem Zustand nicht mehr drin. Man konnte höchstens noch Schadensbegrenzung betreiben. Bülent hetzte also hinterher, so schnell er konnte. Die Fischer nahmen das Ganze erst mal ohne jegliche Gemütsregung zur Kenntnis. Grad, dass es ihnen einen Wimpernzuckerer wert war. Rennen halt zwei Deppen um die Weiher. Solange sie ihr Babbn halten, passt's eh. Der verbale Einschlag ließ allerdings nicht lange auf sich warten. Ein feministischer Paukenschlag, der bei den beiden Petri-Brüdern sofort tiefe, demütige Dankbarkeit für die Alten, die man daheim so zu ertragen hatte, auslöste. Die waren nämlich durch die Bank tatsächlich handzahmer als diese Nürnberger Furie. So ein hübsches Ding und dann so einen grantigen Batscher. Da konnte man ja fast schon Mitleid haben mit dem Rambichler.

»Sag mal, ist die im Wechsel?«, grätschte einer der beiden in Bülents Richtung, als Astrid mal Luft holte.

»Schmarrn, Herbert«, widersprach der andere der Theorie seines Kumpels. »Dafür ist die doch noch viel zu jung. Ihre Tag wirds halt haben, da hat sich meine Vroni auch immer aufgeführt wie eine Wahnsinnige.«

Der, der Herbert hieß, nickte. »So wird's sein.«

Und dann starrten die beiden wieder ins Wasser, als wäre nichts gewesen.

Ganz schlecht, dachte Bülent, als er Astrids Gesicht sah. Sie kniff ihre Lippen zusammen und stand kurz vor der Detonation. Doch bevor die Bombe zünden konnte, begann irgendetwas vehement an der Angel vom Herbert zu zerren, was den spontan munter werden ließ.

»Uih, Sepp, da hängt einer dran, und was für ein Oschi. Schnell, helf mir.« Von Schlaftabletten zu Ecstasy und das in Sekunden. Auch der andere erwachte aus seiner Lethargie und kescherte hochmotiviert in der trüben Suppe herum. Und Astrid, das vegane Herzchen, fing derweil an, mächtig zu pflitschen. Angeblich, weil sie die Schmerzensschreie des Karpfens, dessen Maul grad von einem Haken malträtiert wurde, direkt hören konnte.

Bülent hörte nix, aber das mochte auch an dem fröhlichen Geplärre der Fischer und dem hysterischen Gerotze von Astrid liegen. Würde jemand das so aufschreiben, keine Sau würde es glauben, sinnierte Bülent. War dann aber doch heilfroh, als der Fisch halbwegs munter und unbeschadet in dem bereitgestellten Eimer landete, der natürlich viel zu klein war für das Schuppenkaliber. Wenn man ehrlich war, sah so ein Karpfen schon reichlich belämmert aus der Wäsche.

Astrid störte das nicht. Die war schockverliebt und machte sich sofort dran, ihr die Schuppen zu kraulen. Sah man nämlich schon an den Augen, dass das ein Weibchen war, und weil es gar so schön passte, bekam das Tier gleich mal den Namen Helene verpasst.

»Des Vieh bleibt aber da, wo es ist«, zischte Bülent in Erinnerung an das schweinische Entführungsdrama um Hannelore, die Sau.

»Ja, ja«, sagte Astrid in einem Ton der genau das Gegenteil vermuten ließ, während sie dabei war, den Eimer in den Schatten zu zerren. »Geh du und befrag diese Tierquäler. Ich muss mich um Helene kümmern.«

»So war das aber nicht ausgemacht«, ätzte Bülent.

»Geh schon, du verschreckst Helene.«

Manchmal spinnt sie einfach, dachte er. Laut sagte er: »Ja, ja«.

Die Fischer hatten euphorisiert über ihren Fang nun freilich schon das erste Seidla[15] Bier im Gesicht und nuckelten gerade am zweiten rum. Da wurden sie gleich etwas redseliger. »Dein Vadder, Rambichler, der hat schon immer arg schlimm über den Bubblers Schorsch dahergeredet. Und seit der dann auch noch Fischerkönig geworden ist, wars ganz aus mit der Freundschaft. Direkt verrennt hat sich der Erkan da in seiner Verschwörungstheorie«, erzählte Sepp, und Herbert legte gleich noch nach. »Vielleicht hat er ihn ja wirklich auf dem G'wissn. So im Affekt passiert des schon. Da ist mir bei meiner Ploy Nang auch schon mal die Hand ausg'rutscht.« Es folgte eine Geschichte nach der anderen, wo man halt über Jahre hinweg mal ein bissl härter zugelangt hat. Aber freilich alles nur rein im Affekt.

»Wie war denn euer Verhältnis zum Gmeinwieser?«, unterbrach Bülent das endlose Gebrabbel der beiden. Es regte ihn nämlich schon arg auf, dass sie sich so auf seinen Vater einschossen. Das kratzte dann doch auch irgendwie an seiner Familienehre.

15 Halber Liter.

»Warum? Mir werden doch nicht verdächtigt.« Herbert begann spontan in seiner Gummihose zu kochen.

»Bei mir ist erst einmal jeder verdächtig«, sagte Bülent nonchalant. »Also mir ist der Gmeinwieser allerweil gut gelaufen. War ganz ein feiner Mann und immer recht spendabel. Da gabs nix«, erklärte Sepp im Brustton der Überzeugung. »Aber hast du ned mal ein rechts G'schiss mit ihm g'habt, wegen der Baugenehmigung für deine Doppelkarasch[16]«, wandte er sich anschwärzend an seinen Kumpel, dem die schwitzige Sauce jetzt nur so übers Gesicht lief.

»Du Kamaradensau«, giftete Herbert. »Des ist doch schon ewig her. Außerdem hab ich etz ein Carport hingestellt für der Ploy Nang ihren Spotzer. Des schaut eh viel besser aus.«

Da war jetzt aber einer sauer. Das merkte auch der Sepp und zog einen friedensstiftenden Flachmann aus seiner Tasche, den er Herbert hinhielt.

»Nix für ungut. Komm, sauf mers raus, den Dreck, und dann simmer wieder gut.«

Gesagt, getan. Wenn's nur auf der ganzen Welt so einfach wär mit Peace. Love and Harmony. Während die zwei sich mit dem Klaren wieder mehr und mehr klar wurden über ihre Freundschaft, dachte Bülent darüber nach, wie er am besten das heikle Thema um den Bubblers Schorsch seiner rückseitigen Verkehrszone zur Sprache brachte. »Ja, so eine Britschn«, dröhnte Sepp mitten in seine hochkomplexen Überlegungen hinein. »Schau dir des an, Rambichler, dei Kollegin haut mit unserem Karpfen ab.«

»Des war meiner«, winselte Herbert, dessen Nase mittlerweile

16 Garage.

leuchtturmartig strahlte. »Den brauchen wir doch für die Nuggets.« Er nahm gleich noch mal einen Schluck aus der Pulle, weil er sich so aufregen musste. Dass Astrid auch noch die Würmer freigelassen hatte, setzte dem Ganzen die Krone auf.

»Ist des am End so eine grüne Aktivistin? Die hab ich ja g'fressen«, trompetete Sepp, und mit einem Mal hing ganz viel Affekt in der Luft.

»Was sind denn diese Nuggets?«, fragte Bülent in dem Versuch, etwas Ruhe in das Gespräch zu bringen.

»Wo habens denn dich rausgelassen.« Aggro-Sepp war noch nicht entschärft. »Kennt der unser Strunzheimer Spezialität ned. Frisst wohl allerweil nur beim Hermann Alex drin in seiner Schickimicki-Buden.«

Herbert kicherte, wie man halt blöd kichert, wenn man sauber einen sitzen hat. »Also pass auf, Herr Kommissar, unsere Nuggets sind panierte Karpfenstückle mit Mayonnaise, süßem Senf oder Ketchup. Wir haben sogar dies Jahr einen Stand auf der Kärwa damit, und des läuft wie g'schnitten Brot. Aus dem ganzen Landkreis sinds scharf drauf.«

»Ahhh, ach so, wie auf die Trauerkränze vom Wuwu auch«, warf Bülent ein, weil es ihm halt grad in den Sinn kam. Kurz brachte er Sepp damit aus dem Konzept, doch dann nickte der zustimmend.

»Ja genau. Und auf den Wuwu lass ich fei nix kommen. Der Mann ist ein Brett.« Kicher. Kicher. Herbert war auch noch da.

»Und auch gut im Bett«, reimte der jetzt. Sepp tat das mit einer Handbewegung ab.

»Geh weiter, das ist doch nur ein dummes G'red.« Herbert schüttelte aufgebracht den Kopf.

»Nein, ist es nicht. Meine Ploy Nang hat gesagt, dass die

Charity-Franzi sich mal verplappert hätt.« Er wandte sich Bülent zu. »Die sind nämlich zusammen bei den Jazz-Cats.« Und so schließt sich der Kreis, dachte Bülent, und war nun schon arg froh, dass zumindest kein Siamkatzerl[17]durch des Bett von seinem Vater gestreunt war.

»Hat denn der Gmeinwieser am Freitagabend bei euch Karpfennuggets geholt und war da jemand dabei?«, fragte Bülent in der Hoffnung auf eine hilfreiche Antwort.

»Bin ich dem sein Kindermaadla.« Sepp gehörte wohl eher nicht zu den hilfsbereiten Typen, und von Herbert war schon gar nix mehr zu erwarten. Der krabbelte mittlerweile am Boden dem flüchtenden Gewürm hinterher. Bülent entschied, dass es jetzt pronto Zeit war für den Rückzug. Kaum war jedoch sein Servus über die Lippen, hatte ihn Sepp schon am Wickel.

»Moment, Rambichler. Erst zahlst uns den Ausfall von dem Karpfen. Hundert Euro gradaus, und der Käs ist gessen.« Blöd nur, dass Bülent so viel Bares jetzt nicht dabeihatte. Die anschließende Landung im arschkalten Weiher war so gesehen vorauszusehen. Zumindest hat sich das Ganze insofern gelohnt, dass er wusste, was dem Bubblers Schorsch da so konkret in der Gurgel steckengeblieben war. Aber was nutzte das, wenn einem derweil ein Pfund Kaulquappen in der Designer-Unterhosen rumwuselte.

Patschnass und mäßig gelaunt suppte Bülent wenig später zu seinem Elternhaus. Nicht nur, dass seine grünen Wildlederschleicher aussahen wie aufgeweichtes Moos, es ging auch ein undefinierbarer Brackwassergeruch von ihm aus. Kaum hatte er die

17 Thailändische Rassekatzen.

Haustür aufgeschlossen, vernahm er schon heftige Klagelaute aus der Küche. Hörte sich an wie ein angeschossenes Tier, war aber dann doch nur Erkan, der mit einer halbvollen Flasche Raki am Tisch saß und sich in Selbstmitleid suhlte. Und er drehte noch mehr auf, als er jetzt seinen Sohn im Türrahmen stehen sah.

»Bub, da bist ja, warum hast denn des nicht verhindert?« Im ersten Moment wusste er gar nicht, wovon sein Vater sprach. Es gab in diesem Dorf so vieles, was man hätte verhindern müssen. Seit Anbeginn der Zeitrechnung eigentlich. »Sag, warum hast du des zug'lassen, dass mich meine eigene Schwiegertochter so blamiert. Klaut die einen Karpfen von meine Kameraden und lässt ihn in meiner Badwanner frei. Wie steh ich denn jetzt da?«, jammerte Erkan und verbarg sein Gesicht in Händen. Als ob's derzeit nichts Schlimmeres gäbe, und was sollte überhaupt das Geschwafel von Schwiegertochter? Konnten seine Eltern nicht einfach mal Ruhe geben und sich um ihre Angelegenheiten kümmern, statt ständig in seinen herumzuwühlen. Bülent entschied sich trotz aufkeimender Wut, das Ganze nicht weiter zu thematisieren. Gab schließlich Wichtigeres zu besprechen.

»Feine Kameraden hast du da.« Er setzte sich neben seinen Vater und nahm einen tiefen Schluck aus der Schnapsflasche, bevor er weitersprach. »Deine Fischerfreunde waren sich nicht zu schad, dir den Mord anzuhängen.« Das war jetzt sozusagen eine Operation am offenen Herzen ohne Narkose.

Erkan jaulte auf.

»Des gibts doch ned. Die etz auch? Heut Morgen beim Frühschoppen wollt auch keiner mehr was mit mir zu tun haben. Als ob ich die Seuch hätt.« Er schaute seinem Sohn direkt in die Augen. »Aber des ist eh alles nur deine Schuld.«

»Bitte?« Bülent glaubte, sich verhört zu haben.

»Freilich, weilst so lahmarschig rumhantierst und den Fall ned aufklärst. Find halt endlich den Täter, dann ist auch endlich wieder a Ruh«, erklärte sein Vater ungnädig.

Jetzt reichte es aber. Bülents Faust donnerte zornig auf den Tisch. »Vielleicht sitzt der ja gerade vor mir«, brüllte er. »Wissen tu ich es nämlich nicht, weil du dein Maul nicht aufmachst.« Statt wie sonst üblich ebenfalls zornig dagegenzuhalten, sah Erkan ihn nur aus traurigen Augen an.

»Dass ihr mir des wirklich alle zutraut. Und du als mein Sohn, du müsst mich doch kennen.«

Bülent schüttelte den Kopf. »Ich weiß nicht mehr, was ich glauben soll.« Er machte eine kurze Pause und nahm allen seinen Mut zusammen. »Stehst du eigentlich auf Männer, Vadder?«

Es dauerte etwas, bis die seltsame Frage durch Erkans Synapsen gewandert und in seinem Hirn angelangt war.

»Etz, Bub, hast es bald nah beinander«, sagte er und hob drohend die Hand. »Na ja, des kommt doch in den besten Familien vor, also dass von heut auf morgen alles, also wie soll ich sagen, also, dass alles anders ist als wie vorher. Da gibt's doch auch diesen Film mit diese zwei Cowboys, die da im Zelt dann ganz romantisch, also jedenfalls, da war des auch so.«

Bülent schwitzte trotz nasser Klamotten. Er sah seinen Vater an, der mit verkniffener Miene zurückstarrte.

»War eh ah Schmarrn oder?«, lenkte Bülent nun doch schnell ein. Erkan atmete einmal tief ein und aus. Er hatte offensichtlich Mühe, seine Gefühle unter Kontrolle zu halten.

»Fürs Protokoll, Bubi, ich liebe deine Mutter«, sagte er leise, und dann liefen ihm plötzlich die Tränen über die Wangen. »Wenn's nur da wär, meine Maria! Wie soll ma denn des ganze G'schmarri bloß alles alleins derpacken?«, schluchzte er in ein durchrotztes Stofftaschentuch hinein, dass er aus seinem grünen Breitcord gezogen hatte.

»Dann hol die Mama zurück, wenn sie dir so fehlt«, sagte Bülent in einem Anflug von Mitgefühl und weil er schon auch, zumindest an der familiären Front, gerne wieder Frieden hätte. Außerdem wollte er endlich duschen. Alles an ihm schien zu kleben.

»Meinst, die will mich noch?«, fragte Erkan ungewohnt schüchtern.

Bülent zuckte mit den Achseln. »Logisch, warum nicht? So einen wie dich gibts doch nur einmal. Musst dich halt ein wenig ins Zeug legen und ihr beweisen, dass sie dir was wert ist. So wie damals, als du sie erobert hast. Die steht doch auf romantische Helden, die Mama.«

Erkan stierte nachdenklich die Wand an, dann lächelte er. »Du hast vollkommen Recht. Wer, wenn nicht ich. Wann, wenn nicht jetzt«, trällerte er »Und ich weiß auch schon, was ich mach. Danach wirds mir aus der Hand fressen, die Maria, das schwör ich dir.« »Hauptsache, es ist nichts Illegales«, versuchte sich Bülent in einem Scherz und erhob sich. Erkan musterte ihn verwundert von oben bis unten.

»Etz seh ich es erst. Du bist ja patschnass, Bub.« Er schnüffelte und verzog angewidert das Gesicht. »Und stinken tust auch wie ein alter Bernhardiner. Ich hab mir gerade schon die ganze Zeit gedacht, was hier so kloakt, und etz bist du des. Ja pfui Teifi.« Erkan wedelte sich etwas übertrieben Luft zu. »Bub, des mögen die Frauen fei ned, wenn man so ranzelt.«

Es war wohl ja eher fischeln, dachte Bülent, aber er ersparte sich eine Antwort. Sein Vater erhob sich ebenfalls und ging metermäßig sofort auf Abstand.

»Also, ich geh etz auf die Kärwa und spicker meim Weibi einen Teddybär. Des hab ich vor dreißig Jahren des letzte Mal für sie gemacht. Und du schaust, dass die mal g'scheit waschen tust. Nimmst halt die Kernseifen, damit kriegst des Gröbste schon weg«, erklärte Erkan wieder völlig obenauf. Er nahm noch einen tiefen Schluck aus der Rakiflasche zwecks Zielwasser, versteht sich, und dann trällerte er sich auch schon bestens gelaunt aus dem Haus. Zurück blieb sein Schneuzhadern, den Bülent jetzt mal schnell in seiner Tasche verschwinden ließ. So einfach kam er sicherlich nie wieder an eine fast körperwarme DNA-Probe seines Vaters. Auch wenn seine Intuition ihm jetzt schon vehement einflüsterte, dass der wahre Täter ein anderer war. Aber alles der Reihe nach, jetzt musste er erst einmal eine ausgiebige Badezimmersession einlegen und seinen Körper wieder auf Vordermann bringen. Grenzte ja schon an Verwahrlosung, wie er sich hier gehen ließ.

Leider pflegte und ölte es sich unter den Blicken einer Karpfendame namens Helene dann doch nicht ganz so entspannt wie zu Hause. Der blöde Fisch glotzte ihm nämlich aus der Badewanne heraus so dermaßen in den Schritt und schnappte dabei gierig, dass ihm gleich ganz anders wurde.

»Dein Würmchen hat sie halt atemlos gemacht«, scherzte Astrid, als er ihr anschließend in der rambichlerischen Einsatzzentrale davon erzählte.

»Können wir jetzt bitte bei den Fakten bleiben«, erwiderte Bülent, während er auf das Flipchart den bisherigen Erkenntnisstand ihrer Ermittlungen notierte. Viel war das allerdings noch nicht.

»Das Beste ist, wir sprechen noch einmal mit Franziska Gmeinwieser, und dann sollten wir uns mal diesen Wuwu vorknöpfen«, überlegte Bülent laut. »Mein Gefühl sagt mir, dass da irgendetwas nicht ganz rundläuft mit dem Bruder.«

»Au ja, und bei Gmeinwiesers können wir dann ja gleich mal eine Hausdurchsuchung vornehmen. Ich mach das auch gern alleine«, brachte Astrid auf dem Kopf stehend eilig hervor.

Bülent schüttelte den Kopf. »Das wäre mir unangenehm. Ich möchte die Witwe jetzt nicht zusätzlich mit sowas belasten.« Plumps. Astrid saß auf dem Hosenboden und funkelte ihn wütend an.

»Es ist unser Job, unangenehm zu sein. Und ich will eine Hausdurchsuchung«, plärrte sie völlig überzogen herum. Bülent verstand gerade gar nicht, was los war. Er hatte schon die ganze Zeit das diffuse Gefühl, dass Astrid irgendwie sonderbar drauf war, und jetzt gipfelte es auch noch in absoluter Hysterie. Sowas konnte er jetzt gerade noch gebrauchen. »Yoga scheint bei dir wohl nicht mehr zu wirken. Probiers doch mal mit Globuli«, fauchte er. »Es wird keine Hausdurchsuchung geben. Basta.« Schmollmund und Schweigen.

Das waren diese grantigen Momente, in denen Bülent an seinen großen Zukunftstraum dachte: sein eigener Schäufele-Dönerstand. Er allein am Spieß, ein Knödelbrot in der Hand, und keiner neben ihm und schon gar nicht über ihm. Hach, wäre das schön.

KAPITEL 11

Der Willi und die Weiber

Die beiden Ermittler standen zur besten Kaffee- und Kuchenzeit bei Franziska Gmeinwieser auf der Matte. Natürlich war Astrid mitgekommen, auch wenn sie nach wie vor kein Wort mehr mit Bülent sprach. Nach ihrem Streit hatte sie sich erst einmal wieder in esoterische Welten geschossen und im Gartenschuppen ein wahres Räucherkerzeninferno zur Klärung der negativen Energie ausgelöst. Geholfen schien es jedoch nicht zu haben. Ihre Laune war nach wie vor unterirdisch, und jeder Blick, der Bülent traf, grenzte an Körperverletzung. So hatte er sie wirklich noch nie erlebt. Da war nicht mehr viel übrig von seinem sonst so quietscheentenfröhlichen Sunshinchen. Was immer ihr über die Leber gelaufen war, es musste heftige Spuren hinterlassen haben.

»Kannst du bitte ein anders G'schau aufsetzen, da kriegt man ja sonst Angst«, neckte er sie grinsend und versuchte sie ein wenig aus der Reserve zu locken. Fehlanzeige. Stattdessen gingen die Rollos in ihrem Gesicht gleich noch einmal ein Stück nach unten.

»Die Frau Bürgermeister hat doch eh nur Augen für dich«, merkte Astrid sarkastisch an und klingelte Sturm. Die Sensibilität schien ihr für den Augenblick wohl auch abhandengekommen zu sein.

Aus dem Inneren des Hauses erklang mehrmals hintereinander ein fröhlicher Jodler. »Ja bitte«, knarzte es kurz darauf etwas überrascht aus der Sprechanlage.

»Frau Gmeinwieser, hier ist die Polizei. Bitte machen Sie uns die Tür auf«, polterte Astrid gleich wenig freundlich los, bevor Bülent überhaupt einen Ton rausbrachte. Für Franziska musste es klingen, als würde sie unter Terrorverdacht stehen und sich jeden Moment die GSG 9 den Weg freischießen. Die arme Frau. Er bedachte seine Assistentin mit einem vorwurfsvollen Blick.

»Was denn?«, schnauzte sie. »Ab hier leite ich die Ermittlungen, schon vergessen?« Sie ließ es noch ein paar Mal penetrant aufjodeln, dann endlich die Erlösung in Form des Türsummers. Astrid stürzte in die Eingangshalle, als ginge es darum, ein Wettrennen zu gewinnen. Bülent folgte ihr auf das perserbedeckte Parkett, mit dem sicheren Gefühl im Bauch, dass ein Eklat nicht mehr weit war.

»Hallo?! Hallo?! Sie haben es aber heute eilig.« Die Hausherrin erschien auf der Galerie im ersten Stock und strahlte wie immer formvollendet. Sie schien auch nicht im Geringsten verärgert. Und aussehen tat sie freilich wieder Bombe, wie Bülent gleich zufrieden bemerkte. Wie Grace Kelly bei der Hausarbeit. Also, sollte es bei dieser Diva je dazu gekommen sein. Eine Grandezza hatte diese Frau jedenfalls, das war kaum auszuhalten.

»Wir sind hier, um uns in Ihrem Haus ein wenig umzusehen und etwaige Spuren zu sichern«, plärrte Astrid nach oben und mittenrein in Bülents schönste Gedanken. Hatte Sunshinchen jetzt völlig den Verstand verloren? Ausgemacht war doch definitiv was anderes.

Franziskas Strahlen verlor sich in einem süffisanten Lächeln. »Tun Sie, was Sie nicht lassen können, Frau Weber. Ich habe nichts zu verbergen. Allerdings müssen Sie mich entschuldigen, ich habe viel zu tun.« Das kam jetzt reichlich frostig aus der Höhe zu ihnen heruntergeschallert. »Wenn Sie mich brauchen, ich bin hier oben.« Und weg war sie.

Bülent fasste Astrid unsanft am Arm und zog sie mit ins Wohnzimmer. Kurz streifte sein Blick die Ledercouch – wirklich ein schönes Stück –, bevor er sich seine Assistentin vorknöpfte. »Was ist denn bei dir kaputt«, zischte er sie an. »Wir können doch nicht einfach hierherkommen und das Haus durchschnüffeln. Mal abgesehen davon, dass ich vorhin noch Nein dazu gesagt habe.«

Astrid wand sich aus seinem Griff. »Du musst ja nicht mitmachen. Spiel du nur ruhig weiter den Good Cop für sie und kriech ihr sonst wo rein. Ich werd jetzt jedenfalls diese Bude auseinandernehmen, ob du willst oder nicht.« Er verstand die Welt nicht mehr. »Aber warum denn?«

Achselzuckend sah Astrid ihn an. »Warum nicht?« Schlau wurde er nicht aus ihr, aber auf die Nerven ging sie ihm langsam gewaltig. Aber er hatte auch keine Lust mehr zu streiten.

»Du weißt, dass du ohne Gerichtsbeschluss für so etwas in Teufels Küche kommen kannst und dass alle Beweise, die du finden würdest, null und nichtig sind«, sagte er bemüht ruhig.

»Weiß ich«, kam es knapp zurück.

»Gut, dann tu was du nicht lassen kannst.«

Astrid deutete eine linkische Verbeugung an. »Danke, mein edler Ritter.« Jetzt machte sie sich also auch noch über ihn lustig.

Bülent zeigte ihr einen Vogel und stieg dann, ohne sich noch einmal umzudrehen, die Stufen zum ersten Stock hinauf. Dabei trällerte er bewusst provozierend. »Franziska, ich komme.«

Astrid atmete einmal tief durch und sah ihrem Chef niedergeschlagen hinterher. Wenn sie ihm nur sagen könnte, was los war. Aber sie schämte sich einfach zu sehr über das, was geschehen war. Selbst Franz, Maria und den Walders hatte sie nur die halbe Wahrheit erzählt und ihre verschwundene Dienstwaffe tunlichst verschwiegen. Schweigen war in ihren Augen immer noch das geringere Übel. Lediglich Hannelore und Helene wussten darüber Bescheid und bei den beiden konnte sie sich fast sicher sein, dass die ihre Mäuler halten würden. Ihr war natürlich klar, dass sie Bülent mit ihrem aggressiven wie seltsamen Verhalten direkt reintrieb in die Arme dieser aufgematschelten Kuh. Sie war auch wirklich gemein zu ihm. Benahm sich wie ein angeschossenes Tier, das jeden wegbiss, der ihm zu nahe kam. Egal, ob Freund oder Feind.

Aber wahrscheinlich würde jede andere in ihrer Situation ähnlich reagieren und sich für den Weg der einsamen Wölfin entscheiden. Sie stand einfach unter einem immensen Druck, und darum konnte sie auf nichts und niemanden Rücksicht nehmen. Immerhin, solange Bülent bei der Gmeinwieserin war, hatte sie freie Bahn, und die nutzte sie jetzt.

In Windeseile durchforstete Astrid sämtliche Räume der Villa. Doch Waffe und Holster blieben verschwunden. Immerhin fand sie, als sie den Deckel des Solariums hochhob, ihre verschwundenen Klamotten. Auch da pappte ein Post-it drauf. *Bravo Spatzerl. Bist hoid a echts Spürnaserl,* las Astrid. Dieser Junge war definitiv ein ganz ein Bauernschlauer. Na warte. Die Kommissarin freute sich schon auf den Moment, wo sie ihn in die Finger bekommen würde. Den Hintern würde sie ihm versohlen, bis er greinen würde. Passte freilich nicht zum yogischen Ansatz der Gewaltlosigkeit. Dann halt 108 Sonnengrüße hintereinander. Für einen Ungeübten auch die reinste Qual. Wahrscheinlich würde seine Milchschnittenwampen den Schorsch-Edmund eh schon nach den ersten zwei Liegestützen nach Gnade japsen lassen. Sie verlor sich fast in ihren Rachephantasien, bis ihr klar wurde, dass sie ja gar nicht wusste, wo dieser degenerierte Zwerg abgeblieben war. Vielleicht wusste seine Mutter mehr. Schnell stopfte sie ihre Klamotten in ihre Tasche – in solchen Momenten lohnte sich ihr Lederimitatmonstrum, über das sich Bülent immer lustig machte, wirklich. Irgendwie erwartete die junge Kommissarin jetzt fast, dass sie Bülent und Franziska in flagranti erwischen würde. Und je näher sie ihnen kam und ihr Gelächter und Gegluckse vernahm, desto wütender wurde sie wieder. Sie hatte die Probleme, er den Spaß. Männer waren einfach so unsensibel. Die Wirklichkeit wich dann doch massiv von dem ab, was sich die Kommissarin in ihrem hübschen Köpfchen zusammengereimt hatte. Bülent schwitzte zwar, aber sicherlich nicht deswegen, weil er zum Höllidrö auf die schöne Tegernseerin geblasen hatte. Er war schwerauf damit beschäftigt, Franziska beim Ausmisten des ehemännlichen Kleiderbestandes behilflich zu sein. Das Bürgermeisterpaar besaß nicht nur einen begehbaren Kleiderschrank, dessen Ausmaße wohnraumverdächtig waren, sondern schienen mit ihrem Konsumverhalten auch alles dafür getan zu haben, dass dieser nun reichlich gut gefüllt daherkam. Und ganz klar nur mit den edelsten Klamotten und dem besten Schuhwerk. Dafür hatte Bülent einen absoluten Kennerblick. Achtete er doch selbst seit früherster Jugend auf ein perfektes Äußeres. Kollidierte damals klar manchmal mit den trinkfreudigen Gepflogenheiten, und so mancher Chevignon-Pulli, Anfang der Neunziger der letzte Schrei, war nach einer durchzechten Nacht unwiederbringlich verloren, aber ein bisschen Schwund gabs schließlich immer. Er war also zugegebenermaßen schon ein bisschen neidisch auf die ganze Pracht, die sich ihm da bot. Zugegebenermaßen hätte er sich schon gerne das ein oder andere Drum oder die rahmengenähten Budapester vom Bubblers Schorsch unter den Nagel gerissen. Gab er aber natürlich nicht zu. Erstens, weil es ihn dann doch schwer von dem getragenen Zeug grausen würde, und zweitens, weil er es sich nicht mit der Franziska verscherzen wollte, die ihm die ganze Zeit schon arg schöne Augen hindrehte, während sie die Sachen ihres Mannes aus der Kleiderkammer verbannte. Anscheinend war das Erkan-Defizit, was ihm anhaftete, vergessen.

Böse Zungen könnten natürlich jetzt behaupten, dass es da aber jemand ganz schön eilig hatte, den Verstorbenen endgültig aus dem Haushalt zu katapultieren, aber war ja alles nur für den guten Zweck. Die Sachen vom Bubblers Schorsch sollten nämlich allesamt nach Afrika gehen. Bülent stellte sich jedenfalls gerade einen Stammesfürsten im feschen bayrischen Loden vor, als Astrid hereinrauschte und sein breites Grinsen gleich wieder als Angriff verstand. »Na du scheinst es ja recht lustig zu haben«, brodelte sie ihm entgegen.

»Na, das will ich doch auch hoffen«, flötete Franziska und schälte sich aus den Untiefen einer Sockenschublade hervor.

»Haben Sie denn gefunden, was Sie gesucht haben, Frau Weber?« Die Kommissarin wurde kreidebleich. »Ich, ich hab doch gar nichts gesucht«, kam es so unlocker aus der Hüfte geschossen, dass Bülent gleich mal aufhorchte.

»Wo ist eigentlich Ihr Sohn?« Klarer Fall von einem kriminalistischen Ablenkungsmanöver. Franziska zuckte mit den Achseln.

»Frau Weber, Schorsch-Edmund ist fünfzehn, glauben Sie

wirklich, dass der sich noch an- und abmeldet? Er ist schon ziemlich selbstständig für sein Alter. Meist seh ich ihn nur noch zu den Mahlzeiten.«

Und da aber garantiert, dachte Bülent.

»Aha, und woher wissen Sie dann so genau, dass er in der Tatnacht zu Hause war?« Bäm – der nächste Schuss aus Astrids Richtung. Bülents Kopf flog hin und her.

»Wollen Sie damit andeuten, dass ich nicht die Wahrheit gesagt habe?« Franziskas souveräne Freundlichkeit bekam deutliche Risse, und sie walkte um Ruhe bemüht ein ein Paar Burlington-Strümpfe nervös zwischen ihren tipptopp manikürten Händen. Die junge Kommissarin verzog spöttisch ihren Mund.

»Sagen Sie es mir. Sie wissen doch am besten, was unter Ihrem Dach so vor sich geht.« Die gmeinwieserischen Augenbrauen wanderten so dermaßen in die Höh, dass sie dem lieben Gott schon servus hätten sagen können.

»Frau Weber, worauf wollen Sie hinaus?« Ja, worauf wollte sie bloß hinaus? Bülent versuchte vergeblich, zwischen den Zeilen zu lesen. Wusste sie etwas, und wenn ja, warum sprach sie es nicht einfach aus? Sie neigte doch sonst nicht dazu, durch die Blume zu reden.

Astrid schwieg. Man sah ihr direkt an, wie es in ihrem Köpfchen arbeitete. Dann versuchte sie sich unvermutet in einem Lächeln. Kam reichlich schief daher und wirkte auch ein wenig aufgesetzt, aber immerhin im Ansatz freundlich.

»Entschuldigung, Frau Gmeinwieser. Ich bin wohl etwas über das Ziel hinausgeschossen. Ich wollte nicht persönlich werden«, sagte sie. »Schon ok. Sie machen ja nur Ihren Job«, erwiderte sie gnädig.

»Genau, das machen wir«, bestätigte Astrid und sah Bülent

dabei an. »Hast du Frau Gmeinwieser über die Ergebnisse aus der Gerichtsmedizin informiert.« Die durchgeknödelte Sockenwurst kam direkt in Bülents Richtung geflogen, und er fing sie souverän auf.

»Nein, hat er nicht. Wir kamen nicht dazu. Nicht wahr?« Franziska zwinkerte Bülent zu. Sofort setzte sein Herzschlag ungelogen für einen Moment aus, und er konnte nur debil nicken.

»Dann sollten wir das jetzt aber dringend mal nachholen. Oder Büli«, presste Astrid hervor, und ihm wurde langsam mulmig zwischen den beiden. Er nickte wieder, was sollte er auch sonst tun.

»Ich bin dafür, dass wir das Ganze bei einer kleinen Jause besprechen. Ich hab nämlich jetzt wirklich Hunger und vor allem Durst«, schlug Franziska vor. Das Wort Leichenschmaus bekam in diesem Zusammenhang gleich noch einmal eine ganz andere Hintersinnigkeit. Und natürlich ließ man sich im Hause Gmeinwieser kulinarisch nicht lumpen. Franziska tischte den beiden Ermittlern in der hausinternen Zirbelstube ein bajuwarisches Brotzzeitspektakel auf, das selbst der Käfer in seiner Wiesn-Schenke für die dort wimmelnde Champagner-Prominenz nicht besser hinbekommen hätte. Neben Griebenschmalz, Obatzn, Landjägern, Speck und anderen schweinslastigen wie herzinsuffizienzfördernden Delikatessen durfte das herzoglich-bayerische Tegernseer Hell nicht fehlen. Nachdem Franziska souverän mit drei Schlägen ein frisches Fass angezapft hatte, was wohl hier obligatorisch bei jeder Brotzeit immer mit dabei war, hob sie ihr schön verziertes Krügerl.

»Wie hat mein Großvater schon immer gesagt: ›Sauf mer, sterb mer! Sauf mer ned, sterb mer a. Oiso sauf mer!‹ Prost auf mein Schorschi!«

»Prost«, erwiderte Bülent fast schon berauscht von diesen oktoberfestartigen Zuständen und vergaß für einen kurzen Moment, dass er ja eigentlich im Dienst war. Aber was solls. Bier war in Bayern doch als Grundnahrungsmittel im Gesetz verankert, und das allein musste ja wohl als Legitimation für den dienstinternen Genuss ausreichen. Mal abgesehen davon, dass das hier alles natürlich wieder rein ermittlungstaktisch zu sehen war. Und ja, es machte schon auch ein bisschen Spaß, den Edelstoff in Anwesenheit einer so reizenden Dame wie Franziska genießen zu können, die jetzt tatsächlich um ein kurzes Tischgebet aus seinem Mund bat.

»*Jedes Tierlein hat sein Essen, jedes Blümlein trinkt von Dir, hast auch meiner nicht vergessen, lieber Gott, ich danke Dir! Amen*«, leierte Bülent den Vers aus seiner Kindergartenzeit herunter, wobei er sich jetzt schon ein wenig blöd vorkam.

»*Piep. Piep. Piep, mir haben uns alle lieb*«, piepte Astrid peinlicherweise hinterher und zwar ohne eine Miene zu verziehen. Wollte sie ihn am Ende blamieren? Franziska schien es allerdings gefallen zu haben, denn sie schenkte den beiden Ermittlern ein dankbares Lächeln. Ja, da macht man sich doch dann gern mal zum Aff. Aber er war jetzt schon auch froh, dass er sein hochrotes Gesicht endlich in den wunderbaren Fressalien versenken durfte. Astrids vorwurfsvoller Blick folgte ihm dabei bei jedem Wurstzipfel, den er in Angriff nahm. Ganz klar, für eine militante Veganerin war das hier Feindesland. Wider Erwarten schlug sie sich wacker und verkniff sich zu Bülents Erleichterung jedweden Kommentar hinsichtlich des Speisemassakers vor ihr auf dem Tisch. Um es genau zu nehmen, hatte sie, bis auf ein, zwei leichte unterdrückte Würgreflexe, seit geraumer Zeit eh so überhaupt nichts mehr zur Unterhaltung beigetragen. Irgendwie sah Sunshinchen ein bisschen verloren aus, wie sie da, so eingeklemmt zwischen zwei Lodenkissen mit Hirschgeweihstickerei, auf der Eckbank saß und an ihrer trockenen Brezen knabberte. Da half jetzt wohl nichts mehr, da musste jetzt bald mal ein ernstes Mitarbeitergespräch her. Entspannte und erfolgreiche Zusammenarbeit sah nämlich einfach anders aus.

»So«, rülpste Franziska wenig ladylike mittenrein in seine Gedanken. »Jetzt können wir reden. Bitte, sagt mir, was wurde meinem lieben Schorsch angetan?« Wie auf Knopfdruck hatte sie wieder in den Trauermodus geschaltet und pflichtgemäß ihr Taschentuch gezückt. Eine gefühlige Wechselbadperformance legte diese Frau an den Tag, da kam man schon fast nicht mehr mit.

Bülent musste sich eingestehen, dass das jetzt auch nicht alles so ganz normal daherkam. Aber was nahm er sich heraus, darüber zu urteilen, wie jemand mit dem Verlust eines lieben Menschen umzugehen hatte? Manchmal hatte man eh das Gefühl, dass die Hinterbliebenen eher sich und ihr Leid beweinten, als den Tod an sich. Vor allem im ländlichen Umfeld wurde erwartet, dass die Tränen kontinuierlich flossen. Ein Jahr dunkle Trauerzeit und dabei bloß keine helle Freude aufkommen lassen. Er würde diese Art von dumpfem Trauerdogmatismus nie verstehen. So gesehen wollte er jetzt auch nicht über Franziskas sprunghaftes Verhalten richten. Sie hatte offensichtlich ihre ganz eigene Art, mit dem Tod ihres Mannes umzugehen. Abwartend sah sie die beiden Ermittler jetzt an.

»Sicher ist, dass dein Mann im Fischkasten ertrunken ist«, fing Bülent an. »Nicht sicher ist, wie er da reinkam.«

Franziska sah ihn irritiert an, dann klärte sich ihr Blick, und sie winkte ab. »Wahrscheinlich hat er wieder einen Fetzenrausch im Gesicht gehabt, ist umgekippt und reingefallen«, schluss-folgerte sie emotionslos.

Astrid schüttelte den Kopf. »Er war vollkommen nüchtern.«

Schon sprang die Tränendrüse an. »Dann war es also wirk-lich Mord?«

Die beiden Ermittler zuckten unisono mit den Schultern. »Wir wissen es ehrlich gesagt noch nicht. Hatten Sie in letzter Zeit das Gefühl, dass Ihr Mann seltsam war? Ganz konkret, hatte er Probleme oder litt er unter Depressionen?« Franziska sah die junge Kommissarin überrascht an.

»Der Schorsch, depressiv!?« Sie lachte. »Wirklich nicht. Wenn einer vor Selbstbewusstsein und Selbstliebe nur so gestrotzt hat, dann mein Mann. Aber warum fragen Sie? Es war doch kein Selbstmord, oder?« Wieder zuckten die Ermittler mit den Schul-tern.

»Ganz auszuschließen ist es nicht, wenn es auch wirklich sehr unwahrscheinlich ist. Vielleicht war es auch ein unglücklicher Unfall«, teilte Bülent seine Überlegungen und glaubte selbst nicht daran. »Mit Ihrem Mann und auch in Ihrer Ehe war also wirklich alles in Ordnung?«, hakte Astrid noch einmal nach. Die Gmeinwieserin musterte sie kühl.

»Ja, war es.« Sie dachte einen Moment nach. »Obwohl. Na ja, ich weiß jetzt nicht, ob das wichtig ist.«

Bülent legte seine Hand auf ihren Arm. »Alles kann wichtig sein, Franziska.« Die Kommissarin verschluckte sich daraufhin gleich mal so heftig an ihrer Apfelschorle, dass ihr die Brühe glatt zur Nasen herausblubberte. »Entschuldigung«, keuchte sie, nachdem sie einigermaßen wieder schnaufen konnte, und Bülent mit einem vernichtenden Blick abgestraft hatte. »Bitte erzählen Sie weiter.« Die Gmeinwieserin stäubte sich, ganz Kli-

schee, erst noch ein Pfund Gletscherprise in jedes ihrer Nasenlöcher, und dann erzählte sie, dass ihr Schorsch schon immer
unter Panikattacken gelitten hatte. Vor allem wenn er sich an was
verschluckt hatte, konnte es schon mal sein, dass er so dermaßen
überreagierte, dass er in Ohnmacht fiel. »Da lag er dann immer
da wie tot und hat nix mehr mitbekommen um ihn herum. Aber
nach einer gescheiten Watschn wars dann auch gleich wieder
vorbei«, beendete sie ihren Bericht und schnäuzte sich zeitgleich
die braune Sauce aus ihren Nebenhöhlen. Das Fischnugget war
also sein Todesurteil, schoss es Bülent in den Sinn, und Astrid
schien auf einer ähnlichen Gedankenspur zu laufen.

»Man konnte also mit Ihrem Mann anstellen, was man wollte,
wenn er in diesem Zustand war?«, fragte sie noch einmal genauer nach. Franziska Gmeinwieser nickte.

»Früher haben sich seine Freunde da schon auch ein paar
wilde Scherze mit ihm erlaubt.« Sie lächelte in Erinnerung an die
Eddinggelage um ihren Mann, doch dann fiel scheppernd der
Groschen. »Sie glauben jemand hat ihn, als er bewusstlos war, in
den Fischkasten getaucht? Aber, das ist doch wirklich kein Spaß
mehr.« Die beiden Ermittler schüttelten synchron ihre Köpfe.

»Nein, das wäre dann Mord«, seufzte Bülent. »Und wie es aussieht, hat der Täter dabei auch seine ganz spezielle Handschrift
hinterlassen«, grübelte Astrid in sich hinein.

»Wie meinen Sie das?«, fragte Franziska, die das Ganze noch
verhältnismäßig gefasst aufnahm.

»Jemand hat ›Arsch‹ in den Hintern Ihres Mannes geritzt«, erklärte Astrid trocken. Sie zerlegte damit, ohne mit der Wimper
zu zucken, binnen weniger Sekunden die Contenance der sonst
so nervenstarken Tegernseerin in sämtliche Einzelteile. Weil halt
so etwas hinterrücks zwecks dem sauberen Prestische schon eine

recht unangenehme Sache war. Da halfen dann auch die fünf Stamperl Willi ex nicht mehr, die sich die schockierte Witwe nun hinter die Binde kippte.

»Wäre ich doch damals in Kreuth geblieben«, trompetete sie in einer Lautstärke daher, dass Bülent sie gleich gar nicht mehr so schön fand. »Wisst's, ich hab den Schorsch ja bloß geheiratet, weil sich unsere alten Herrn des so fein ausgespezelt hatten. Das bayrisch-fränkische politische Vorzeigepaar sollten mir werden. Schön katholisch hinzelebriert. Hat ja auch bis jetzt gut funktioniert.« Sie lachte leicht irrsinnig und goss sich gleich noch mal eine feuchte Birne in ihren kirschroten Mund. »Dabei war ich damals so verliebt in den Hauke-Hinnerk. Aber er war halt aus Norddeutschland und meinem Vater deswegen nicht gut genug. Ein Saupreiß kommt mir nicht in unsere Blutbahn, hat er immer gesagt.« Jetzt schluchzte sie wirklich. »25 Jahre meines Lebens hab ich faktisch in den Wind geschossen, und dann endet es auch noch so. Unsere Silberhochzeit mit dem Silbereisen im Programm war doch auch schon geplant. Daheim am Tegernsee. Ja, wie steh ich denn jetzt da.« Sie knallte mit ihrem Kopf auf das Brotzeitbrettchen vor ihr.

Dass in diesem Kaff alle so zur Theatralik neigen müssen und immer nur an sich dachten. Bülent wollte die Sache mit dem Sex schon gar nicht mehr ansprechen. Das gäbe ja bloß noch mehr Theater.

»Ihr Mann hatte noch vor seinem Tod Geschlechtsverkehr.« Astrid sah das anscheinend mal wieder anders. »Mit mir bestimmt nicht«, grollte es zwischen Butterresten und Leberwurst hervor. »Wir wissen nicht sicher, ob er einvernehmlich war«, versuchte Bülent sich vorsichtig dem delikaten Thema zu nähern. »Es war nämlich nicht mit einer Frau.«

Stille. Er wollte schon etwas Versöhnliches hinterherschicken, als Franziska ihren Kopf hob und von jetzt auf gleich in schallendes Gelächter ausbrach. »Du glaubst also …« Sie schnappte nach Luft und hielt sich den Bauch. »Du glaubst, er wurde vergewahahahahahahaha!« Sie fiel fast vom Stuhl. Bülent konnte sie gerade noch am Arm festhalten. Hilflos sah er Astrid an. Die zuckte nur mit den Schultern und tippte sich an die Stirn. Und er musste seiner Assistentin diesmal wirklich Recht geben. So ein wildes, unberechenbares Weib war ihm selten untergekommen. Und ganz klar hat sich Franziska Gmeinwieser mit ihrem Verhalten jetzt aber so was von aus seinem Beuteschema rauskatapultiert. Da war er jetzt auch schon fast ein wenig beleidigt mit ihr. Er hatte ihr wirklich mehr Würde zugetraut. Immerhin beruhigte sie sich langsam.

»Mein Mann war schwul. Unsere Ehe ein ewiges Schauspiel«, verkündete sie dann plötzlich ohne Vorwarnung und wirkte dabei wieder ziemlich nüchtern. »Jetzt schauts nicht so wie zwei Oachkatzerl, wenns blitzt. Glaubt's mir, das kommt in den besten Familien vor. Und nein, ich hab's nicht immer schon gewusst. Aber irgendwann, kurz nach unserer Heirat, hat er es mir dann erzählt. Na ja, und dann haben wir uns eben arrangiert. Der Schorsch wollte immer gut dastehen in der Öffentlichkeit und vor allem auch vor seiner Familie. Integer und christlich-sozial, da passt das andere halt nicht ganz so rein ins Kraut. Vor allem nicht hier draußen. Und ich hab ihm den Wunsch erfüllt. Hab auf braves Eheweib gemacht und dafür das meinige bekommen. Mir haben es eben auch einfach so gemacht wie viele Promis. Vornenaus immer schön lachen, und was hintenrum daheim passiert oder nicht passiert, geht keinen was an. Und ich würde es auch genauso wieder machen.«

Sie machte eine kurze Pause und hing ihren Gedanken nach, bevor sie weitersprach. »Und mal ganz ehrlich, wer braucht schon die Liebe. Schnalzt einem eh bloß grantig des Herz aus der Brust raus, und satt wird man davon auch nicht.« Desillusion in Reinform. Franziska nahm einen tiefen Seufzer. »Und wenn ihr meine Meinung hören wollt: Der Schorsch ist garantiert nicht vergewaltigt worden. So wie ich ihn kenne, hat er das bestimmt von sich aus gemacht.«

»Irgendeine Ahnung mit wem?«

Franziska sah Astrid aus müden alkoholschweren Augen an. »Glauben Sie wirklich, das interessiert mich?« Sie erhob sich abrupt. »Ich muss jetzt weitermachen. Sie finden hoffentlich alleine raus.«

»Eines noch«, stoppte Astrid sie. »Wo finden wir denn den Herrn Onwa…, ähm Onwu…, also Ihren Mitarbeiter?« Franziska sah die Kommissarin lauernd an.

»Okechukwu Onwuatuegwu heißt er. Was wollen Sie denn von ihm?« »Fragen stellen«, gab Astrid leichthin zu. Man sah der Gmeinwieserin deutlich an, dass ihr das jetzt so gar nicht passte, aber schnell hatte sie sich wieder unter Kontrolle. Mit gespielter Gleichgültigkeit zuckte sie mit den Achseln. »Er wird Ihnen nicht viel sagen können, aber bitte.« Sie sah auf ihre Uhr – eine schöne, alte Rolex natürlich. Wahrscheinlich ein Erbstück, vermutete Bülent. »Um die Zeit ist er wahrscheinlich auf dem Fußballplatz. Er ist nämlich der Masseur unserer A-Mannschaft. Seitdem verlieren sie nicht mehr ganz so oft«, erzählte Franziska nicht ohne Stolz, dann zögerte sie einen kurzen Augenblick, bevor sie weitersprach. »Falls Sie unseren Schorsch-Edmund sehen, dann wärs mir lieb, wenn Sie ihm nix über diese unsägliche Geschichte erzählen würden. Er weiß das von seinem Vater nicht, und das soll auch so bleiben. Und bevor Sie jetzt fragen: Ja, er ist wirklich dem Schorsch sein leiblicher Sohn.«

Ein Schuss, ein Treffer, nahm Bülent im Stillen an und schämte sich doch gleich dafür.

»Ich weiß, was du jetzt denkst«, wandte sich Franziska unvermittelt an ihn. »Und du hast vollkommen Recht. Und weißt was, wahrscheinlich wärs mit dir viel schöner gewesen. Pfiati, Darling.« Sie hauchte ihm einen Kuss auf die Wange und entschwand. Bülent sah ihr verblüfft hinterher. Liz Taylor, Franziska erinnerte ihn an Liz Taylor, und zwar nicht während ihrer besten Jahre. Das musste jetzt erst einmal alles verdaut werden. Auch Astrid sah aus, als bräuchte sie dringend einen Schnaps. Sie schluckte dann aber doch lieber ihr Bachblütennotfallwässerchen, während Bülent sich seine Birne mit der edlen Williams Birne zurechtzwirbelte.

KAPITEL 12

Umut, fakirin ekmeğidir[18]

Schon bevor man das Vereinsheim des TSV Strunzheim überhaupt betrat, konnte man erahnen, wie das heutige Fußballderby gegen den verhassten Nachbarn Niederschwunddorf ausgegangen war. Durch alle Ritzen des maroden Gebäudes hörte man die »Toten Hosen« lautstark über Tage wie diese, an denen man sich Unendlichkeit wünscht, frohlocken.

Bülent sah das im Augenblick etwas anders. Nach dem aufwühlenden Spektakel bei der Gmeinwieserin verlangte es ihn nicht nach Ewigkeit, sondern nach Einsamkeit. Statt sich also gleich mit Astrid über schwitzige Fußballerwadeln hinweg mit diesem Typen mit den magischen Händen unterhalten zu müssen, hätte er sich am liebsten in seiner Bude in Nürnberg verkrochen und sich von Leonard Cohen und einem guten Glas Whisky in den sichern Schlaf wiegen lassen. »*Halleluja, Halleluja*«. Aber die Realität hatte etwas anderes mit ihm vor.

Er mochte seinen Job selten gut leiden, aber wenns ihm auch noch seinen heiligen Sonntagabend verhagelte, dann war es ganz aus. Doch was blieb ihm schon anders übrig. Der Fall steckte in einer Sackgasse, und wenn er jetzt nicht bald brauchbare Ergebnisse liefern konnte, dann würde der Köhl am Ende doch noch jemanden zu seiner Unterstützung vorbeischicken

18 Die Hoffnung stirbt zuletzt.

oder schlimmer, ihn ganz davon abziehen. Das wollte er auf alle Fälle vermeiden. Denn mittlerweile war er sich fast sicher, dass sein Vater nichts damit zu tun hatte, dass der Bubblers Schorsch unfreiwillig in der feuchten Versenkung verschwunden war. Aber das konnte natürlich ein anderer Kriminaler wieder ganz anders sehen. Mit einem tiefen Seufzer öffnete der Hauptkommissar die letzte Tür, die ihn und Astrid noch von den feierlaunigen Sportlern trennte, und prallte unmittelbar gegen eine Wand aus Rauch, Schweiß, Fett und Testosteron.

»Das stinkt ja wie im Tigerkäfig hier.« Seine Assistentin, wie immer gnadenlos ehrlich in ihrem Urteil, wedelte sich heftig Luft zu. Half praktisch überhaupt nichts. Der menschliche Smog in seiner ganzen Dichte machte die lebensnotwendige Sauerstoffzufuhr nahezu unmöglich, was aber außer den Ermittlern hier niemanden sonderlich zu stören schien. In diesen heiligen Sporthallen hier war öffentliches Quarzen noch absolut en vogue. Nichts hatte sich da seit Bülents Jugend verändert. Selbst das tellergroße Cordon bleu mit Pommes war neben Zigaretten und Weißbier offensichtlich immer noch nach jedem Spiel die obligatorisch erste Wahl. Da wird man groß und stark. Nur ein paar jüngere Spielerfrauen passten sich dem topmodeligen Zeitgeist an und nagten an ihrem Fitnesssalat mit verhungerter Pute und einem Dressing, das so dickflüssig war, dass es als Malerfarbe hätte durchgehen können. Auch das, so musste Bülent feststellen, war wie immer. Gekocht wurde nie gut im Vereinsheim, dafür aber umso besser gefeiert. Und gerade heute, nachdem man die Gegner mit einem sauberen eigentorinszenierten Einszu-Null überlegen vom Platz gefegt hatte, standen die Zeichen unwiderruflich auf Party. Was ein erfolgsversprechendes Rumermitteln umso schwieriger machen würde.

Unschlüssig standen die Ermittler im Türrahmen und verschafften sich einen ersten Überblick. Bis dato hatte noch keiner wirklich Notiz von ihnen genommen. Man sah ja auch kaum einen Meter weit in dem ganzen Dampf. Mal abgesehen davon, dass nun die Hymne aller Hymnen aus der guten Grundigbox zu schallern begann und sich ad hoc alle in den Armen lagen und lauthals mitgrölten.

Ein Fels in wilder Brandung ist unser FCN[19].
Sein Stern, er wird für immer am Fußballhimmel steh'n.
Die Legende lebt, wenn auch der Wind sich dreht.
Unser Glubb wird niemals untergehn.
Unser Glubb wird niemals untergehn!

Überwältigt von der Gewalt des Augenblicks legte auch Bülent kurz die Hand auf seine Brust. Fußball hatte ihn zwar noch nie sonderlich interessiert, und er war auch kein Fan von irgendwem, aber dieser Song berührte etwas in ihm. Als ob es sein Lied wäre. *Niemals untergehn.*

Selbst Sunshinchen sah so aus, als würde sie gleich losheulen. Verstohlen wischelte sie sich in ihren Augenwinkeln herum und nuschelte etwas von »Verdammter Rauch«. Da wurde Bülent ihm gleich noch ein wenig wärmer ums Herz.

Als die letzte Zeile verklungen war, breitete sich eine tiefe Stille über den Raum. Alle hingen für einen Moment ihren Gedanken hinterher, träumten von längst vergangenen Zeiten oder verpassten Gelegenheiten. Zumindest sah man in vielen Gesichtern so etwas wie Wehmut. Womöglich war es auch für manchen

19 1. FC Nürnberg.

alten Fußballhasen Zeit in die Seniorenmannschaft zu wechseln, da konnte man schon melancholisch dahersinnieren. Ja, Fußball war nicht nur Proll. Fußball war auch gelebte Basisphilosophie.

»Auf uns Männer!«, brüllte einer aus den Reihen der A-Mannschaft und bereitete der Tiefgründigkeit des Augenblicks ein schnelles und profanes Ende.

Das vielstimmige Gläserklingen holte auch Bülent und Astrid zurück in die Realität. Sie ließen ihre Blicke über das Gelage schweifen, konnten aber nirgendwo den Wuwu ausmachen. Bluthochdruckrot und Leberschadengelb waren die auffälligsten Gesichtsfarben. Aber wie ein Praktikant aus Afrika kam optisch keiner daher.

»Ja hau mi nauf, Aschtritt. Kennst mi no?«

Die Kommissarin grinste schal. »Klar«, kam es dünn über ihre Lippen. Vor ihr hatte sich der Rummsler Bernd aufgebaut, dessen Schwester Kerstin, alias die Gelbwurstpflunzn, im letzten Sommer tot auf dem Asphalt klebte und mit dem sie ein unschönes Intermezzo erleben durfte. Zwischen damals und heute schien sich bei dem Typen nichts Nennenswertes verändert zu haben. Körperpflege schien nach wie vor kein großes Thema zu sein. Aber man konnte sagen, er freute sich jetzt wie ein Schnitzel, Astrid zu sehen. Ungefragt warf er gleich mal seine ungewaschenen Pranken um das Objekt seiner Begierde und zog Astrid viel zu nahe an sich heran.

»Schaut mal alle her, des ist die Kripobraut, die mir letztes Jahr die Eier poliert hat«, brüllte er stolz in die Runde und hatte klar sofort die volle Aufmerksamkeit. Da wurde pronto, grad so aus dem Stand raus, humorisiert, ob denn der Rummsler überhaupt etwas zum Untenrum-Polieren hatte. Erst wurde gelacht, doch dann sickerte allmählich die Erkenntnis ins Hirn, dass da ja jetzt zwei Kriminaler vor einem standen. Da wetzte der ein oder andere jetzt schon ein bisschen nervös auf seinem Stuhl hin und her. Polizei und noch dazu, wenn sie in einem Mordfall ermittelte, hatte man wirklich nicht gerne live vor dem Gesicht.

»Was wollts denn überhaupt bei uns?«, fragte einer, dessen Gattin fast mit ihrer gesamten Visage in ihrer voluminösen Handtasche verschwand. Bülent erkannte sie trotzdem sofort – es war die angeschmierte blonde Katze aus der Kärwa-Bar, die ihre Krallen so dermaßen schamlos nach ihm ausgefahren hatte. Dabei kam ihr Mann im Vergleich zu manch anderem gar nicht so wild daher. Gut, wenn man auf die Dieter-Bohlen-Chauvi-Optik stand.

»Wir suchen den Herrn Onwuatuegwu?«, fragte Astrid und versuchte dabei den Rummsler unauffällig auf Abstand zu wuchten. »Könntet ihr uns sagen, wo er ist?«

Die Mienen aller Anwesenden verfinsterten sich schlagartig, und sollte es so etwas wie Restsympathie für die Ermittler gegeben haben, war diese jetzt definitiv verspielt.

»Wenn's was von ihm wollts, müssts ihn schon selber finden. Mir sagen nix«, entgegnete der Bohlen-Typ und drehte ihnen demonstrativ den Rücken zu. Alle anderen folgten seinem Beispiel.

Selbst seine getreue Gattin tauchte wieder aus dem Bodensatz ihres Louis-Vuitton-Tschechenmarktimitats auf. Sie schenkte Bülent ein überlegenes Lächeln, während sie ihrem Mann mit neonfarbenen Gelnägeln den Nacken kraulte und irgendetwas von Polizeistaat faselte. Ansonsten Kommunikation Ende, dafür wurde die Musik wieder bis zum Anschlag aufgedreht. Wolfgang »Wolle« Petris Evergreen »Hölle«, wie passend. So solidarisch kannte Bülent die Strunzheimer gar nicht. Sowieso nicht, wenn es sich um einen zugereisten Ausländer handelte. Wahrscheinlich vereinte sie der fußballerische Erfolg, an dem der Wuwu mit seinen Massagekünsten nicht ganz unbeteiligt war. Kein Wunder also, dass sie hier auf eine fränkische Schweigemauer stießen.

Auch der Rummsler wollte sich jetzt dezent aus dem Staub machen. Astrid, wieder völlig Herrin der Lage, packte ihn reaktionsschnell an seinen Hosenträgern, mit der er seine 80er Jahre-Jogginghose aus 100 Prozent reinem Polyester am Mann hielt.

»Ey, spinnst du. Lass mich los, du blöde Britschn. Ich hab doch gar nix g'macht.« Der Gefangene zerrte vergeblich Richtung Freiheit.

»Komm schon, sei lieb zu mir und sag mir, wo wir den Wuwu finden«, säuselte Astrid und hielt ihn nun gleichzeitig auch noch am Gummizug seiner Hose fest. Bülent grauste es. Das Beinteil sah nämlich schwer ungewaschen aus, und er wollte gar nicht wissen, welche wüsten Geschichten die zahlreichen undefinierbaren Flecken zu erzählen hatten.

»Ey, etz lass mich endlich los!« Astrid hatte ihn jedoch fest im Griff und lächelte ihn mit gefletschten Zähnen an. Da wurde es nicht nur dem Rummsler Himmelangst.

»Rambichler, sag mal deinem Kampfdragoner da, dass sie mich in Ruh lassen soll. Die ist ja gemeingefährlich.«

Bülent zuckte gespielt hilflos mit den Achseln. »Sag uns, wo der Wuwu ist, und ich pfeif sie zurück.« Er erntete dafür ein Lächeln von Astrid, dass ihm ganz schwummrig wurde. Endlich schwammen sie mal wieder auf einer gemeinsamen Welle.

»Hey, Rummsler, Maul halten, gell«, brüllte da einer von den ganz derben Weißbiergesichtern zu ihnen rüber.

»Orschloch«, murmelte Bernd und sah jetzt schon sauber resigniert drein. Zwar war er nicht das hellste Licht im Leuchter, aber so viel kapierte er schon: Hilfe bekam er von niemandem. Ein Bauernopfer musste es schließlich immer geben.

Bülent verspürte spontan Mitleid mit dem Kerl. Wirklich dazuzugehören schien er nicht, und er war wohl hauptsächlich dafür gut, dass man Witze auf seine Kosten reißen konnte. Mal abgesehen davon, dass die Meute hier sicherlich nicht gerade zimperlich mit unloyalen Petzliesen umging.

»Ist der Wuwu denn noch hier?«, wisperte Bülent. »Musst auch nix sagen, nur nicken.« Eine gnädige Brücke, über die der Rummsler dann auch gleich erleichtert drüberstolperte. Fast unmerklich zuckte er bejahend mit seinem Kopf. Mehr musste man dann eigentlich auch nicht wissen. So groß war das Sportheim nun auch wieder nicht.

»Komm schon, lass ihn los«, bat Bülent Astrid, die sofort einen Flunsch zog.

»Echt jetzt?« Es bereitete ihr sichtlich Freude, ihren alten Bekannten ein wenig in Angst und Schrecken zu versetzen.

»Du sollst dei Griffel weg nemmer hat er g'sagt.« Schon hatte der Rummsler wieder Oberwasser.

»Na komm, Shanti, Hase«, softete Bülent genau mit den Worten, die er selbst schon oft aus ihrem Mund gehörte hatte, auf sie ein. Astrid zögerte noch einen kurzen Moment. »Na gut.« Sie ließ den Gummizug schnalzen und gab Bernd frei. Der sorgte erst einmal für einen gehörigen Sicherheitsabstand zwischen sich und den Kriminalern, bevor er dann noch einmal verbal nachtrat.

»Du blöde Sulln, etz hast es wirklich ganz bei mir verschissen. Kumm mir bloß nie mehr ankrabbelt. Du Luder du, verreckst. Zwischen uns zwei ist endgültig aus.« Realitätsfernes Getobe vom Feinsten.

Astrid fuhr daraufhin souverän ihren staatsmächtigen Mittelfinger aus. Die große Liebe würde es zwischen denen beiden jedenfalls nicht mehr werden. Fast bereute Bülent dann auch schon wieder seine kleine, gute Tat, als er jetzt mit ansehen durfte, wie der Rummsler durch die Reihen schwadronierte und sich für seinen vermeintlichen Sieg über die Obrigkeit feiern ließ. Ganz klar ging die nächste Runde auf seine Kappe, und alle hatten ihn plötzlich für ein paar Minuten lieb, zumindest so lange, bis die Seidla wieder leer waren. An Tagen wie diesen wünschte sich so eine arme Wurst wie der Rummsler Bernd sicherlich ebenfalls Unendlichkeit. Begleitet von den gabalieren Klängen einer österreichischen Rampensau machten sich die beiden Ermittler dran, das Gebäude nach dem gmeinwieserischen Mitarbeiter zu durchforsten. Sie fanden Wuwu in einer der Spielerkabinen, wo er einem völlig zerstörten Schiri auf einer mobilen Massageliege die Beine durchmangelte. So ein Derby ging augenscheinlich schwer an die neutrale Substanz. Überraschenderweise war der Wuwu kein junger Typ, wie man es eigentlich von einem Praktikanten erwarten durfte, sondern ein attraktiver älterer, stark bemuskelter Herr um die sechzig, der sich in seinem farbenfrohen Reggae-Look extrem vom tarnfarbenen Mauerwerk abhob. Völlig versunken knetete er an den Stelzen des Unparteiischen herum und vermied dabei jeglichen Blick in Richtung der Kriminalbeamten.

Grad so reinstarren tat er auf die verbeulten O-Füß seines Kunden. »Entschuldigung, wir würden gerne mit Ihnen reden«, sagte Bülent freundlich und schwer darauf bedacht, bloß nicht den schwierigen Namen aussprechen zu müssen. Der Schiedsrichter fuhr in die Höhe.

»Zefix, etz lassts mir halt mei Ruh. Wenn euch des Ergebnis ned passt, dann beschwert's euch bei eure Stürmer mit ihren krummen Haxn.«, maulte er und ließ sich erschöpft wieder zurücksinken. Da lag wohl eindeutig ein Missverständnis vor.

Astrid beugte sich tief über das Gesicht des Schiris, und der bekam gleich mal ganz rote Ohren. »Wir wollen gar nicht mit Ihnen reden«, hauchte sie, »sondern mit dem Herrn Onwuatuegwu. Wenn Sie uns also bitte alleine lassen würden. Das wäre wirklich sehr freundlich von Ihnen.« Sie packte jetzt ihren kompletten weiblichen Charme aus, dieser kleine hübsche Bolzen.

»Könnts ned später wiederkommen? Mir brennen echt die Wadeln«, kam es jetzt nicht ganz so freundlich zurückgetönt. Bülents Nerven knisterten. Gab es denn in diesem verdammten Landstrich keinen einzigen Menschen, der einfach mal tat, was man von ihm verlangte?

»Raus jetzt!«, brach es lauter aus ihm heraus als vorgesehen. Wuwu verzog sich scheu in eine Ecke und knusperte nervös an seinen Fingernägeln herum. Hoffentlich biss er sich nicht die Magie aus dem Horn.

»Mensch, Büli, du machst ihm ja Angst. Wer weiß, was er schon alles erlebt hat.« Er persönlich glaubte rein instinktiv nicht an ein weitreichendes Trauma, sondern eher an eine perfekte Inszenierung. Nur so ein Gefühl. Immerhin verpfiff sich der Schiri nach seiner herben Ansage nach draußen, wenns auch im Abgang ein saueres Bullenschweine frei Haus dazugab.

»Hallo, Herr Onwuatuegwu, ich bin Kriminalkommissarin Weber, und das hier ist mein Kollege, Hauptkommissar Rambichler.« Astrid ging auf Wuwu zu und reichte ihm die Hand.

Bülent folgte ihrem Beispiel, wobei er den Afrikaner aufmerksam musterte. Da war aber einer nervös.

»Wir würden gerne mit Ihnen über Herrn Gmeinwieser sprechen«, fuhr Astrid vorsichtig fort.

Keine Antwort, nur ahnungsloses Schulterzucken.

»Gmeinwieser, Chef?«, wiederholte sie in Kurzform.

Wuwu nickte und strahlte. »Guter Chef. Du Massage?«

Ohne eine Antwort abzuwarten, fing er an, den Oberschenkel der jungen Kommissarin zu bearbeiten.

»Also nein, das geht doch nicht«, kam es zäh aus ihrem Mund, wobei man deutlich sah, wie sehr sie die spontane Behandlung genoss. Ihre Gegenwehr ging faktisch gen null. Bülents Nerven knirschten erneut.

»Wo waren Sie in der Tatnacht?«, fragte er forsch und bekam statt einer Antwort ebenfalls das Angebot für eine Massage. Er stieß einen tiefen Seufzer aus.

»Also, so kommen wir echt nicht weiter. Wir nehmen jetzt eine DNA-Probe von ihm mit und dann verschwinden wir.«

Astrid, die sich nach wie vor durchwalken ließ, schüttelte den Kopf. »Nur weil er unsere Sprache nicht spricht, muss er doch nichts verbrochen haben. Ganz ehrlich, wer so begnadete Hände hat, der kann gar kein Verbrecher sein. Das hab ich einfach im Gespür.« Sie stöhnte wohlig auf, was ihn gerade noch mehr provozierte.

»Das heißt also, jeder der gut fummeln kann, ist unschuldig«, versuchte er sich in bemüht heiterem Tonfall, obwohl es innerlich schon zu brodeln begann. Astrids Augen verengten sich zu Schlitzen, was selten ein gutes Zeichen war.

»Ich bin nur nicht gleich immer so voller Vorurteile wie du.«

Außer es handelt sich um hübsche Vollblutweiber wie die Franziska, dachte Bülent, da wars dann auch ganz klar bei ihr vorbei mit der Gnade. Sagen tat er das lieber nicht. Er war müde und mal abgesehen davon nutzte Wuwu nun gerade die Gunst der zwischenmenschlichen Störung und sprintete wie von der Tarantel gestochen aus der Garderobe. Für einen Opa bewegte er sich tatsächlich flink wie eine Gazelle. »Oh«, sagte Astrid nur und sah ihm bedröppelt hinterher. Ganz so gewissentlich astrein schien er dann doch nicht zu sein, der Mann mit den Zauberhänden.

Bülent sparte sich einen bissigen Kommentar und rannte dem Flüchtigen hinterher. Leider ohne Chance. Denn die Abwehr von A- und B-Mannschaft stellte sich ihm in perfekter Formation in den Weg. Manndeckung, wie sie auf dem Platz selten so gut funktionierte wie in diesem Augenblick. Der zweite Sieg in Folge, den der TSV Strunzheim an diesem Tag für sich verbuchen konnte. Ein Narr, wer da noch von Underdogs reden wollte.

KAPITEL 13

Zwischendurchdebakel

Astrid erwachte in aller Herrgottsfrühe schweißgebadet von einem wilden Traum. Schorsch-Edmund hatte sie darin mit ihrer Dienstwaffe bedroht und sie gezwungen, panierte Karpfennuggets zu essen, die allesamt aus dem fischigen Fleisch der einstmals so fidelen Helene stammten. Ein Blick ins rambichlerische Badezimmer überzeugte die Kommissarin dann aber Gott sei Dank schnell davon, dass die Karpfendame noch immer dröge in der Badewanne vor sich hin blubberte. Glücklich sah sie dabei allerdings nicht aus. War wohl doch nicht der geeignete Ort für so ein freiheitsbewusstes Vieh. Astrid sammelte ein paar tote Fliegen vom Fensterbrett und schmiss sie in die Wanne. Augenblicklich kam Leben in Helene. Sie schmiss sich auf die Beute und verschluckte sie ohne zu kauen. Veganerin war sie schon mal keine. Aber das war momentan auch Astrids geringstes Problem. Allein der Alptraum hatte ihr gezeigt, dass ihre gewissentliche Substanz bröckelte. Lange konnte sie die Sache mit ihrer Waffe nicht mehr verheimlichen. Im Grunde wartete sie sekündlich darauf, dass sie eine Hiobsbotschaft ereilen würde, dann war für sie eh alles vorbei.

Gestern, als sie mit Bülent noch kurz in der Einsatzzentrale zusammensaß, um sich über die neuesten Erkenntnisse auszutauschen – Herr Onwuatuegwu war in der Verdächtigenliste eindeutig nach oben gerutscht –, hätte sie ihm fast alles erzählt.

Doch Bülent kam ihr zuvor und feuerte eine wahre Lobeshymne auf ihre Partnerschaft ab. Echtes Teamwork, das hätten sie nämlich bewiesen im Sportheim. Auch wenn es am Ende zu nichts geführt hatte. Er hatte sich sogar dafür entschuldigt, dass er bei der Gmeinwieserin so hormonell blind auf beiden Augen gewesen war und versprochen, dass er in Zukunft genau draufschauen würde, auch wenn sein Unterleib eine andere Sprache sprach. So wie sich das gestern anhörte, fühlte sich Bülent tatsächlich mitverantwortlich für ihre Launen. Das war mehr, als was man eigentlich von einem Mann erwarten durfte. Diese Harmonie, die da von jetzt auf gleich wieder zwischen ihnen herrschte, gefiel ihr schon sehr. Aber sie wusste auch, dass dieses noch äußerst fragile Band mit einem geständigen Satz aus ihrem Mund garantiert wieder in Fetzen daliegen würde.

Bülent verließ sich auf sie und hatte auch mehrmals betont, dass sie die Einzige in diesem Strunzheimer Sumpf war, der er absolut vertraute. Mal abgesehen von Franz, aber der lief völlig außer Konkurrenz und war mit seiner Pflanzenzucht samt Walders eh mehr als ausgelastet. Manchmal wünschte sie sich wirklich, dass sie ihren Vorgesetzten nicht ganz so gernehätte. Er war zwar in vielen Dingen etwas eigen – man nehme nur seinen Pflegefimmel –, aber genau dafür mochte sie ihn auch schon wieder. Vielleicht sogar ein bisschen mehr. Er wäre schon ein Mann, der ihr Herz erobern könnte. Das musste sie sich jetzt schon auch mal eingestehen. Aber bei den bad vibrations, die sie momentan so ausstrahlte, brauchte sie darauf nicht zu hoffen. Wenn Bülent vor etwas wirklich Schiss hatte, dann vor einer Frau, die ihre Emotionen nicht im Griff hatte.

Astrid betrachtete sich im Spiegel über dem Waschbecken. Wie lange würde sie ihr eigenes Spiegelbild noch ertragen? Hatte sie ihre Mutter nicht gelehrt, dass sie jeden Tag so leben sollte, dass sie sich abends ins Gesicht schauen konnte? Davon war sie gerade meilenweit entfernt. Wie man es auch drehte und wendete, sie hatte ein Problem, und es wurde nicht kleiner, wenn sie den Kopf in den Sand steckte. Vielleicht sollte sie dem Ganzen mit einer Selbstanzeige beim Köhl ein Ende bereiten. Einfach raus mit der Wahrheit, Dienst quittieren und dann ab nach Indien in den Ashram, um das verhunzte Karma zu reinigen, danach Ausbildung zur Yogalehrerin und ein Leben in Ruhe und ewigem Peace. Eine Illusion, die sich aber für den Moment wirklich tröstlich anfühlte.

»Ach Helene was soll ich bloß tun?« Die Karpfendame glotzte sie stumm an und sagte natürlich nichts. Astrid entschied sich, ihre Entscheidung noch einmal zu vertagen. Dabei hoffte sie inständig, dass auch dieser Tag vorüberging, ohne dass etwas passieren würde.

Bülent, der ebenfalls ziemlich zeitig wach wurde, ahnte von alledem, was sein Sunshinchen umtrieb, freilich nichts. Er war einfach nur froh darüber, endlich mal klare und ehrliche Worte ihr gegenüber gefunden zu haben. Das hatte sie nämlich verdient. Und klar hoffte er insgeheim, dass sich ihre konfusen Stimmungsschwankungen dadurch ein wenig in Schach halten ließen. Mitarbeiterführung eben. Da konnte man schon mal stolz auf sich sein. Dabei hatte Astrid wenig bis gar nichts zu seinen chefigen Offenbarungen gesagt. Wie ein verhuschtes Reh hatte sie dagestanden, ein außerordentlich hübsches obendrein. Und eins musste er sich definitiv eingestehen, im direkten Vergleich zur Gmeinwieserin fehlte Astrid vielleicht dieser ladylike Auftritt, aber das machte sie mit ihrer wundervollen Natürlichkeit wieder wett. Er mochte seine Assistentin schon wirklich gerne.

Vielleicht auch ein bisschen mehr. Aber das behielt er mal lieber für sich. Gut gelaunt wie schon lange nicht mehr sprang er aus dem Bett und pfiff sich fröhlich, immerhin in Boxershorts und mit T-Shirt bekleidet, die Stufen ins Erdgeschoss hinunter. Seit er von Astrid einmal, wie Gott ihn schuf, erwischt wurde, vermied er es tunlichst, während ihrer Anwesenheit nackt zu schlafen.

»Guten Morgen. Du bist aber auch schon früh auf den Beinen«, begrüßte Bülent seinen Vater, der weit weniger euphorisiert auf der Eckbank kauerte.

»Ich weiß nicht, was an dem Morgen gut sein soll«, grummelte Erkan und stach mit seinem Finger auf die Tageszeitung vor ihm ein. »Schau dir des an, jetzt kriegt der Arsch auch noch eine halbe Seite im Regionalteil. Als ob der etz wirklich so wichtig wär.«

Bülent zog die Zeitung zu sich heran und tatsächlich prangte darin ein Foto vom toten Bubblers Schorsch im Fischzuber mit der nicht ganz so charmanten Überschrift: *Zweiter Bürgermeister schwimmt nicht mehr auf Erfolgswelle.* Na bravo. Bülent las schon gar nicht den Artikel darunter. Stand wahrscheinlich eh nur etwas von Polizei tappt nach wie vor im Dunkeln etc.

»Wie lief's denn mit der Mama?«, fragte er in der Hoffnung auf gute Neuigkeiten.

Allerdings, so derhaut wie die Küche daherkam und der Tisch pappte und leberwurstelte, hatte seine Mutter noch keinen Fuß zurück ins Haus gesetzt. Sonst wäre hier nämlich schon längst alles wieder blitzeblank geschrubbt.

Überhaupt, dann stände auch endlich mal wieder ein heißer Kaba nebst frischen Semmeln für ihn auf dem Tisch. Das optisch schon recht ausgemergelte Brot, an dem Erkan rumnagte, machte ihn mal so gar nicht an. Zumal sich der gekochte Schinken darauf schon seltsam bog und wand.

»Nix lief«, bestätigte Erkan dann auch seine Vermutung. »Etz is dies Jahr mal wieder ein Spickerstand auf der Kärwa, und dann hat der ned offen g'habt, und in der Schießbud'n gab's keinen Teddy, sondern bloß so ein schwindsüchtiges gelbes Mannschgerle. Da bin ich dann gleich wieder heim. Weil ohne was G'scheits in der Hand, kann man die Weiber ja selten überzeugen.« Der alte Rambichler seufzte schicksalsergeben. »Hast du vielleicht noch eine Idee, Bub?«

Wow, sein Vater fragte ihn nach Rat, das musste sich Bülent ja glatt im Kalender anstreichen. Normalerweise wusste nämlich Erkan immer alles besser. Er musste also schon arg verzweifelt sein. Aber einfallen tat ihm freilich so spontan auch nichts. Er war ja jetzt nicht gerade der Held im Bezug auf komplexe weibliche Verhaltensweisen.

»Sag der Maria doch einfach, dass du sie liebst, Erri.« Astrid lehnte am Türrahmen und lächelte die beiden Männer an. Ganz verstrubbelt und verknittert sah sie aus, aber auch soooo putzig. Bülent fühlte, wie sein Magen einmal um die eigene Achse geschleudert wurde.

»Ja, meinst des reicht, Maadlaaa?« Erkan war noch nicht ganz überzeugt.

»Also mir würde es reichen.« Sanfter Blick zu Bülent und: kommissarischer Hirntod. Es dauerte eine Weile, bis er wieder halbwegs in der Lage war, sich einigermaßen aussagekräftig zu artikulieren. Währenddessen hatte Astrid in einem großen Topf einen ayurvedischen Hirsebrei mit Ingwer zusammengerührt, den sie jetzt in drei Schüsseln anrichtete und auf den Tisch stellte.

»Das wärmt von innen«, erklärte sie und schüttete gleich noch einen Zentner Zimt und Kurkuma obendrauf. Erkan schnupperte misstrauisch an dem Batz und verzog angewidert das Gesicht.

»Des schaut ja aus wie ein Windelschiss von unserem Bülent früher. Also des krieg ich ned runter.« Wie immer souverän charmant sein Herr Papa. Aber Bülent musste ihm schon auch ein wenig Recht geben. Die gelb-bräunliche Masse hatte tatsächlich etwas von einem unangenehmen Auswurf. Trotzdem nahm er Astrid zuliebe einen Löffel und fand es bis auf die widrige Konsistenz überraschenderweise gar nicht mal so übel.

»Wenn ihr fei mal verheiratet seid, dann musst schon was G'scheits auf den Tisch bringen, Aschtritt. Sonst bleibt er dir am End ned. Liebe geht nämlich durch den Magen«, palaverte Erkan völlig gedankenlos daher.

Bülent versenkte seinen Blick noch etwas tiefer in seine Schüssel, so peinlich war ihm das.

Astrid grinste nur. »Na, dann hast du ja deine Lösung für Maria.«

Erkan sah sie fragend an, dann fiel der Groschen. Er schlug sich mit der flachen Hand auf die Stirn. »Ja, ich Hirni, freilich. Ich koch für sie. Des hab ich schon lang nicht mehr gemacht. Und ich weiß auch schon, was.« Er sah abwartend in die Runde.

»Und was«, tat Bülent ihm den Gefallen und fragte nach. Erkan ließ sich Zeit mit der Antwort.

»Des willst etz wissen, gell?«

Eigentlich nicht, dachte Bülent, aber er nickte trotzdem.

»Also gut, ich verrat's euch.« Erkan senkte seine Stimme. »Gebackenen Karpfen mit Salzkartöffele. Des mags recht gern, die Maria, und nach dem Essen dann: Schalalala«, jodelte er und sah beifallheischend in die Runde. »Ist doch eine gute Idee, oder? Dann hätt sich die Sach mit dem Karpfen zwischen meine Fliesen auch erledigt.«

War klar, dass diese kulinarische Idee bei Astrid jetzt gerade so nicht auf Gegenliebe stieß. So schnell konnten Vater und Sohn gar nicht schauen, hatte sich die Kommissarin mit Helene im Badezimmer verbarrikadiert und schepperte wüste Protestlaute durch die geschlossene Tür, vor der die Rambichler-Herrn nun etwas ratlos davorstanden.

»Da hast dir so eine Narrische angelacht«, kommentierte Erkan das ganze Getue.

Bülent ersparte es sich, ihn zum wiederholten Male darauf hinzuweisen, dass Astrid und er nur Kollegen waren. Und zwar ganz ohne gewisse Vorzüge. Half eh nichts. Seine Eltern hatten für sich beschlossen, dass Astrid die Richtige für ihn sei, und von diesem Kurs ließen sie sich auch nicht wieder abbringen. Maria hatte in großmütterlicher Erwartung gar reichlich übermotiviert an einer ganzen Enkelkinderkollektion gestrickt. »Dann lass ihr doch bitte den Fisch, sonst kommt die da heut gar nicht mehr raus«, bat Bülent seinen Vater. Erkan sah sich daraufhin erst einmal genötigt, seinem Sohn den Unterschied zwischen einem Pantoffelhelden und einem echten Kerl näherzubringen.

»Du musst die Aschtritt schon in den Griff kriegen, Bub, sonst tanzt die dir allerweil auf der Nasen rum«, erklärte er.

»Ach so, du meinst, so wie du die Mama g'rad im Griff hast?« Bülent konnte der seitenhiebischen Versuchung einfach nicht widerstehen.

»Depp!«, kam es prompt zurückgeschossen.

»Also Vadder, mal ganz im Ernst. Ich weiß ja nicht, wie das deine Fischerkollegen finden, wenn du ihnen einfach, ohne zu fragen, ihren kapitalen Fang wegfrisst. Am End denken sie noch die Entführung ist auf deinem Mist gewachsen. Was meinst, was dann los ist? Und du weißt ja, wie es ist, irgendwer plaudert immer.« Bülent Lächeln war teuflisch, aber seine Worte verfehlten ihre Wirkung nicht.

»Allmächd, Bub, so weit hab ich etz gar ned gedacht.«

Astrid öffnete die Tür vom Bad einen Spalt und schielte daraus hervor.

»Du, wenn du magst, helf ich dir auch beim Kochen. Vegane Sushi oder Sesam-Tofu mit Linsen oder …«

Erkan winkte schnell ab. Astrids Speisefolge erzeugte bei ihm offensichtlich mehr Panik als Begeisterung. Zu tief saß die Erinnerung an das letzte vegane Speisemassaker in seinen heiligen Hallen. Panierte Sellerieflatschen mit Quinoagraffel hatte die Maria damals Astrid zuliebe auf den Tisch gebracht. Danach hing stundenlang der Haussegen schief und der Magen in den Kniekehlen.

»Lass mal, Maadla, des passt schon«, beeilte Erkan sich zu sagen. »Ich hab noch einen Fisch in der Gfriere. An der Helene ist ja eh nix dran außer Gräten.«

»Du versprichst mir also, dass du ihr nichts tust«, vergewisserte sich Astrid noch einmal. Erkan legte die Hand zum Schwur auf sein Herz.

»Auf meine türkische Ehre. Des Viech bleibt leben. Aber weg muss' trotzdem, ist des klar?«

Astrid nickte eifrig und Erkan hatte Millisekunden später gleich noch einen dicken Dankbarkeitsknutsch von ihr im Gesicht hängen. Da drückte es dem Senior vor Freude gleich ein wenig die Pupillen aus den Augen. Er sah seinen Sohn mit diesem überheblichen Schau-so-macht-man-das-Blick an und stolzierte wie ein Gockel von dannen, um sich endlich seiner Mission Eheweib widmen zu können.

»Danke, dass du mir geholfen hast.« Und dann bekam auch Bülent ein Küsschen hingehaucht. Das Leben könnte so schön sein, gäbe es keine Leichen.

KAPITEL 14

Integration auf Fränkisch

Schlag zehn Uhr tönte die Blasmusik mit der Schützenliesel aus dem Festzelt und lockte zum Frühschoppen. Kirchweihmontag. Wer da nicht arbeiten musste oder wollte, klebte auf der Bierbank. Selten war der Krankenstand unter den Strunzheimern höher als jedes Jahr an diesem Tag. Und freilich war man nach einer Maß Bier wieder halbwegs genesen und imstande, noch eine zweite zu ordern. Es war schließlich der letzte Festtag und bis zum Abschlussfeuerwerk in der Nacht musste noch reingelitert werden, was ging. So sah es die Tradition seit jeher vor. Auch Bülent war da früher schon immer gerne mit von der Partie gewesen. Gemeinsam mit Franz hatte er sich durch den Tag gerauscht und nachmittags beim Kinderprogramm im Festzelt den Kasperl ausgebuht. Das waren noch Zeiten. Da war er einer von ihnen.

Als er jetzt mit Astrid auf dem Weg zur Gärtnerei Gmeinwieser an der Festwiese vorbeikam, stieß er glatt einen wehmütigen Seufzer auf die alten Zeiten aus. Nix war mehr, wie es war. Keiner hier draußen wollte wirklich was mit ihm zu tun haben. Schlimmer noch, sie verarschten ihn, wo es nur ging. Allein die Schmach gestern am Fußballplatz. Die Bolzbagage hatte ihn so richtig auflaufen lassen. Als er jetzt so darüber nachdachte, wurde er gleich noch mal wütend. Er haute unvermittelt aufs Lenkrad.

»Eins sag ich dir, heut geht uns dieser Praktikant nicht mehr durch die Lappen.« Die Vehemenz in seiner Stimme löste glatt so etwas wie Bewunderung bei Astrid aus.

»Büli, so knallhart konsequent kenn ich dich ja gar nicht«, fusselte sie ihn an. Diese verdammte Verniedlichung seines Namens – sie würde es wohl nie lernen. Aber jetzt war auch nicht die Zeit dazu, sich darüber aufzuregen, er musste diesen Afrikaner in die Finger kriegen, denn irgendetwas stimmte absolut nicht mit dem.

Der beachtliche Betrieb der Gmeinwiesers lag am Rande des Dorfes. Schön eingebettet zwischen großen Freiluftbeeten mit Blumen und Erdbeeren zum Selberpflücken. Drei stattliche Gewächshäuser zeugten davon, dass hier durchaus mit Erfolg gepflanzt und floristet wurde. Der angeschlossene Verkaufsraum unterstrich diesen Eindruck. Er war für hiesige Verhältnisse, wo man ja eher der brachialen Schönheit zugetan war, geradezu mit einem feinen, exotischen Händchen gestrickt worden. Der ganze Laden wirkte wie eine thailändische Tempelanlage mitten im immergrünen Urwald. Augenfröhliche Blumenarrangements standen dabei in direkter Konkurrenz zu exklusiven Gartenmöbeln und Buddhafiguren in allen Farben, Formen und Größen. Der kleine, romantische Wasserfall war das Tüpfelchen auf dem »i«. Und, eh klar, lief entspannende Café-del-Mare-Sonnenuntergangsmucke und machte sofort Lust auf ein launiges Kaltgetränk.

Bülent bezweifelte, dass die Strunzheimer dieses Konzept hier durch emsige finanzielle Zuwendungen tragen würden. Das war dann alles in Hülle, Preis und Fülle schon ein wenig zu viel des Guten. Und die Rosen aus der Norma hielten schließlich auch mindestens drei Tage. Es musste also wirklich, wie alle sagen, an den Trauerkränzen liegen, mit denen sich die Familie Gmeinwieser ihren überhöhten Lebensstandard leisten konnten. So gesehen wunderte er sich schon gar nicht drüber, dass die rothaarig belockte Verkäuferin – war sie nicht auch eine von den Jazz Cats gewesen? – ihn angrinste und anhimmelte, als wäre er der Prinz von England persönlich. In ihren Augen war er wohl potentielle Kundschaft, und die durfte man so schnell nicht aus den Fingern lassen.

»Was darf ich dir denn bringen. Einen Gin Tonic oder einen Cuba?«, sächselte sie ihn an und wuselte um ihn herum wie ein Bienchen.

Astrid, die sich bis dato noch unbemerkt im Hintergrund gehalten hatte, trat mit Dienstmarke im Anschlag hervor.

»Guten Tag, wir würden gerne den Herrn Onwuatuegwu sprechen. Ist er denn da?«, erklärte sie einem ad hoc verstimmten Gesicht.

»Und ich hab schon gedenkt, du kommst wegen mir«, wandte sich die Verkäuferin enttäuscht an Bülent, und jetzt war klar – sie war eine von den Jazz Cats, Ronda oder so ähnlich.

Bülent erinnerte sich dunkel, dass sie die Katze gewesen war, die ihre Hand ganz unverblümt an seine unteren Regionen angedockt und dabei die Glocken von Rom gesummt hatte. Natürlich hatte er sie ganz klar in ihre Schranken gewiesen, also soweit ihm das in seinem Zustand noch möglich war. Guter Gott, diese Frau war in ihren späten Fünfzigern, und auch wenn es Trend war, als Toyboy stand er definitiv nicht zur Verfügung.

»Ist Ihr Kollege da?«, frotzelte Astrid ungeduldig in seine wilden Gedanken und ihre erotische Vibration hinein.

Ronda oder wie auch immer verdrehte entnervt die Augen. »Okechukwu, kannste mal kommen, dein Typ wird verlangt«, brüllte sie gegen einen schweren roten Vorhang. Dahinter schien sich wohl der Arbeitsbereich zu verbergen.

»Des geht etz ned. Die Kränz für den Chef müssen doch fertig werden. Sag halt, sie sollen wann anders kumma«, tönte es im reinsten Fränkisch zurück. So viel war also schon mal klar – nix verstehe, stimmte nix. Da kam bei Bülent aber jetzt schon eine Wut hoch, weil für dumm verkaufen, ließ er sich selten gern. Er stürmte vorbei an der Verkäuferin, die sich gleich mal bei so viel Tatendrang ganz wuschig auf die Unterlippe biss, und riss den Vorhang auseinander. Dem gmeinwieserischen Praktikanten fielen vor Schreck über diesen hinterhältigen Angriff gleich seine Arbeitsmaterialien aus den Händen. Bülent registrierte aus den Augenwinkeln einen Draht, der zu Boden fiel. Konnte man mit dessen spitzem Ende nicht auch fein säuberlich ein Hinterteil markieren?

Astrid schien den gleichen Gedanken zu haben. Sie hob den Draht auf und steckte ihn in ihre Tasche. Bülent wandte sich dem Afrikaner zu.

»Wieso sind Sie gestern einfach abgehauen? Und wieso tun Sie so, als würden Sie kein Wort verstehen? Ist Ihnen klar, dass wir hier in einem Mordfall ermitteln und garantiert keinen Spaß verstehen?« Der Angesprochene reagierte mit stoischem Schweigen.

»Mord?!«, quietschte stattdessen die Rothaarige, die ihnen selbstverständlich gefolgt war und jetzt nervös von einem zum anderen linste. »Aber ich dachte, das wäre ein Unfall gewesen. Das hat uns zumindest die Chefin so gesagt. Stimmt das nicht?«

Bülent seufzte. »Würden Sie uns bitte kurz alleine lassen?«, bat er sie, so höflich er konnte. Beleidigt war sie trotzdem.

»Du, wir waren doch schon mal beim Du. Und wer sagt denn überhaupt, dass ich nichts zu sagen habe?« Sie verschränkte ihre Hände vor der Brust und machte keine Anstalten, den kleinen Raum zu verlassen.

»Ich komme nachher zu Ihnen, also zu dir, und dann reden wir, o.k.?« Bülent bezweifelte zwar, dass dabei irgendetwas Ermittlungsrelevantes ans Tageslicht befördert werden würde, aber hier musste eindeutig ein Aufmerksamkeitsdefizit aufgearbeitet werden. Misstrauisch beäugte sie ihn, dann entschied sie sich tatsächlich für den Rückzug, aber wohl auch bloß, weil just in diesem Moment die Melodie der Eingangstür auf Kundschaft hinwies, der sie jetzt entgegenliebreizte.

Bülent wandte sich dem Afrikaner zu. »Also, bekomm ich jetzt von Ihnen eine Antwort, oder muss ich Sie mit nach Nürnberg aufs Revier nehmen?« Da lief aber jetzt der nervöse Schweiß.

»Guter Chef, gute Chefin.« Das mit der Kommunikation dagegen lief noch nicht ganz astrein.

Astrid, die bis dato schweigend danebenstand, war, plötzlich geistesblitzmäßig überzeugt davon, dass hier derjenige welche vor ihr stand, der sie in der unsäglichen Kirchweihnacht mit Schorsch-Edmund aus dem Dämmerschlaf gebrunftet hatte. Konnte sie zwar so jetzt in Anwesenheit von Bülent nicht ansprechen, aber sie hatte da jetzt schon eine Idee, die sie sofort in die Tat umsetzte.

»Deine gute Chefin scheint ja zu vielen Männern gut zu sein.« Sie grinste vielsagend. »Meinen Kollegen hier hat sie auch ganz schön heißgemacht und er sie schon auch.«

Man sah Bülent direkt an, dass er jetzt so gar nicht wusste, was das sollte. Bei Wuwu jedenfalls zeigte die Provokation sofortige Wirkung.

»Franziska würde niemals nur ein Auge auf Sie verschwenden. Sie sind zwar ein schöner Mann, aber Ihnen fehlt's, wie soll ich's ausdrücken, an wahrer Tiefe. Wenn einer diese Frau glücklich machen kann dann ich«, psalmte er im Brustton der Überzeugung daher.

»Darf ich das so verstehen, dass sie mit der Frau Gmeinwieser zusammen sind?«, vergewisserte sich Bülent jetzt etwas pikiert über diese Ansprache.

»Was heißt hier schon zam. Mir zwei sind seelenverwandt. Die Franziska und ich, des ist eine Verbindung für die Ewigkeit und drüber hinaus.« Langsam wurde es schon arg sulzig hier. »Und in der Nacht, wo der Schorsch von uns gegangen ist, da haben wir uns der transzendentalen Liebe hingegeben.« Was auch immer er faselte, eins stand fest: Wuwu mauste die Gmeinwieserin.

Astrid freute sich über ihren Kontersieg. »Wie lange geht das denn schon zwischen Ihnen beiden?«, hakelte sie gleich nach.

»Drei Jahre und, ja, der Schorsch hat's g'wusst, aber es geduldet. Er braucht mich zwecks der Kränz. Und ich hab nix rumerzählt zwecks seinem Prestige.« Er wandte sich wieder seinem begonnenen Werk zu. »Wars des etz? Ich muss noch die Kränz für dem Schorsch seine Beerdigung fertig machen. Alle Vereine haben bei mir bestellt und der Söder auch.« Das kam jetzt nicht ohne Stolz daher.

Bülent konnte sich nicht vorstellen, dass dieses Dreigestirn friedlich dahingelebt hatte, immerhin war der Bubblers Schorsch jetzt tot und wurde vorher auch noch verprügelt.

»Und Sie wollten Ihre Liebe niemals öffentlich machen? Immer die zweite Geige im Geheimen spielen ist doch auf Dauer auch nicht schön«, hakelte er weiter nach.

»Des verstehen Sie ned«, wich Wuwu der Frage aus.

»Dann erklären Sie es mir.« Bülent stellte sich absichtlich ein wenig dumm.

»Nein«, wortkargte der Wuwu plötzlich wieder. Wahrscheinlich, weil ihm aufgefallen war, dass er schon viel zu viel gesagt hatte.

»Guter Chef«, fügte er dann in alter Manier noch abschließend hinzu. Mehr war für den Moment wohl nicht mehr aus ihm rauszubekommen.

»Was dagegen, wenn wir uns noch in der Gärtnerei umsehen?«, fragte Astrid. Wuwu zuckte gottergeben mit den Schultern. Die Kommissarin steuerte auf eine Tür zu, die in eines der Gewächshäuser führte, und verschwand dahinter.

Bevor Bülent ihr folgen konnte, zupfte jemand ungeduldig an seinem Hemd herum. »Werd jetzt ich befragt«, schrillte es an seinem Ohr. Die Rothaarige stand neben ihm und hippelte ganz aufgeregt von einem Bein aufs andere. Er hätte sie ja gerne noch einmal auf später vertröstet, aber die Gefahr eines weiblich inszenierten Eklats war ihm dann doch zu groß.

»Kannst du denn den Laden vorne so lange alleine lassen? So wie es ausschaut, läuft doch ohne dich hier nichts.« Er zwinkerte sie an, und diesmal erreichten seine buttrigen Worte ihr Herz.

»Ich hab vorsichtshalber zugesperrt. Seit wir hier einen auf Luxus machen, kommt aber eh kaum noch jemand.« Sie senkte ihre Stimme. »Ich sags dir ganz ehrlich, ohne den Okechukwu würden mir gar kein Geschäft mehr machen, und ich dürfte stempeln gehen. Dabei bin ich schon seit über dreißig Jahren in dem Laden hier. Hab noch vor der Wende rübergemacht. Damals hat dem Schorsch seinem Vater noch die Gärtnerei gehört. Der Alte war vielleicht ein Choleriker vor dem Herrn. Hat alle ganz schön drangsaliert, vor allem seinen Sohn. Aber bei mir hat er da auf Granit gebissen. Ich bin ja nicht aus der DDR geflohen, um mir dann hier wieder sagen zu lassen, was ich darf oder nicht. Ich hab mir jedenfalls nichts gefallen lassen.«

Das glaubte Bülent glatt und war jetzt doch ganz froh über das getratschte gmeinwieserische Hintergrundwissen der redseligen Frau.

»Jedenfalls, für den Okechukwu leg ich meine Hand ins Feuer, der tut keiner Fliege was zuleide. Und unserem Chef schon gar nicht. Dem und seiner Frau hat er doch so viel zu verdanken.« Dankbar lächelte ihr Kollege sie an, wohl auch weil sie eine der wenigen war, die ihn konsequent bei seinem Vornamen ansprachen.

»Du glaubst nicht, was ich in den Salatköpfen gefunden habe.« Astrid hechtete unvermittelt mit einer Angelrute im Anschlag in den Raum und zog sofort wieder das Missfallen der Verkäuferin auf sich. Fühlte sich die doch gerade mächtig wichtig.

Da Bülent sah, was seine Assistentin in der Hand hielt, glaubte er es freilich und erkannte auch sofort, wem diese Angel gehörte. War auch nicht so schwer, das herauszufinden. Ein auffälliger Aufkleber auf dem Drum sprach eine eindeutige Sprache. Darauf abgebildet eine Flagge, die eine perfekte Synthese aus der türkischen und fränkischen Flagge bildete. Der Mondstern in Verbindung mit dem fränkischen Rechen. Soweit Bülent wusste, hatte sein Vater damals dieses Symbol extra für die Hochzeit mit Maria entwickelt. Gewagt zwar, aber auch schon wieder rührend.

»Wissen Sie, wie diese Angel hierherkommt? Ihr Besitzer, den ich zufällig kenne, sucht sie nämlich schon lange.« Abwechselnd sah Bülent die beiden Gärtnereimitarbeiter an. »Ronda, kannst du mir dazu vielleicht was sagen?«

Die Angesprochene sah ihn verwirrt an, dann aber wurde ihr Mund schmal vor Wut und Enttäuschung. »Ich heiße Ronka. Ronda, das war die Freundin von Alf, diesem rothaarigen Außerirdischen aus den Achtzigern«, zischte sie. Die eh nur fragil gute Stimmung war auf einen Schlag wieder dahin. Wobei eine gewisse Ähnlichkeit mit den Melmakbewohnern durchaus nicht abzustreiten war, dachte Bülent, sagte es aber natürlich nicht. »Außerdem hab ich keine Ahnung, wo das Fischding da herkommt. Hab ich auch noch nie gesehen. Die Gewächshäuser sind nicht meine Sache. Ich bin Floristikmanagerin und keine Gärtnerin«, baunzte sie weiter. »So, und jetzt mach ich Feierabend und geh auf die Kirchweih. Die Männer dort haben nämlich allesamt mehr Nivooo als du«, sprach die zornige Liebesamsel und machte einen Abflug. Immerhin, die Sache wäre geklärt.

Bülent atmete auf. Astrid trat näher an den Afrikaner heran und hielt ihm die Angel direkt vor die Linse.

»Na, wollen Sie uns vielleicht sagen, wie die Angel in den Endiviensalat gelangt ist?«

Wuwu seufzte. »Ich habe sie da reingelegt, nachdem ich sie im Gartenteich bei den Kois gefunden hab. Da wollt sich wohl irgend so ein Schlaumeier einen Kleinwagen rausfischen. Dabei ist da nicht einmal ein Haken dran.«

Tatsächlich war die Angel quasi jungfräulich. So blöd konnte selbst sein Vater nicht sein, überlegte Bülent. Oder hatte er mit dem Angelhaken quasi ein wichtiges Beweisstück verschwinden lassen? Er entschied sich erst einmal nicht, diesen Gedanken weiterzuführen.

»Wissen Sie, was ich glaube? Sie haben den Haken abgemacht, weil Sie ihn für irgendetwas gebraucht haben.« Sein Gegenüber sah ihn verwirrt an. »Und für was?« Der Hauptkommissar zog den Zeitungsartikel aus der Tasche und zeigte auf den fotografierten Hintern des Zweiten Bürgermeisters.

»Um sich hierdrauf zu verewigen.«

Wuwu schlug die Hand vor den Mund. »Allmächd, der arme Schorsch. Wer macht denn sowas?« Ganz klar, hier musste sich jemand arg zusammenreißen, um glaubhaft den Entsetzten spielen zu können.

»Sagen Sie es uns«, kam es nun von Astrid. Da wurden die Augen jetzt aber groß.

»Sie glauben doch nicht, dass ich das war?! Warum sollte ich denn sowas tun! Des is ja ekelhaft.« Letzteres klang jetzt glatt glaubwürdig. »Außerdem hab ich doch ein Alibi. Sie können gern die Franzi fragen. Ich war wirklich bis in der Früh bei ihr.«

Bülent nickte. »Das werden wir natürlich überprüfen. Mich würde jetzt aber trotzdem interessieren, warum Sie die Angel versteckt haben.«

Sein Gegenüber schüttelte aufgebracht den Kopf. »Was heißt hier versteckt. Ich hab sie da halt reing'legt und vergessen. Haben Sie eigentlich eine Ahnung, was ich den ganzen Tag so zu tun hab?«

Hatte Bülent nicht. War ihm aber auch wurscht. »Astrid, nimm doch bitte noch die DNA von ihm, und dann sind wir fürs Erste wieder weg.« Weg war dann allerdings wieder einmal der feine Herr Okechukwu. Und zwar spurlos. Freilich ohne gentechnisch verwertbares Material hinterlassen zu haben. Dieser Mann hatte wirklich einen ausgeprägten Fluchtreflex.

»Sollen wir ihm hinterher?«, fragte Astrid.

Bülent winkte ab. »Ich glaube nicht, dass der sich absetzen will. Irgendetwas verbirgt er vor uns, aber mein Gefühl sagt mir, dass das höchstwahrscheinlich leider nichts mit dem Mord zu tun hat. Aber das werden wir jetzt gleich mal rausfinden. Schauen wir mal, wie die Charity-Franzi reagiert, wenn wir sie auf die transzendentale Liebelei mit ihrem Prakti ansprechen. Bin mal gespannt, ob sie das auch so inbrünstig sieht wie er selber.« Bülent kratzte sich nachdenklich am Kopf. »Langsam tut mir der aufblasene Nachwuchs von denen ja fast schon leid.«

»Mir nicht«, grummelte Astrid leise, aber nicht leise genug. So nächstenunlieb kannte er seine Assistentin gar nicht.

»Hat er wohl deine Gefühle verletzt, der Schorsch-Edmund?«, scherzte er und hätte es sich so beinahe mit Astrid verscherzt.

KAPITEL 15

Ein recht's G'schiss

Franziska Gmeinwieser war freilich absolut nicht begeistert, als die Ermittler erneut, dieses Mal auch noch unangemeldet, bei ihr aufkreuzten, um das Alibi vom Wuwu zu überprüfen. Zum einen, weils ihr schon arg unangenehm war, zum anderen, weil sie sich gerade Heilerde ins Gesicht geklatscht hatte. Mal ganz zu schweigen davon, dass sie nur einen wenig figurbetonten weißen Bademantel trug, den sie offensichtlich aus einem Tegernseer Edelgesundheitsschuppen mitgehen hat lassen. Auf den Schreck brauchte sie ganz klar erst einmal wieder einen Klaren.

Sie führte die Ermittler auf ihre aus Naturstein hingebastelte Terrasse, von der man einen herrlichen Blick auf den Miniaturtegernsee und seine Bergwelt hatte. Grad so ein Traum. Franzi versuchte es jetzt erst einmal mit Zeit schinden und redete ohne Punkt und Komma auf Bülent und Astrid ein. Und zwar hauptsächlich über sich und ihre gute Taten. Die Ohoven kam im Vergleich zur Gmeinwieserin da fast schon unsozial daher. Wenn es denn alles so stimmte.

»War jetzt der Herr Onwuatuegwu in der Tatnacht bei dir oder nicht?«, unterbrach Bülent mittlerweile etwas entnervt von dem ganzen Gutmenschengetue, Franziskas rege Ausführungen über das Bienensterben im Allgemeinen und ihre Rettungsinselblumen im Besonderen, die sie überall gepflanzt hatte.

Hin- und hergerissen zwischen Wahrheit und Renommee

zögerte die Bürgermeistersfrau ein paar Augenblicke, bevor sie sich endlich dazu durchrang, Tacheles mit den Kommissaren zu reden. »Also ja. Der Okechukwu und ich haben ein Verhältnis miteinander, und er war in der Nacht vom Schorsch seinem Tod auch bei mir«, gestand Franziska dann schließlich nach einem weiteren Stamperl Enzian. »Das muss aber absolut unter uns bleiben«, bat die Grand Dame, der mittlerweile der Dreck schon arg heftig aus dem Gesicht blätterte. »Auch wenn im Dorf geredet wird, wissen tut keiner was Genaues, und das soll auch so bleiben, weil wenn mein Vater das erfährt, dann enterbt er mich.«

Ja, so schäbig sah sie dann wohl aus, die wahre transzendentale Liebe.

»Was meinen Mann betrifft, für den war das alles kein Problem, er hatte ja eh wenig Interesse an mir, und ich bin nun mal keine Frau, die gern unfreiwillig zölibatisch leben mag. Aber es ist freilich nicht die große Liebe mit dem Okechukwu.« Letzteres betonte sie so sehr, dass man es ihr kaum glauben mochte.

»Weiß denn der Schorsch-Erdmund davon?«, fragte Bülent.

Franziska Gmeinwieser nickte seufzend. »Ja, leider. Er hat uns mal zusammen hier im Haus erwischt. Gefallen hat es ihm freilich nicht. Er ist ja so ein Erzkatholischer, der Bub. Aber für ein neues Handy, gell, da ist die Jugend von heut schnell mal wieder ruhig und sagt nix.« Sie giggelte leicht überdreht.

Unglaublich, der eigene Sohn mit Technik ruhiggestellt. Bülent verlor langsam den Glauben an die Elternschaft des 21. Jahrhunderts.

»Ist er denn da, der Schorsch-Edmund. Könnten wir mal mit ihm reden?« Astrid schien plötzlich wie auf Speed.

»Aber nein, er hat doch heute schon wieder Schule. Er hat mir eine SMS geschrieben, dass er zurück an den Chiemsee fährt.

Also ich hoffe daher schwer, dass er im Internat ist, der Lauser«, versuchte sich Franziska in einem seichten Scherz.

»Wieso hoffen? Weißt du es denn nicht?« Irritiert sah Bülent die Charitylady an.

»Wie ich schon mal deiner Kollegin erklärt habe, Schorsch-Edmund ist zur Selbständigkeit erzogen. Ich vertraue ihm vollkommen, dass er sein Leben schon alleine in den Griff bekommt. Ich hätte ihn zwar gerne noch ein paar Tage hiergehabt, aber er ist alt genug, seine eigenen Entscheidungen zu treffen.« Eine nette Umschreibung dafür, dass sie einfach keine Lust hatte, sich um ihren Schratz zu kümmern.

»Was sind Sie denn bloß für eine Mutter?«, setzte Astrid Bülents Gedanken verbal um.

»Sicher keine, die helikoptert«, schnalzte Franziska zurück.

»Sie haben dem Schorsch-Edmund bei unserem ersten Gespräch für die Mordnacht ein Alibi gegeben, aber wie konnten Sie denn wissen, ob er da ist, wenn Sie grad anderweitig beschäftigt waren?« Der Einwand von Astrid war nicht von der Hand zu weisen.

Franziska schlug die Augen nieder. »Schuldig«, hauchte sie und wimperte Bülent dabei wie ein Filmstar an. Er war allerdings, wie er jetzt schon ein wenig erleichtert feststellen durfte, mittlerweile absolut immun gegen die Reize dieser oberbayrischen Walküre. Das spürte sie natürlich und raffte ihren Bademantel gleich beleidigt wieder etwas enger über ihren Busen zusammen.

»Der Schorsch-Edmund kam erst Samstag in der Früh vom Chiemsee, und zwar, kurz nachdem ich das vom Schorsch seinem Tod erfahren habe. Ich hab ihn vom Bahnhof abgeholt, und dann sind wir gleich zum Tatort gefahren.«

So herzallerliebst sensibel wünschte man sich eine Mutter, dachte Bülent, laut sagte er: »Wer hat dir eigentlich davon erzählt?« Er ahnte es zwar schon, aber er brauchte irgendwie den Schmerz der Gewissheit.

»Na, diese zwei neugierigen alten Schachteln. Diese Zwillinge. Die eine hatte sogar ein Foto vom Schorsch geschossen und es mir gezeigt. Furchtbar pietätlos fand ich das. Aber immerhin haben sie mir Bescheid gesagt. Die Polizei hat das ja nicht für nötig befunden.«

Oh, jetzt wurde sie langsam giftig, und Bülent wusste jetzt auch, wie das Bild in die Zeitung kam. Na, die zwei konnten was erleben, schwor er sich.

»Haben Sie denn gesehen, wie Ihr Sohn aus dem Zug gestiegen ist?« Astrid unterbrach mit ihrer Frage seine rachsüchtigen Gedanken.

Franziska sah die Kommissarin verstört an. »Ja, also nein, er hat vor dem Bahnhof auf mich gewartet. So wie er es halt immer macht.« Nervös fuhr sich Franziska über das Gesicht und löste damit eine wahre Staubwolke aus. »Frau Weber, wollen Sie damit vielleicht andeuten, mein Bub hat was mit dem Tod seines Vaters zu tun? Das kann ja wohl jetzt nicht Ihr Ernst sein.«

Eine wirklich abenteuerliche These, fand auch Bülent. Klar hatte der Gmeinwieser-Spross nicht alle im Quark, aber den eigenen Vater niedermeucheln, dazu gehörte schon einiges. Gedanklich ja, da konnte man sich schon mal das ein oder andere Ungemach für einen Erzeuger ausdenken – das wusste er nur zu gut aus eigener Erfahrung –, aber in der Realität sah das dann doch wieder ganz anders aus.

»Meine Kollegin klopft nur alle Eventualitäten ab. Natürlich gehen wir nicht davon aus, dass dein Sohn etwas mit der Sache zu tun hat.« Astrid schnaubte entrüstet. »Ich würde trotzdem gerne noch einmal mit ihm sprechen. Könnten Sie mir also bitte seine Handynummer und die Adresse von seinem Internat am Chiemsee geben, das wäre wirklich reizend von Ihnen, Frau Gmeinwieser«, zuckerte sie eindeutig ironisch daher.

»Aber gerne doch, liebe Frau Weber, und wenn ich Sie beide dann jetzt bitten dürfte zu gehen.« Dank Astrid war jetzt wohl auch er wieder beim Sie angelangt. Frauen und ihre emotionalen Zickenzuckerer. Es war kaum zum Aushalten. »Morgen findet eine Totenmesse für meinen Schorsch statt«, charmierte Franziska, jetzt wieder ganz eloquente Witwe, daher. »Da muss ich noch einiges vorbereiten. Wir erwarten zahlreiche Parteifreunde vom Schorsch, und meine Familie kommt auch aus Kreuth.« Der heilige Schein, selten wurde er so gelebt und geliebt wie von dieser Familie.

»Was hast du nur immer mit diesem Schorsch-Edmund«, wollte Bülent von Astrid wissen, während sie auf dem Weg zum Franz waren, um den Zwillingen für ihre Pressearbeit den Marsch zu blasen. Außerdem hofften sie dort auch auf Erkan zu treffen, um endlich das ominöse Getue um seine Angel aufklären zu können.

»Ich weiß nicht, irgendwie sagt mir mein Bauchgefühl, dass mit dem Typ was nicht stimmt. Wenn man schon ein Bild vom Strauß in seinem Zimmer hängen hat, das sagt doch alles«, antwortete sie und wurde schlagartig unruhig. »Ich meine, das hab ich gesehen, als ich das Haus damals durchsucht habe. Also da, wo du mit der Franziska im Kleiderschrank rumgewerkelt hast. Weißt du doch noch, oder?«, schoss sie noch schnell nach. Natürlich wusste er das noch. Er war ja nicht senil. Aber warum nervöselte sie denn jetzt auf einmal so herum auf ihrem Sitz.

»Alles o.k. mit dir, Sunshinchen?«

Sie nickte. »Klar.« Sie zückte ihr Handy und holte den Zettel mit Schorsch-Edmunds Adressdaten hervor. »Ich probiers jetzt gleich mal bei dem Jungen. Vielleicht erwisch ich ihn ja zwischen zwei Schulstunden.« Doch sie hatte Pech. Außer einer Mailboxansage bekam sie niemanden ans Ohr.

»Vielleicht sollten wir ja zu ihm an den Chiemsee fahren«, schlug Astrid vor.

Bülent stöhnte. »Ach, komm schon, was soll das denn bringen? Wir haben hier echt genug zu tun. Da muss ich mich nicht auch noch mit einem Teenager herumschlagen. Der Bub ist einfach falsch hinerzogen worden, aber wie ein Mörder kommt der mir nicht daher.«

Astrid seufzte. »Na, wenn du den Schorsch-Edmund von vornherein ausschließt, dann bleibt ja faktisch nur noch einer übrig.« Er sah sie lauernd an. »Der Einzige, der uns immer noch kein hieb- und stichfestes Alibi präsentiert hat, ist dein feiner Herr Papa.« Sie zuckte entschuldigend mit den Schultern. »Ist so, Hasi«, setzte sie noch nach, woraufhin er seinen Dienstwagen vor Schreck beinahe an einen Jägerzaun gesetzt hätte. Sie hatte zweifelsohne Recht, und das machte es nicht besser. Sie standen faktisch wieder am Anfang.

Erkan hatte sich alles so schön ausgemalt. Sogar in seinen Hochzeitsanzug hatte er sich gezwängt. Der spannte sich zwar mittlerweile schon ganz schön um seine Wohlstandswampe, aber für die Liebe musste man manchmal die Bequemlichkeit opfern. Seine Goldene Hochzeit wollte er mit seiner Maria schon noch erleben. Dauerte zwar noch ein paar Jährchen, aber die würde man ja irgendwie hingezwirbelt bekommen. Wo doch bis zu diesem Fiasko mit dem Bubblers Schorsch immer alles so wunderbar schön gelaufen ist. Gerade wollte er also seiner Liebsten, die flankiert von den beiden Walders im geigerischen Garten vor ihm stand, klarmachen, dass er ohne sie nicht leben konnte und sterben schon gar nicht – ein bisschen Drama musste schließlich sein –, als sein Sohn ihm doch tatsächlich die Parade verhagelte. Genau in dem Augenblick, wo er so einen leichten Anflug von einem liebreizenden Lächeln im Gesicht seiner Frau entdecken konnte, fuhrwerkte sein Abkömmling samt seiner Kriminalerfreundin dazwischen. Als ob das jetzt wichtig wäre, dass seine Angel wieder da war. Keinen Sinn für die Romantik hatte der Bub. Manchmal fragte er sich wirklich, ob dieses Kind von ihm abstammte, und weil er gerade so dermaßen wütend war, kamen seine Gedanken auch gleich mal laut über seine Lippen.

Schlagartig wurde es wieder duster in Marias Gesicht. »Ja, du Doldi, was glaubst denn du, vom Heiligen Geist oder was?«

Erna grinste. »Mein Gott, Rambichler, bist du heut wieder ein Charmebolzen.«

Maria war aber noch lange nicht fertig mit ihrer Schimpftirade. Jetzt wo sie so schön in Fahrt war, bekam auch Bülent gleich mal sein Fett mit ab.

»Was musst denn du immer so auf wichtig machen. Siehst denn du ned, dass des dein Papa aufregen tut? Könnts ihr denn ned einfach mal so sein, dass man euch erträgt. Ist des denn so schwer?« Die Köpfe ihrer Männer senkten sich beschämt eine Etage tiefer zwischen ihre hochgezogenen Schultern. Keiner von ihnen wollte ja eigentlich, dass sich die Muddi so aufregen musste.

»Geh, Weibi, kennst uns doch. Wir meinen des doch alles gar nicht so ernst.« Erkan grinste schief und legte symbolträchtig seinen Arm um Bülent. Dabei musste er sich allerdings schon arg strecken.

»Etz bück di halt a weng runter, Kerl«, motzte er dann auch gleich wieder, wobei er nach wie vor sein Perlweißlächeln auf den Lippen hatte.

Maria seufzte schwer. »Na, na, na, wenn man euch zwei in einen Sack neisteckt und draufhauen würd, würds wirklich nie den Falschen treffen.«

Erna nickte zustimmend. »Ein wahres Wort, Rambichlerin. Ein wahres Wort.«

Erkan knurrte ungehalten. »Du, gell, halt dich du da raus, Walderin. Dich und dein G'wäsch hab ich eh schon lang g'fressen. Nix als Ärger bringt des.«

Bülent stellte sich demonstrativ neben seinen Vater. »Da muss ich ihm jetzt ausnahmsweise mal Recht geben. Sag mal, wie kommt ihr zwei eigentlich dazu, der Franziska Gmeinwieser die Todesnachricht zu überbringen, und was noch viel schlimmer ist, der Presse ein Bild vom Ermordeten zu schicken? Dafür könnt ich euch fei belangen lassen.«

Traudl fing bei Bülents Worten freilich gleich an zu pflitschen. »Was heißt hier Presse? Davon weiß ich nichts«, zeterte Erna in das Gejaule ihrer Schwester hinein. Doch dann dämmerte es ihr. »Traudl, hast du am End des Foto …«

Die Angesprochene sah ihre Schwester aus ängstlichen Augen an. »Ich, ich, ich wollt halt auch mal wichtig sein. Immer bestimmst du alles, und des hab ich halt mal bestimmt. Ich weiß schon, dass des dumm war«, schluchzte sie und hielt Bülent ihre Hände hin. »Da nimm mich fest und erlös mich von meiner Schand.«

Erna gab ihr einen fast schon liebevollen Schubserer. »Geh, spinn dich aus. Niemand wird hier verhaft. Der Rambichler regt sich doch bloß so auf, weil in der Zeitung steht, dass er noch blind wie ein Maulwurf im Dunkeln tappt. Hey, Dampfer …« Sie wandte sich Franz zu, der abseits vom Trubel in seiner Hollywoodschaukel saß und Hannelore den Nacken kraulte. »Ich hab dir gleich g'sagt, dass des mit dem nix wird. Über drei Tag ist der Bubblers Schorsch jetzt schon hier, und was hat er rausbracht – nix. Weil er seinen Luxuskadaver auch überhaupts ned anstrengen will.«

Erkan hob drohend seine Hand. »Du pass fei bloß auf. So sprichst du fei ned von meinem Bub, gell!?

»Es ist immer noch auch meiner«, zündete Maria hinterher. »Und Recht hat sie ja.«

Bülent sah seine Mutter entrüstet an. »Aber Mama, des stimmt doch so nicht.«

Maria wedelte vor ihrem Gesicht herum, als würde sie lästige Fliegen vertreiben, und Traudl, rotzte aufgrund der aggressiven innerfamiliären Grundstimmung, für die sie sich schon ein bisschen verantwortlich fühlte, gleich noch mal von Neuem los. Ein einziges Theater, und die Nachbarn hingen natürlich auch gleich wieder ihre wissbegierigen Lauscher zum Fenster raus.

»So, Leute, jetzt kommen wir erst einmal alle wieder runter«, bestimmte Astrid in einem Ton, der keine Widerrede duldete. Zeitgleich hielt sie Erna an ihrer Kittelschürze fest. Die Walderin wollte nämlich nun ganz klar zum Angriff auf Erkan blasen. Ein Meter fünfzig geballter Zorn, das konnte heftig werden. »Wir atmen jetzt erst einmal alle gemeinsam tief ein und aus und ein und aus und …«

Erkan machte eine wegwerfende Handbewegung. »Geh, so ein G'schmarri. Gebts mir a Seidla, des beruhigt mich mehr. Dampfer hast eins in der Kühle?«

Franz schüttelte den Kopf. »Schon seit einem Jahr nemmer.«

»Du schnaufst etz mit«, fuhr Maria ihren Mann an, »und du auch«, haute sie Bülent gleich noch mit an, weil der schon auch recht skeptisch dreinblickte. Schlussendlich machten tatsächlich alle mit, sogar Franz, der allerdings mit jedem Einatmer geheiligten Rauch in sich einsog und wohl der Entspannteste von allen war. Eine angenehme Stille senkte sich über den Garten. Sie wurde lediglich von Hannelores wohligem Gegrunze unterbrochen. Ein sensibles Schwein, wie sie eines war, konnte tendenziell reichlich wenig mit menschlicher Hysterie anfangen. Darum war sie jetzt auch offensichtlich entzückt darüber, dass die Zweibeiner endlich mal ruhig waren. Zufrieden schmiss sie sich auf den Rücken und wälzte sich durch den Rasen. Peace on Earth, zumindest für den Moment.

»So etz reichts aber, da krieg ich ja sonst einen Schwindel«, erklärte Erna, nachdem sie es ganze vier Minuten geschafft hatte, ihren Mund zu halten. Dennoch wirkte sie friedlicher als noch vor ein paar Minuten. Traudl schien tatsächlich, wie so oft, gänzlich weggetreten und grinste schräg in die Runde. »Des war etz schön«, leierte sie daher, schnappte sich den Dübel von Franz und kuschelte sich zu Hannelore in die Wiese, um vorüberziehende Wolken zu beobachten. Dabei war es der Sau allerdings völlig wurscht, dass Traudl einen Dinosaurier nach dem nächsten sah und in einer Wolke sogar den Gottschalk erkennen wollte.

Selbst Maria und Erkan schenkten sich ein schüchternes Lächeln. Bülent wollte natürlich mitnichten diesen Traum von einem gelebten, harmonischen Miteinander zerstören, aber es gab da ja immer noch dieses Thema mit der Angel.

»Also, Vadder, des ist doch deine Angel?«, fing er ganz vorsichtig an, alle anderen sogen schon mal in gespannter Erwartung die Luft an. Aber nichts geschah. Erkan warf einen kurzen Blick auf das Teil und nickte, danach hatte er wieder nur noch Augen für seine Maria. Bülent schluckte. Er kam sich vor, als würde er durch ein Minenfeld hatschen. Sein Vater konnte von jetzt auf gleich explodieren, und dann ging gar nichts mehr. »Kannst du mir dann vielleicht verraten, wie die Angel in den Koiteich von den Gmeinwiesers kommen konnte?« Bülent hielt den Atem an, denn Erkans Miene kam nun schon deutlich finsterer daher.

Maria stupste ihren Mann an. »Komm schon, was raus ist, ist raus. Danach gehts einem immer besser.«

Erkan runzelte die Stirn. »Mir gehts aber gar ned schlecht.«

Erna prustete los. »Ja, Rambichler, so schauts aus, schlechten Menschen gehts immer gut«, palaverte sie mal wieder wenig diplomatisch in die Szenerie hinein.

»Bitte, Erna.« Astrid streichelte der alten Walderin über den Arm. »Sei doch nicht immer so aggro. Denk doch mal an dein Karma.« Noch bevor Erna etwas Bissiges erwidern konnte, haute es Traudl vollkommen den Schalter raus. Allein die Tatsache, dass ihre Schwester als Laus wiedergeboren werden könnte, sorgte bei ihr für einen derartigen Lachkrampf, dass Hannelore vor Schreck gleich mal das Weite suchte und vor lauter Gehektel mit Karacho gegen die blecherne Regentonne lief. Diese kapitulierte freilich unter dem Gewicht der Sau und kam jetzt, zu Franzens Leid, spontan verbeult daher. Immerhin hatte der Schlag gegens Hirn Hannelore wieder aus ihrer Rage katapultiert. Torkelnd schleppte sie sich unter ihren Lieblingsbaum, schmiss sich ächzend gegen den Stamm und schloss ihre Äuglein. Wahrscheinlich träumte sie just in diesem Moment von einem Rentenabend auf einem Gnadenhof. Auch Traudl hatte sich so weit wieder beruhigt, dass sie nicht mehr wie eine Irre hantierte, sondern jetzt nur noch dasaß und ihre Schwester breit angrinste. Bülent fragte sich zum wiederholten Male, was der Franz da wohl für ein Zeug anbaute. Aber das war, gelinde gesagt, nicht sein Problem. Er wandte sich wieder seinem Vater zu.

»Bekomm ich jetzt vielleicht mal eine Antwort von dir?«

Erkan der sich offensichtlich schon in Sicherheit wog, verdrehte die Augen.

»Du bist vielleicht ein grantiger Wadenbeißer. Aber gut, wenn du es genau wissen willst, ich wollt den Bubblers Schorsch um ein paar seiner Kois erleichtern. Ehrlich g'sagt hatt ich aber schon ein paar Maß im G'sicht und dunkel wars auch g'scheit. Ich hab also nix g'sehen, und Würmer hab ich auch vergessen g'habt. Die blöden Viecher haben dann freilich ums Verrecken nicht anbissen. Da bin ich halt grantig worden und hab die Angel in den Teich pfeffert. Danach bin ich ham ins Bett. Des war die ganze G'schicht.«

Maria räusperte sich auffällig laut. »Erri«, mahnte sie. Bülents Vater schüttelte den Kopf.

»Nein, mehr sag ich ned.« Er verschränkte bockig seine Arme vor der Brust und starrte gen Himmelszelt. Für einen kurzen Moment erschien ihm da doch auch glatt die Visage vom Gottschalk.

»Also, Vadder, ganz ehrlich, mir kommt die ganze G'schicht ein bisschen seltsam vor. Angeln ohne Würmer, des ist schon eine Kunst, aber an deiner Schnur hing ja noch nicht einmal ein Haken dran.« Bülent machte eine schöpferische Pause. »Da stellt sich mir jetzt halt die Frage, was du mit dem Haken gemacht hast. Warum der weg war? Hast du am Ende nur zur Ablenkung die Angel im gmeinwieserischen Gartenteich versenkt und erzählst mir jetzt die Geschichte von der wilden Sau?« Hannelore fühlte sich sogar im Schlaf angesprochen und quiekte leise.

»Wie, kein Haken?« Erkan schien ehrlich überrascht.

»Erri, wie du weißt, wurde dem Herrn Gmeinwieser mit einem spitzen Gegenstand was in sein Hintern geritzt, und es könnte laut Gerichtsmedizin mit einem Angelhaken gemacht worden sein. Was in Anbetracht des Leichenfundorts auch nicht ganz so abwegig wäre«, erklärte Astrid sanft, weil sie sah, dass Bülent gefährlich ungeduldig mit dem Kiefer malmte. Erkan sah die beiden Ermittler mit großen Augen an. »Und etz denkt ihr, ich hab dem Arsch sein Arsch verziert?« Unvermittelt schlug er sich auf die Schenkel und lachte, bis ihm die Tränen kamen. »Des ist ja ein köstlicher Witz. Du weißt aber schon noch, Bub, dass ich kein Blut nicht sehen kann und beim kleinsten Tropfen zum Spein anfang. Habts denn diesbezüglich auch Spuren gefunden?« Abwartend sah er die beiden Kriminalbeamten an.

»Da kann ich mich ja sogar noch daran erinnern«, schaltete sich Franz höchst amüsiert von seinem Beobachtungsplatz in die Unterhaltung mit ein. »Weißt noch, Bülent, als es dich vom Radl g'schossen hat und du zu deinem Vadder g'rennt bist. Des war vielleicht ein Debakel.«

Bülent schoss gleich mal das Blut in den Kopf. Daran hatte er wirklich gar nicht mehr gedacht. Sein Vater reagierte so dermaßen überempfindlich auf den menschlichen Treibstoff, dass er als Kind mit jeder neuen Wunde nur zu seiner Mutter gerannt war. Bis aufs erste Mal, wo er eben vom Fahrrad gefallen war. Aber Fehler machte man nur einmal, und der seinige hing damals noch tagelang geruchsmäßig an ihm.

»Stimmt das?«, fragte Astrid.

Bülent nickte. »Aber das erklärt immer noch nicht, wo der Haken abgeblieben ist«, fuhr er zu seiner kriminalistischen Ehrenrettung fort.

»Den hab ich weg«, kam es leise aus Marias Mund.

»Du?«, kam es gleichzeitig von Vater und Sohn. »Hast du am End den Bubblers Schorsch ...?« Schockiert sah Erkan seine Frau an.

»G'schmarri, ich hab gar nix. Ich hab den Haken abg'macht bevor du loszogen bist. Des geht doch nicht, einfach fremden Leut die Sach wegfischen. Des macht man doch nicht, hab ich mir gedenkt. Egal, wie man zueinander steht.« Sie senkte den Blick, weil sie ihr Mann jetzt schon arg finster anstarrte und dabei »in guten wie in schlechten Tagen« murmelte. »Des Drum liegt daheim in meinem Schmuckkästchen. Könnts gern haben und untersuchen lassen. Werds aber bestimmt nix finden«, berichtete Maria weiter, ohne auf Erkans spontanes Stimmungstief einzugehen. »Ich hab des so lang ned erzählt, weil ich schon g'wusst hab, dass dem Erri des ned passt.«

Bülent nahm seine Mutter spontan in den Arm. »Das war völlig richtig von dir, Mama.«

Erna nickte. »Wenns ihr uns Weiber ned hättet, dann würds schon arg duschter ausschaun für euch Mannsbilder«, resümierte sie zufrieden daher und bekam dafür gleich mal ein zustimmendes Daumen-hoch-Zeichen von ihrer Schwester.

Bülent war erleichtert. Immerhin die Sache wäre vom Tisch. Triumphierend sah er Astrid an.

»Wann war denn das mit der Angelei? Also von welcher Uhrzeit reden wir?« Erkan deutete auf seine Frau.

»Frag doch den Judas hier«, bockelte er und drehte Maria demonstrativ den Rücken zu.

»Na ja, so kurz nachdem die Kärwa aus war. So gegen zwölf rum«, berichtete Maria.

»Hm, laut Fröstel wurde der Herr Gmeinwieser zwischen ein Uhr und zwei Uhr nachts ermordet. War denn Erkan um diese Zeit schon wieder zu Hause?« Astrid ließ nicht locker. Der Terrier hatte wieder einmal Witterung aufgenommen.

»Na ja, also …«, druckste Maria herum. »Nicht direkt. Aber ich wüsst schon, wo er war. Ein Alibi könnt ich ihm schon geben. Weil, also weil, ich war ja auch dabei.«

Jetzt wurde auch Bülent wieder hellhörig. »Wo warst du dabei. Was zum Teufel habt ihr zwei angestellt?«

Maria seufzte. »Könnten mir des vielleicht unter uns drei besprechen?«

Erkan winkte ab. »Für mich gibts da nix zu besprechen. Was rum ist, ist rum. Ende. Aus. Amen.«

Erna schnaubte erbost. »Was bist denn du für ein feiger Hundling, Rambichler. Allerweil große Reden schwingen, aber wenns ernst wird, den Schwanz einziehen.« Sie schüttelte frustriert ihren Kopf. »Und sowas wie dich hab ich in den Gemeinderat gewählt. Ich hab nämlich dacht, dass du wirklich ein Gradrausiger bist. Aber so, wie ich des seh, bist auch ned viel besser als der Bubblers Schorsch, der hat a immer nur g'scheit daherg'red, aber selten was getan. Zumindest ned für uns kleine Leut. Gell, Traudl? Was haben mir an den Kasper hinbälfert zwengs an Kneippbecken, aber nix wars.« Traudl, die sich mittlerweile ganz nah neben Franz in die Hollywoodschaukel gequetscht hatte, nickte zustimmend und wuselte sich gleich noch mal ein bisschen näher an den Geiger ran. »Du bist aber anders, Franz«, flüsterte sie, und ihm wurde gleich ganz anders bei so viel Nähebedürftigkeit.

»Du hast mich gewählt?« Erkan schien diese Tatsache mehr zu berühren als alles andere. »Ich hab gedacht, du magst mich gar ned, Walderin.«

Erna winkte ab. »Des würdst schon merken, Rambichler, wenn ich dich gar ned mögen würd.«

Bülent wollte lieber nicht wissen, wie das aussah, wenn Erna Walder einen wirklich auf dem Kieker hatte.

»Können wir jetzt mal endlich erfahren, was in der Nacht vom Bubblers Schorsch seinem Tod passiert ist. Mama, magst du es nicht erzählen?« Er sah seine Mutter hoffnungsvoll an.

»Maria, ich lass mich scheiden, wenn du nur ein Wort erzählst«, drohte Erkan, und es trat ihm jetzt schon ein wenig der ängstliche Schweiß auf die Stirn. »Des ist doch soooo peinlich, Weib. Bitte nicht.«

Maria sah ihren Mann ernst an. »Des ist mir etz wurscht.« Sie wandte sich an alle Umstehenden. »Ihr müsst mir aber versprechen, dass ihr nix davon weitertratscht. Bülent, Astrid, des kommt auch in keinem Bericht von euch vor, ist des klar?«

Die beiden Ermittler nickten synchron.

»Traudl, ist des bei dir auch angekommen?«, blaffte Erna ihre Schwester an. Die machte erneut ein träges Daumen-hoch-Zeichen. »What happens in the Geiger-Garten, stays in the Geiger-Garten«, leierte sie in einem experimentellen Englisch heraus und kraulte dabei mit der freien Hand das bärtige Kinn vom Franz.

»Gell, Franzi, mir sagen nix?« Der konnte nur noch den Kopf schütteln, der Rest seines Körpers war wie versteinert. Zumal Traudl jetzt auch noch schnell das Wischkästle aus der Schürze zog und ein Selfie von ihnen beiden schoss, weil sie halt gar so schön zusammengenagelt dasaßen. Das kam gut auf ihrem Instagramaccount, und außerdem machte das die Klum mit ihrem Fregger auch immer so. Nachdem also jeder doppelt und dreifach geschworen hatte, nichts zu sagen oder zu schreiben oder zu posten, fing Maria endlich an zu erzählen. Erkan allerdings suchte schon nach dem ersten Wort aus ihrem Mund das Weite. Er wollte, wie er theatralisch verlauten ließ, bei dieser öffentlichen Demütigung seinerseits nicht auch noch anwesend sein.

»Also passts auf«, erzählte Maria in die gespannten Gesichter hinein. »Der Erri war so dermaßen grantig auf den Bubblers Schorsch, und weil die Kois halt auch ned bissen haben, dass er in seinem Suff den Gmeinwiesers direkt vor die Haustür … also ihr wisst schon, was … hat. Angeblich weil mein Opa des auch immer so g'macht hat bei Leut, die er ned g'mocht hat. Rambichlerische Tradition hat der Depp dann auch noch voller Stolz rumplärrt, als er wieder daham eing'laufen ist. Da ist mir aber der Kragen platzt, des kann ich euch sagen. Ich hab ihn dann mitten in der Nacht zum Putzen g'schickt mit meim guten Hakazeug. Der hätt gar keine Zeit mehr für einen Mord g'habt, so wie der schrubben hat müssen. Außerdem war ich von Anfang bis End daneben g'standen und hab g'schaut, dass keiner kommt.«

Während Bülent entsetzt und ungläubig den Worten seiner Mutter lauschte, konnten die anderen sich kaum mehr halten vor Lachen. »Der Rambichler ist 'ne Wucht«, tönte Erna nun doch wieder voller Sympathie daher. »So eine Courage hätt ich ihm gar nicht zugetraut.« Sie schlug sich auf die Schenkel, dass es nur so schepperte.

Auch Franz liefen die Tränen in Sturzbächen über die Wangen. »Mensch, Bülent, das nenn ich mal ein beschissen gutes Alibi?«, wieherte er heraus, worauf Astrid sich glatt vor lauter

Gekicher verschluckte und jetzt hustete wie ein Grubenarbeiter nach der Schicht.

»Aber Mama, warum hast mir das denn nicht gleich erzählt. Damals unter vier Augen?«,wollte Bülent wissen, weil es ihm arg peinlich war, dass das jetzt alle mitgehört hatten. Wie stand er denn jetzt da, vor allem vor Astrid. Die musste ja seine Familie für völlig durchgeknallt halten.

»Bub, des verstehst du ned. Ich hab's deinem Vadder g'schworen und mir auch, dass des nie jemals wer erfahren tut. Konnt ja ned ahnen, dass es in derselben Nacht den Bubblers Schorsch derwischt. Aber etz is raus, und mir gehts viel besser«, gab sie erleichtert zu.

Na wunderbar, es hätte durchaus idealere Augenblicke für die nackte Wahrheit gegeben, dachte Bülent. Franz sprang von der Hollywoodschaukel auf und meldete sich dabei hektisch wie ein kleiner Schulbub.

»Einen hab ich noch! Einen hab ich noch!«, salvte er heraus. Alle Augen richteten sich auf ihn. »Der Erkan ...« Er musste abbrechen, weil er vor diabolischer Heiterkeit kaum mehr reden konnte. Er räusperte sich. »Also der Erkan, der hat sichs jetzt wohl erst amal mit dem Bülent verschissen.« Raus wars, und alle brüllten von Neuem los. Selbst Maria giggelte fröhlich mit. Und da konnte auch Bülent irgendwie nicht mehr an sich halten. Scheiß drauf – sein Vater war kein Mörder!

KAPITEL 16

Weiber

Die Stimmung im geigerischen Garten war nach der vorangegangen Aufregung jetzt geradezu tiefenentspannt. Die Frauen hatten es sich auf einer Picknickdecke gemütlich gemacht. Es gab Marias berühmte Erdbeersahnebisquitrolle, für Astrid natürlich vegan, und die Walders schlürften friedlich ihren Humpen Carokaffee mit Löffelbisquits. Wenn die Dritten zwicken, gibts bekanntlich nichts Besseres. Bülent und Franz wiederum gönnten sich einen relaxten Schaukler in der Hollywood und zuzzelten an einem eiskalten Spezi herum. Fast wie im Urlaub, dachte Bülent. Wenn bloß dieser miserable Fall nicht wäre.

»Und wer wars etz?«, fragte Franz und traf mittenrein ins wissentliche Nichts. Bülent zuckte mit den Schultern.

»Jeder und keiner«, seufzte er, weils auch so war.

»Okay?!«, antworte der Geiger gedehnt. »Und was macht ihr etz?«

Bevor Bülent seine pure Ahnungslosigkeit hätte zur Schau stellen müssen, rettete ihn sein Handy.

Der Fröstel wieder, klar. Und klar, dass der ausgerechnet mittenrein ins schönste Feierabendgefühl brettern muss. War zwar erst fünfzehn Uhr am Nachmittag, aber die Rede war auch lediglich von Gefühl und nicht von Tatsache. Kurz war er versucht, den Anruf des Gerichtsmediziners zu ignorieren. Aber in seiner Situation wäre das faktisch geradezu fahrlässig gewesen. Er hatte ermittlungstechnisch gesehen einen Hänger und vielleicht konnte der Leichenbastler ja irgendetwas Sinniges beitragen. Bülent hob ab, und noch bevor er eine Begrüßung losschicken konnte, quasselte der Doc schon aufgeregt los.

»Hallo, Frau Weber, schön, dass ich Sie gleich erreiche. Also, Sie hatten Recht mit Ihrem Verdacht. Ich konnte sowohl in Ihrer Haar- als auch in Ihrer Urinprobe eindeutige Rückstände von Gammahydroxybutyrat nachweisen. Sie wurden klassisch mit K.-O.-Tropfen ausgeknockt würde ich sagen.« Der Quacksalber lachte kehlig. An was der alles so Spaß hatte.

»Lieber Herr Doktor Fröstel, da haben Sie wohl die falsche Nummer erwischt«, gab sich Bülent kühl zu erkennen. »Aber ich werde es meiner Kollegin ausrichten.« Er unterbrach die Verbindung, ohne auf das nun folgende Gestammel von Dr. Fröstel einzugehen. Sollte der sich jetzt mal schön selber damit rumschlagen, dass er das mit seiner Schweigepflicht vermasselt hatte.

»Probleme?« Franz sah ihn prüfend an. Das spontan über ihn hereinbrechende Stimmungstief hatte ihm wohl zu offensichtlich das Gesicht verfinstert.

Kein Wunder, denn es ging ihm in erster Linie gar nicht um das, was der Fröstel rausgefunden hatte. Wog zwar schlimm, aber für ihn nicht so schlimm wie die Tatsache, dass Astrid tagelang etwas vor ihm verheimlicht hatte. Und ganz klar war sie deswegen auch so seltsam drauf gewesen. Nicht er mit seinem Verhalten hatte ihre widersprüchlichen Launen ausgelöst, sondern das, was sie umtrieb. Von wegen Superteam. Statt mit ihm zu reden, vertraute sie sich so einem seichten Birkenstockschleicher wie dem Fröstel an. Was für eine grandiose Demütigung. Dabei dachte er, dass zwischen ihr und ihm … Na ja. C'est la vie.

»Ich glaub, ich muss jetzt erst einmal an die frische Luft.«

Seine Ansage sorgte für noch mehr Verwunderung bei seinem Kumpel. Schließlich war draußen draußen, und noch draußener ging es ja fast gar nicht.

»Ist alles klar mit dir?« Franz verstand eindeutig die Welt nicht mehr. Bülent sah zu Astrid, die gerade dran war, Traudls Füße zu massieren. Als sie seinen Blick bemerkte, winkte sie ihm fröhlich. Er tat so, als hätte er es nicht gesehen.

»Sag mal, Franz, war die Astrid in der Nacht von Freitag auf Samstag bei euch?« Allein die Tatsache, dass sein bester Freund jetzt erst einmal gar nichts sagte, sondern einen hektischen Schluck von seinem Kaltgetränk nahm, war Antwort genug.

Bülent seufzte. »Ich nehme mal an, ihr steckt alle unter einer Decke, nur ich bin der Depp, der von nichts weiß.«

Franz schüttelte den Kopf. »Du, wissen tu ich grad gar nix. Ich bin in der Früh aufg'wacht, und da stand sie mit den anderen Weibern da.« Er unterbrach seine Erzählung und sinnierte in den Himmel hinein. Dann fuhr er fort. »A bissl komisch ist's ja schon daherkommen in derer riesigen Lederhosen, aber was genau trieben hat in der Nacht, darüber hats nix rausg'lass'n. Ehrlich g'sagt wollt ich's auch gar ned wissen.«

Bülent war beim den Wort Lederhosen hellhörig geworden. »Ist die Hosen noch da?«

Franz nickte. »Freilich. Sowas schmeiß ich doch ned weg. Ist a echte Hirschlederne vom Meindl. War bestimmt nicht billig. Die bringt auf eBay bestimmt a paar Euronen. Soll ich sie dir zeigen? Hängt bei mir im Schlafzimmer.«

Nachdem Bülent das gute Stück betrachtet hatte und die eingestickten Initialen an der Seite eine eindeutige Sprache sprachen – S. E.G – Schorsch-Edmund Gmeinwieser –, fügte sich das Puzzle in seinem Hirn zu einem dramatischen Ganzen zusammen. Er wuchtete mit Riesenschritten zurück in den Garten und warf die Lederhosen wortlos mittenrein in die fröhlich plappernde Damenrunde. Für die Erdbeersahne sowie für die allumfassende Harmonie bedeutete das freilich den frühzeitigen Exitus, aber das war ihm wurscht.

»Rambichler. Gehts noch?« Erna, die sich als Erste wieder gefangen hatte, sprang auf und betrachtete wütend ihre von Carokaffee durchfeuchtete Schürze. »Sag mal, habens dir etz eigentlich komplett ins Hirn g'schissn? Hantierst rum wie so ein Terrorist. Die Wäsch zahlst mir aber, dass du es weißt.« Sie wandte sich Maria zu. »Ich hab's ja glei g'sagt, dass der als Kind zu heiß bad worden ist.«

Seine Mutter sah ihn mitfühlend an. »Was machst denn immer, Bub?« Das fragte sie noch. Wo sie doch bis zum Haaransatz mit drinhing in dieser weibischen Verschwörung.

»Ich will jetzt die Wahrheit wissen, und zwar die ganze, sonst lass ich euch alle zusammen verhaften.« Und Bülent meinte diesmal, was er drohte. Astrid trat auf ihn zu und berührte ihn sanft am Arm. Ein Blitzschlag hätte nicht schmerzhafter sein können.

»Die können doch nichts dafür«, fing sie leise an zu reden. »Ich hab sie gebeten, nichts zu verraten.« Erna räusperte sich vernehmlich. »Also, eine Bitte war des fei nemmer, Maadla. Erpresst hast uns, des kannst schon sagen.« Die Walderin zwinkerte der jungen Kommissarin zu.

»Na ja, vielleicht ein bisschen.« Zwinker. Zwinker zurück.

»Des würd mich etz aber schon interessieren, mit was man euch erpressen kann.«

Franz war herangetreten und sah abwechselnd zu Erna und Traudl. Letztere wurde gleich ganz rot.

»Na, wir sind doch am Samstag in Allerherrgottsfrüh wieder mal heimlich mit deiner Funzn g'fahren, und die Astrid hat uns erwischt«, sabbelte Traudl unbedacht daher und freute sich noch, etwas Gewichtiges zur Unterhaltung beitragen zu können.

»Du bist so eine alte Tratschn«, fauchte Erna ihre Zwillingsschwester an.

»Wenn er doch g'fragt hat«, verteidigte sich diese. Der Geiger war ja sonst der Peacemaker in persona, aber jetzt schnappte er, nach dieser eher unfreiwilligen Beichte, schon arg nach Luft.

»Hab ich euch ned g'sagt, ihr sollt die Finger von meiner Funzn lassen? Des ist ein hochsensibles Stück. Die verkraft doch so etwas Rapiades wie euch gar ned«, bretterte er in die Gesichter der beiden los, und Traudl war jetzt selbst ein wenig verschnupft darüber, dass ihr Franzi so dermaßen schnauzig mit ihr umging.

»Ich bin fei auch hochsensibel«, konterte sie zurück. »Brauchst mich also ned glei so anschreien bloß zwecks so einem alten Motorradl, was eh nemmer g'scheit fahren tut.« Franz kollabierte jetzt fast. »Du hast doch keine Ahnung. Außerdem war meine Funzn bis etz immer gut genug, wenn ich euch damit rumkutschiert hab. Aber damit ist etz Schluss. In Zukunft könnts eure Haxn selber bewegen. Ich mach für euch keinen Zuckerer mehr, dass des klar is.« Traudl stieg gleich schon wieder das Pipi in die Augen.

»Dass du so sein kannst, Franzi. Des ist wirklich gemein von dir.«

»Ich hab's dir ja schon immer g'sagt. Mannsbilder sind allerweil gut zum Abgewöhnen«, gab Erna jetzt auch noch ihren Senf dazu.

»Na, dann könnt's ja wieder ausziehen!«, schoss Franz dagegen, und man merkte gleich, dass das jetzt schon auch an Ernas Herz ein wenig kratzte. Sie sah jetzt nämlich gar nicht mehr so souverän drein. Fast vermochte man, auch ein verdächtiges Glitzern in ihren Äuglein zu erkennen. Bülent hatte spontan das Gefühl, dass dieses Gespräch langsam, aber sicher in eine völlig falsche Richtung abdriftete.

»Franz, bitte, das könnt ihr doch auch später noch auskaspern. Ich will jetzt einfach nur wissen, was Freitagnacht passiert ist.« Er sah seine Kollegin an. »Und warum der Fröstel bei dir K.-O.-Tropfen nachweisen konnte.«

Jetzt war es raus, und alle Augen richteten sich überrascht auf Astrid.

»K.-O.-Tropfen? Maadla, davon hast uns ja gar nichts erzählt.« Maria schien tatsächlich mehr beleidigt, denn entsetzt zu sein. Wobei Bülent diesbezüglich die Schweigsamkeit von Astrid durchaus nachvollziehen konnte. Frauen sind in ihrer Mitteilsamkeit doch selten zu stoppen.

»Magst du unter vier Augen mit mir reden?«, fragte er sie daher, halbwegs um einen neutralen Tonfall bemüht. Sie schüttelte den Kopf. »Nein«, antwortete sie mit fester Stimme. »Sie können ruhig alles mit anhören. Schließlich hab ich sie ja auch irgendwie mit reingezogen in das ganze Dilemma.« Sie sah die Zwillinge und Franz an. »Es tut mir leid, dass ihr euch jetzt meinetwegen so verkracht habt.«

Franz winkte ab. »Früher oder später wäre des mit der Schwalben sowieso rausgekommen. Meine Funzn vergisst nicht.« Er warf Erna einen bitterbösen Blick zu, und tatsächlich senkte die Walderin beschämt ihren Blick zum Boden.

»Entschuldigung, Dampfer«, nuschelte sie maximal kaum hörbar. Das gab's in der Geschichte von Strunzheim noch nie. Und wenn die ganze Situation eine andere und nicht ganz so überhitzt gewesen wäre, dann hätte man Ernas Schattensprung durchaus würdigend zur Kenntnis genommen, so aber ging er im allgemeinen Desaster unter. Astrids Rekapitulation der nächtlichen Ereignisse zog sie alle so sehr in ihren Bann, dass selbst Franz das weitere Schimpfen vergaß und sich alle einig darüber waren, dass der Schorsch-Edmund schon eine recht hinterfotzige Sau war. Natürlich waren alle erleichtert darüber, dass das gambrige Wiesel, wie Erna sich ausdrückte, die Astrid nicht angefasst hatte. Auch Bülent war darüber durchaus nicht unglücklich, auch wenn er sich über die Naivität seiner Assistentin schwer wundern musste.

»Aber etz mal ganz ehrlich, wenn er nix von dir g'wollt hat, warum hat er dich dann ausgeknockt?«

Franz kam Bülent mit einer Frage zuvor, die er auch dringend zu stellen gedacht hatte.

Astrid schluckte. »Er wollte ja schon was von mir«, flüsterte sie beschämt.

»Was denn?«, fragten die Walders und Maria wie aus einem Munde. Wieder sahen alle Astrid an. Hingen förmlich an ihren Lippen.

»Versprichst du mir, nicht gleich zu toben, Büli«, fragte sie mit einem Augenaufschlag, der ihn früher in die Knie gezwungen hätte. Aber heute war das einfach anders. Sie hatte Mist gebaut, darum musste sie auch mit was auch immer für einer Reaktion von ihm zurechtkommen. Basta.

»Mei so stur wie sei Vadder«, stöhnte Maria in sein verbissenes Schweigen hinein. »Du brichst dir fei keinen Zacken aus der Krone, wennst a bissla freundlicher bist zu dein armer Maadla. Ist eh schon alles schlimm genug für sie.«

»Da hast Recht, dei Mutter, Rambichler«, stimmte sogar Erna zu.

»Also, was wollte er von dir?«, fragte Bülent ohne auf das ganze weibisch-solidarische Geplänkel einzugehen. Astrid sah ihn direkt in die Augen.

»Meine Dienstwaffe wollte er und hat sie auch.« Sie schniefte.

»Allmächdiger im Himmel.« Maria bekreuzigte sich gleich mehrmals hintereinander, und der Rest der Bande sah auch ziemlich mitgenommen aus.

»Schöne Scheiße«, brachte Franz es auf den Punkt, während Astrid jetzt tatsächlich die Tränen runterliefen und sie gerade noch rausbrachte, dass die Waffe weder geladen war, noch dass sie Munition dabeihatte. Ein kleiner Lichtblick zwar, aber so gesehen war die Kacke trotzdem mächtig am Dampfen. Und das alles war hinter seinem Rücken passiert. Schlussendlich konnte Bülent beim besten Willen hier nicht mehr gute Miene zum bösen Spiel machen, er war schließlich ihr Chef. Auch wenn ihm Astrids Tränen schon arg an die Nieren gingen, tobte er nun doch daher über den miesen Vertrauensbruch im Allgemeinen und die schäbige Lügerei im Besonderen.

Ganz nebenbei entzündeten seine Worte auch wieder das Feuer von Franz, und der nahm ebenfalls mächtig Fahrt auf. Es war ein einziges Geplärre, und irgendwann hatten die Frauen dann doch genug davon, sich von den Männern so rasant beschimpfen zu lassen.

»Es ist wohl etz besser, ihr zwei gehts«, übernahm Maria kühl das Wort. »Mit so einem Theater ist nämlich keinem g'holfen.« Die anderen Frauen nickten zustimmend.

»Euch ist schon klar, dass das hier mein Daheim ist«, versuchte Franz hoffnungsfroh sein Hab und Gut von der drohenden Übernahme zu retten.

Antwort gab's keine mehr für ihn. Stattdessen soundete plötzlich, durch die Hand von Erna veranlasst, der Bob Marley mit seinem Redemption-Song durch den Garten, und das war wohl Aussage genug. Selbst Hannelore sah es als ihre Pflicht an, ihresgleichen zu unterstützen. Sie stupste Bülent und den Geiger abwechselnd gefährlich unsanft in Richtung Gartentürchen.

»Wenn ihr meints, ihr habts schon gewonnen, dann habts euch aber schwer g'schnitten«, rief Franz seinen Mitbewohnerinnen noch zu. Aber interessieren tat die das natürlich überhaupt nicht mehr. Bülent packte seinen Freund am Arm.

»Komm schon, lass uns abhauen. Sollens doch schaun, wie sie selber mit allem zurechtkommen.« Er zog ihn raus aus dem Amazonengebiet auf die sichere Straße. »Hast du dein Kraut dabei?«

Franz grinste. »Logo.« Er klopfte auf das Wimmerl[20], das er vor seinen Bauch gespannt hatte. »Des da drin reicht bis Weihnachten.«

Bülent grinste grimmig zurück. »Na, dann passt's ja. Ich hab jetzt nämlich ab sofort dienstfrei.« Franz sah ihn zweifelnd von der Seite an.

»Kannst des bringer, dein Chef steigt dir doch aufs Dach, wennst ned bald Ergebnisse lieferst. Ned, dass des mit dem Bubblers Schorsch noch zu so einem cold case wird«, fachsimpelte er grad recht gescheit daher.

»Passiert den besten Ermittlern«, antworte Bülent, obwohl er sich gar nicht so cool fühlte, wie er tat.

»Ja, und was machst etz mit der Astrid und der Waffe, des kannst doch ned einfach ignorieren? Was ist, wenn der Gmeinwieser Bub sich was antut oder jemand anders?!« Langsam ging ihm Franz auf die Nerven.

20 Bauchtasche.

»Ja, das ist saublöd, das weiß ich schon auch. Aber momentan fällt mir nichts ein. Und bis jetzt ist ja alles ruhig geblieben. Hoffen wir mal, dass es so bleibt.«

Wohl fühlte er sich bei seinen eigenen Worten nicht, aber er hatte gelinde gesagt momentan absolut keine Ahnung, was er tun sollte. Er wusste nur eins, so wütend er auch auf Astrid war, verpfeifen würde er Sunshinchen bei Köhl auf keinen Fall.

»Wennst magst, helf ich dir. Vier blinde Augen sehen mehr als zwei.« Franz knuffte ihn freundschaftlich in die Seite. »Weißt eh, dass an mir ein Topkriminaler verlorengegangen ist.« Ja, das wusste Bülent wirklich, und hätte es seinem Spezl nicht die Aufnahmeprüfung verhagelt, dann wäre er sicherlich polizeidienstlich betrachtet eine Wucht geworden.

»Danke«, erwiderte er und knuffte zurück. »Heut Nacht kannst bei mir pennen. Bis auf die Helene ist da garantiert weiberfreie Zone.« Franz zog die Augenbrauen in die Höhe.

»Welche Helene?« Da verstand einer nur Bahnhof.

»Na, die Stiefschwester von der Hannelore.« Das Gesicht, das der Geiger jetzt machte, war so herrlich verquer, das Bülent doch glatt laut herauslachen musste. Und das, merkte er, tat mal richtig gut.

»Maadla, glaub mir, der Bülent beruhigt sich schon wieder.« Maria redete nun schon geschlagene fünf Minuten auf die völlig desolate Astrid ein. »Der ist halt beleidigt, weilst ihm ned die Wahrheit g'sagt hast. Warum hast ihm auch nix verzählt?« Astrid sah Maria aus verquollenen Augen an.

»Na, aus genau demselben Grund, warum du deinem Erkan nichts davon erzählt hast, dass du den Haken abgemacht hast. Ich wollte einfach nicht, dass Büli sauer auf mich ist und am

Ende noch ganz blöd über mich denkt.« Marias Blick wurde grad noch um eine Nuance milder.

»Magst ihn schon arg, mein Bubi, gell?« Die Kommissarin nickte. »Schon«, gab sie zu und errötete leicht. »Ich liebe den Franzi auch so gnadenlos«, jaulte Traudl dazwischen. »Und er mich auch, das spür ich«, hirngespinstete sie weiter vor sich hin, dass Erna sich bemüßigt sah, endlich Tacheles mit ihrem jüngeren Zwilling zu reden.

»Geh. Traudl, etz hör bitte mal auf mit dem Schmarrn. Der Dampfer ist fast vierzig Jahre jünger als du. Der könnt ja dein Enkel sein. Glaubst du denn wirklich, dass der bei dir noch durchlüften mag?« Sie grinste schelmisch. »Da musst schon selber dafür sorgen, dass du untenrum keine Spinnweben ansetzt.« Sie blinzelte entrückt in die Sonne. »Mei Schwesterherz, da könnt ich dir vielleicht Sachen verraten.« Traudl war natürlich sofort ganz Ohr.

Und während sich die Zwillingsschwestern also in ungewohnter Harmonie über das Holdrio des Lebens unterhielten, Astrid sich diesbezüglich schnell in eine Tiefenmeditation flüchtete, träumte Maria von ihrem zukünftigen Leben als Schwiegermutter und Oma.

KAPITEL 17

Damlaya damlaya göl olur[21]

Während auf der nahen Kirchweih die letzten Feststunden angebrochen waren, zogen aus Erkans Gartenschuppen duftende Rauchwolken gen frühsommerlichen Abendhimmel.

»Eine zugedübelte Einsatzzentrale der Polizei, sowas gibt's halt auch bloß bei uns«, lachte Franz und blies den Dampf noch mal extra dick in die Luft. So hatte er es gern, der Geiger. Einen Dübel in der Hand und den Lindenberg Udo ehrlich verraucht im Ohr, so mussten für ihn Frieden und Freiheit schmecken. Außerdem dachte es sich mit so einem erhaben guten Gefühl in Blut und Seele einfach viel besser. Und was ein Spießer wäre Bülent, seinem Spezl hier zu widersprechen. Wo sie doch wirklich gut vorankamen in ihrer Ermittlungsarbeit.

Mittlerweile hatten sie schon sämtliche Blätter am Flipchart mit ihren launigen Verschwörungstheorien vollgekritzelt und waren dazu übergegangen, die Wände des Schuppens mit ihrem umnebelten Kauderwelsch zu überziehen. Was jetzt das Haus vom Niklaus mit dem Mordfall zu tun hatte, diese Frage sollten sich gefälligst andere stellen.

Stolz fläzten Bülent und Franz in aufklappbaren Sonnenstühlen und betrachteten ihr Werk.

»Also, ich glaub ja, dass die Gmeinwieserin mit ihrem Nach-

---

21 Steter Tropfen höhlt den Stein.

wuchs gemeinsame Sach g'macht hat. Die haben zusammen den Schorsch abgemurkst und dann bei die Fisch beerdigt«, erklärte Franz kauend. Er hatte mittlerweile das zehnte Stück Salamipizza vom Oetker im Gesicht, was er jetzt mit einem großen Schluck 3,8-prozentiger Vollfettmilch direkt aus der Milliflaschen hinunterspülte. Jedem Laktoseintoleranten sowie allen anderen Speiseabstinenzlern würde es allein schon bei diesem Anblick den Unverträglichkeitsschalter raushauen. Aber der Franz hatte schon immer einen Saumagen beinander, und was für den einen das pure Gift war, war dem Geiger halt sein ganz persönliches Superfood.

»Aber die Charity-Franzi hat doch ein felsenfestes Alibi«, widersprach Bülent. »Die war doch mit ihrem Praktikanten, diesem Okechukwu im Bett.« Er freute sich wie ein Schnitzel, dass er den Namen des Afrikaners inzwischen fehlerfrei aussprechen konnte. »Und das glaub ich auch. Das haben mir die beiden unabhängig voneinander bestätigt.«

Franz grinste »Gell, die hättest du auch gern aus deinem Bett geschmissen. Ein Bein links raus, das andere rechts.« Woher kannte ihn sein Kumpel nur so gut. Er gab es natürlich nicht zu. Außerdem war diese Phase seines Lebens ja auch schon wieder vorbei. Franz schürzte nachdenklich die Unterlippe. Wie früher, dachte der Hauptkommissar, als er ihn jetzt so mit seinem Milchbärtchen dasitzen sah, und ihm wurde gleich ganz warm in der Brust. »Dann hats halt ihren Sohn die Drecksarbeit machen lassen und ist damit fein raus.« Auch von dieser Theorie war er nicht ganz überzeugt.

»Du meinst, sie hat ihren eigenen Sohn zum Mord angestiftet? Ich weiß nicht, Franz. Warum denn? Sie hat doch gar kein Motiv. Für die Franziska war doch alles perfekt, so, wie es war. Ihr

Mann tummelte sich zwar am anderen Ufer, aber dafür durfte sie sich einen feschen Geliebten zum Ausgleich halten, und an Geld mangelte es auch nie. Das meiste kam sowieso von ihr oder zumindest von ihrer Familie. Das ist doch ein traumhaftes Leben für eine Frau.«

Der Geiger rollte sich nachdenklich seine Nachspeise zusammen. »Das ist ein Argument.« Er schlabberte mit spitzer Zunge über das Paper und verklebte akribisch den Joint zu einem kompakten und vor allem perfekten Ganzen. Da sah man einfach den Profi. Bülent würde diese Kunst des Drehens und Pappens nie verstehen. Sobald er sich ans Werk machte, krümelten die Kräuter nur so aus dem Papier heraus. Deswegen hatte er diese Tätigkeit auch zeit ihrer Freundschaft dem Franz überlassen. Dieser zündete sich nun den Dübel an und inhalierte einmal kräftig, bevor er weitersprach.

»Dann hats der Bub halt auf eigene Faust gemacht. Ich mein, dass der Kerl ned ganz sauber ist, des sieht man ja schon daran, was er mit der Astrid g'macht hat. Ist halt etz bloß noch die große Frage, was er mit der Waffe will. Wer ist sein nächstes Opfer?« Franz stierte unheilvoll in die Luft.

Bülent wurde es bei den Worten von seinem Kumpel ganz anders. Nicht auszudenken, was das alles nach sich ziehen würde. Bildzeitung, Tagesschau, Nervenzusammenbruch. »Ich glaube nicht, dass der Schorsch-Edmund die Waffe einsetzt«, antwortete er daher eher zu seiner eigenen Beruhigung, als dass er es wirklich wusste. »Der hat zwar eine große Klappe, aber sobald es ernst wird, scheißt der sich doch in die Hosen. Außerdem will er der nächste Söder werden, und ein Mord wäre selbst für einen angehenden bayrischen Ministerpräsidenten ein bisschen zu viel des Guten.« Für einen Moment verlor er sich in Gedanken, bevor er weitersprach. »Irgendwie kann einem der Bub ja auch leidtun. Die Eltern lichtgestalten fröhlich durchs Leben, und er wird ins Internat abgeschoben, damit er nicht mitbekommt, was daheim alles so läuft.«

»Hinten- wie vornrum«, unterbricht Franz kichernd.

»Oben wie unten«, prustete Bülent hinterher und bekam gleich ein anerkennendes High Five vom Geiger spendiert, für diese ad hoce Humorigkeit. »Hat deine Mutter dir jemals davon erzählt, dass der Vater vom Bubbler Schorsch, also der Gmeinwieser senior, eher ein grantiger Zeitgenosse war und immer seinen Sohn angegangen ist«, fragte Bülent, weil er sich gerade an das Gespräch mit der Floristikmanagerin Ronka oder wars doch Ronda, ach nein, das war ja die vom Melmak, erinnerte. »Aber der ist doch schon lang tot. Der kanns also ned gewesen sein«, schlussfolgerte Franz meisterlich kriminalistisch.

»Weiß ich auch, trotzdem erinnerst du dich an was. Du hast mir doch erzählt, dass deine Mutter mal ganz verstört von den Gmeinwiesers heimkam. Ist dir da noch was eingefallen dazu?«

Franz zog angestrengt die Stirn in Falten. »Na, sie hat ja auch nix weiter g'sagt, oder, wart … Doch, sie hat g'sagt, der arme Bub. Genau, des hat's g'sagt und danach den Schnaps getrunken. Mehr aber wirklich ned.«

Bülent sah ein, dass ihn das auch nicht wirklich weiterbrachte. Sie schwiegen eine Zeitlang und hingen ihren Gedanken nach.

»Also, ich hätt ja nie gedacht, dass der Bubblers Schorsch auf Männer steht«, gab Franz nach einer Weile der stummen, bewusstseinserweiternden Einvernehmlichkeit zu. »Mir ist des all die Jahre überhaupts ned aufgefallen.«

»Warst halt nicht ganz sein Typ«, bemerkte Bülent trocken. Franz sah ihn an, als hätte er einen Geist gesehen »Mensch! Genau, des ist die Lösung.« Aufgeregt sprang er auf und wuselte durch den Schuppen wie eine aufgekratzte Ratz. »Dass mir zwei Deppen daran nicht gleich gedacht haben.«

Bülent verstand nur Bahnhof, außerdem wurde es ihm ein wenig schwindelig vom Franz seiner wirren Rumhektelei. Vielleicht wars dann doch grad auch ein bisschen zu viel Dampf, der sich durch seine Synapsen wand.

»Magst mich aufklären, was du so konkret meinst. Ich kann dir nämlich überhaupt nicht folgen.«

Der Geiger sah ihn fast schon mitleidig an. »Verträgst auch nichts mehr, oder? Also pass auf, wir haben die ganze Zeit darüber nachgedacht, dass den Schorsch jemand ermordet hat, der ihn nicht mag. Aber es könnt ja auch genau anders sein. Vielleicht gibts da ja jemanden, der ihn g'mocht hat und mit dem er auch vor seinem Tod, du weißt schon, was … Ein Liebhaber, also sein Typ halt. Verstehst? Eine Person X, die mir bis dato noch nicht auf der Platte hatten.« Franz malte mit dem roten Edding ein dickes, großes »X« an die Wand zwischen Rechen und Spaten. Sein Vater würde ausrasten, wenn er das Geschmiere sehen würde, so klar war Bülent jetzt wieder, um das klar sehen zu können.

»Und wer soll das sein, und warum soll der das gemacht haben, wenn er den Schorsch geliebt hat.« Sein Hirn verweigerte immer noch träge die Inbetriebnahme.

Franz stöhnte. »Mord aus Eifersucht, im Affekt, was weiß denn ich. Kann ja auch sein, dass denen ihr Liebesspiel ein bisschen ausgeartet ist.« Er klopfte mit den Fingerknöcheln heftig auf das X ein. »Dahinter steckt unser Mörder, des sagt mir meine Intuition. Jetzt müssen wir ihn nur noch finden, den grantigen Kerl, den grantigen.«

»Ach so, na, das ist ja total einfach«, kommentierte Bülent zynisch. »Wir suchen jemanden, von dem wir gar nicht wissen, ob es ihn gibt. Logisch. Wie stellst du dir das vor? Soll ich mir von allen Strunzheimern eine DNA-Probe geben lassen?« Bülent fand den Übereifer seines Kumpels ein bisschen anstrengend. Konnten sie nicht einfach in Frieden in die Nacht hineinsinnlosen und für einen Moment alles gut sein lassen?

»Warum nicht?« Franz nahm ein Paper aus der Tasche, spuckte drauf und reichte es ihm. »Da, und ich mach den Anfang.«

Bülent verzog angewidert das Gesicht. »Das ist doch ein Schmarrn! Was meinst, was dann hier los ist im Dorf. Da können meine Eltern dann endgültig ihre Koffer packen, und ich werde wahrscheinlich geteert und gefedert.«

Franz schüttelte den Kopf. »Also, dass' dich noch ned rausg'schmissen haben bei deinem Verein, des wundert mich wirklich. Glaubst denn du, dass dir der Mörder auf dem Silbertablett serviert wird? Da musst schon ein wenig Einsatz zeigen und vor allem dein Hirn anstrengen. Von nix kommt nix, mein Lieber.« Das hörte sich jetzt fast so an, als würde Erkan mit ihm sprechen, und das gefiel ihm praktisch überhaupt nicht. Was wusste Franz schon von Ermittlungsarbeit. Bloß, weil er ab und an sonntags von der Couch aus beim Tatort mit rumfuhrwerkte – er träumte sich zum heimlichen Partner von der Furtwängler und zwar mit Vorzügen, wie er Bülent mal gebeichtet hatte –, wusste er doch noch lange nicht, auf was es in seinem Job ankam. Dafür brauchte es ein gutes Fingerspitzengefühl, einen ausgeprägten Instinkt, Leidenschaft, Erfahrung und einen gnadenlosen Hang zur Gefahr. So oder so ähnlich blubberte es jetzt aus Bülent heraus. Die Worte erreichten Geiger schon, aber leider anders als gedacht. Sie lösten bei ihm gleich so einen derartigen Lachkrampf aus, dass er sich kaum mehr auf den Beinen halten konnte.

»Du alter Schreibtischhengst, du«, gurgelte er, »ich hab ja gar ned g'wusst, was für ein Bruce Willis in dir steckt.«

So ein Doldi. »Wirst schon sehen – spätestens morgen Abend ist der Fall gelöst, ob mit oder ohne deine Hilfe.« Bülent war selbst erstaunt über seinen selbstsicheren Tonfall, am liebsten wäre er natürlich pronto zurückgerudert. Aber der Geiger nahm ihn freilich sofort beim Wort.

»Die Wette geh ich mit, Rambichler. Wenn du den Fall bis morgen Abend löst, dann ist dir meine Flunzn sicher.« An diesem Wetteinsatz erkannte Bülent wohl, dass sein Spezl mitnichten daran glaubte, dass er den Mörder fangen würde. »Und wenn du es nicht schaffen solltest …« Franz machte eine Pause und grinste über beide Ohren. »Also, wenn du es nicht schaffst, dann gestehst du der Astrid endlich deine Liebe.« Er streckte Bülent die Hand hin. »Also was is, schlagst ein, oder bist feig?«

Gefühlt sammelte sich nach dieser Ansage sämtliches Blut aus Bülents Körper in seinem Schädel. Warum zum Teufel waren alle der Meinung, dass er etwas von Sunshinchen wollte? Sie sah extrem gut aus – ja. Sie war lieb – ja. Sie war aber auch maximal unberechenbar und vollkommen überzogen emotional. Und von solchen Frauen lässt man besser die Finger und rührt sie gar nicht erst an. Das konnte nämlich nur schiefgehen. Da kannte er sich aus. Oder hatte es zumindest immer gehört.

»Ich weiß schon, was du etz denkst«, faselte Franz in seine Gedanken hinein. »Und nein, du kennst dich da nicht aus. Lässt es ja gar nie zu«, philosophierte der Geiger daher, als könne er tatsächlich seine Gedanken lesen. »Des ist doch schon absolut symptomatisch bei dir.«

Bülent hatte das Gefühl, ein Psychiater stände vor ihm oder seine Mutter.

»Sobald Gefühle ins Spiel kommen, ziehst du den Schwanz ein. Erinnerst dich noch an die Brunshauser Moni. Ein Brett von einem Weib, ein Herz aus Gold und sowas von nur Augen für dich. Da hat hingraben können, wer g'wollt hat an sie, die wollt nur dich, und des hat dir Angst gemacht. Da hast sie dann lieber gleich ignoriert, des arme Maadla. Hätt ja sonst ernst werden können. Bei der Finzelsmeier Gerdi wars doch auch so.« Franz schüttelte den Kopf. »Was du schon an Chancen verpasst hast. Des geht auf keine Kuhhaut. Unglaublich.« Der Geiger hatte sich direkt glatt ein wenig in Rage geredet. »Du hast so einen Schlag bei Frauen, Bülent, und zwar nicht bei denen, wo das Glühlamperl im Hirn etwas schwächer leuchtet. Nein, es sind immer die schlauen, die dann auch noch optisch wie eine Eins dastehen und dazu noch das Herz am rechten Fleck haben. Des find mal erst, und dir laufens einfach zu. Also, da könnt man schon wirklich neidisch werden.«

Bülent zog die Augenbrauen hoch. »Du bist neidisch auf mich?«

Franz winkte ab. »Gschmarri, für mich ist des Thema durch. Ich hab mein Herz einmal vergeben und alles andere wäre jetzt nur eine schlechte Kopie, des hat keine verdient.« Franz' Worte überraschten ihn jetzt schon. »Sag bloß, du hängst immer noch der blonden Spanierin aus Lloret nach? Wie hat sie gleich noch einmal geheißen? Triangel oder so ähnlich?«

»Triana«, schmachtete Franz und silberblickte ganz verzückt. »Meine Salzwasseramazone mit die süßen Sommersprössli.«

Bülent fasste es nicht. »Du spinnst ja, das ist doch jetzt schon über dreißig Jahre her.«

Franz tat einen tiefen, traurigen Schnauferer. »Sie ist halt die Liebe meines Lebens. Seitdem ist mir nie wieder so ein Wesen begegnet. Sie war meine Soulsister, mein Engelswesen. The one and only, verstehst?«

Bülent hatte das rein optisch immer verstanden, aber über so viele Jahre hinweg keinen Zuckerer in Richtung spanisches Königreich zu machen verstand er dann doch nicht ganz.

»Warum bist du denn dann nie wieder hingefahren zu ihr?«

Franz seufzte. »Ich wollt einfach lieber an eine wunderschöne Illusion glauben, als von der Realität eine Watschn kassieren«, gab er zu.

»Also bist genauso ein feiger Trottel wie ich«, stellte Bülent grinsend fest und streckte Franz die Hand hin. »Schlag ein, Franz. Auf deine Funzn freu ich mich schon!«

Franz ergriff seine Hand und drückte so fest zu, dass es ihm glatt ein wenig die Glubscher aus den Höhlen trieb – oder kam das am End vom Kraut?

KAPITEL 18

Mannsbilder

»Seids ihr da drin?« Irgendwer hämmerte rigoros an die Tür des Schuppens und riss Bülent aus seinem Dämmerschlaf. Franz und er waren doch pfeilgrad einfach so weggeschlummert. Kein Wunder, die Luft hier drinnen war nicht mehr die beste. Grad so zum Durchschneiden.

»Bülent! Dampfer! Herrgottsak…, etz machts auf!« Jetzt wo Bülent die Stimme seines Vaters erkannte, war er hellwach und fühlte sich gleich wieder wie ein kleiner Junge, der etwas Verbotenes getan hatte. Hatte er ja irgendwie auch. Er stupste Franz an, der etwas windschief im Sonnenstuhl hing und leicht vor sich hinröchelte. Homer Simpson, bloß nicht in Gelb, dachte Bülent und versuchte schleunigst sämtliche Dübelreste verschwinden zu lassen, während sein Spezl keinerlei Anstalten machte sich zu rühren.

»Machts endlich die Tür auf, hier ist Besuch für euch«, tönte Erkan mittlerweile schon arg ungehalten daher. »Oder habts ihr was angestellt in meinem Schuppen?«

Bülent überlegte kurz, ob er gleich Ja sagen sollte oder sich das Donnerwetter für einen späteren Zeitpunkt aufheben wollte. Allerdings wäre er dann wahrscheinlich allein, und so bekam Franz wenigstens auch seinen Teil der rambichlerischen Abreibung mit ab. Die Entscheidung war gefallen. Er öffnete die Tür und setzte dabei eine derartig zerknirschte Miene auf, dass sein

Vater schon gleich ahnte, dass da was nicht ganz koscher war. Er schob Bülent zur Seite und verfiel gleich mal in Schockstarre, als er die bunt gekritzelte Vielfältigkeit an allen vier Wänden seines heiligen Gartenschuppens sah. Nicht mal vor Erkans geliebten John-Deere-Rasentraktor hatten sie in ihrem Kräutschrischen künstlerisch haltgemacht, wie Bülent jetzt schon selbst etwas erstaunt feststellen musste. Daran konnte er sich beim besten Willen so gar nicht mehr erinnern. Aber es sah eigentlich auch gar nicht so übel aus. Erkan war natürlich anderer Meinung. »Seids ihr zwei den komplett des Wahnsinns?«, polterte er so laut heraus, dass es nun auch Franz aus dem Sessel zog.

»Erkan, des is work in progress«, stammelte der Geiger noch reichlich benommen und machte damit klar alles noch viel schlimmer. Bevor der alte Rambichler sich komplett seinem Zorn hingeben konnte, betrat Wuwu hinter ihm den Schuppen und hielt seine Nase genießerisch in die Luft.

»Oha, das duftet mir nach Freiheit und Abenteuer hier herin«, sagte er genießerisch lächelnd. Sollte ihn das bunte Geschmiere an den Wänden und überall verwundern, dann merkte man es ihm zumindest nicht an. Im Gegenteil, es schien ihm fast zu gefallen, als er seinen Namen im leuchtenden Grün zwischen all den hingepanschten Nichtigkeiten entdeckte. Wahrscheinlich, weil Franziska in Lila direkt neben ihm stand.

»Der wollt zu dir, Sohn«, sagte Erkan und deutete mit einem argwöhnischen Blick auf den Afrikaner. Man sah ihm die Verunsicherung über diesen Besuch deutlich an.

»Es gibt da noch etwas, was ich Ihnen erzählen muss, Herr Rambichler«, fing Wuwu an. »Aber erst einmal möchte ich mich dafür entschuldigen, dass ich allerweil von ihnen davong'laufen bin. Ich bin mir sicher, sobald Sie alles von mir wissen, werdens mich verstehn.« Jetzt war Bülent aber neugierig, und auch Franz schob seine Lauscher gen Afrika.

»Dann hocken mir uns halt etz alle zam auf meine Terrasse«, bestimmte Erkan frei heraus und nun auch voll bei der Sache. »Da lässt sich bei einem kühlen Seidla fabulös plauschen. Wenn's wollt, zünd ich auch die Feuerschale an, dann können mir ein paar Bratwürst neihalten.« Tja, wo die Sensationsgier anfing, war es mit den Vorurteilen schnell vorbei.

»Vadder, ich denke mal, dass der Herr Onwuatuegwu gerne mit mir unter vier Augen sprechen möchte.« Sofort zogen sowohl Franz auch als Erkan einen beleidigten Flunsch.

»Warum denn etz des? Der mags bestimmt auch recht zünftig. In Afrika hockens doch auch ständig bloß draußen ums Feuer rum.« Bülent wollte schon jetzt gern im Erdboden versinken über die bodenlose horizontverengte Weltsicht seines Herrn Vaters. Der Mitarbeiter der Gmeinwiesers lachte allerdings nur über das, was der alte Rambichler da so rauskauderwelschte.

»Lassens nur, Herr Hauptkommissar, des passt schon. Ein Bier wär etz genau des Richtige. Außerdem glaub ich doch, dass der Herr Gemeinderat nix weitertratscht. Ach, und nennens mich doch bitte Wuwu.«

Oha, da wusste aber einer, eine dicke Schleimspur zu legen. Verfehlte seine Wirkung natürlich nicht. Erkans Brust hob sich deutlich gen Sternenhimmel, als sie es sich gleich darauf unter der rambichlerischen Markise gemütlich machten und sich erst einmal alle das Du zugeprostet hatten. Der Geiger war natürlich auch mit von der Partie, klar als Einziger abstinent und freilich höchst uneigennützig.

»Es würde ihn eh nicht interessieren, was der Wuwu so zum Plaudern hatte«, gab er sich nonchalant und tat so, als würde sein

Leben davon abhängen, das Lagerfeuer zum Brennen zu bringen. Dabei hatte er aber selbstverständlich seine beiden Ohren auf Empfang gestellt wie eine Katze auf der Jagd.

»Also, ich mach's kurz«, fing Wuwu an, nachdem er die halbe Flasche Bier ex gekippt hatte. »Des blaue Auge hat der Schorsch von mir. Der wollt mir nämlich an die Wäsch' gehen. Wadelmassage mit Happy End, so hat er des g'nannt, und klar gleich mal eine von mir g'fangt für so eine Frechheit.« Erkan prostete seinem Gast anerkennend zu, obwohl er das mit dem Happy End nicht so ganz verstand. Bülent würde auch einen Teufel tun, es ihm zu erklären. Alles musste sein alter Herr ja auch nicht wissen. Immerhin war Erkan jetzt auch vom Verdacht der Körperverletzung reingewaschen und das beruhigte ihn schon sehr.

»Wusste die Franziska von der Auseinandersetzung mit ihrem Mann?«, fragte Bülent. Wuwu schüttelte heftig den Kopf.

»Ja, bloß ned, na. Die denkt am End noch, ich hab ihren Mann provoziert. Sie ist schon recht eifersüchtig, meine Wildkatze, und tut sich gleich immer in alles so reinsteigern. Was meints, was los war, weil ich dir und deiner Kollegin des mit unserer Affäre verraten hab, Rambichler, gleich rausgeschmissen hat sie mich. Dabei ist doch etz alles gut, der Schorsch ist tot und mir sind endlich frei. Irgendwann muss doch auch mal Schluss sein mit der ganzen Heimlichtuerei. Ich will halt ned bloß immer nur im Geheimen busseln dürfen.«

Erkan schluckte. »Du hast wenigstens jemanden. Meine Frau zieht es ja vor, mich zu hintergehen.« Er zog ein Taschentuch hervor und tupfte damit übertrieben in seinen Augenwinkeln herum.

»Geh, so ein Schmarrn!« Bülent hatte das ewige Selbstmitleid seines Vaters wirklich satt. »Die Mama hat dir faktisch den Arsch

gerettet. Stell dir mal vor, du hättest so einen Koi vom Gmeinwieser geangelt, und der wäre dir dann verreckt. Was meinst, was
dann los gewesen wäre. Die Dinger sind unfassbar teuer.«

»Um die 6000 hat einer gekostet«, brachte sich der Gärtner-
prakti jetzt emotionslos mit ein und öffnete sich ein weiteres
Bier.

»Uierla, des ist schon viel. In dem Teich schwimmen ja mindestens fünfzehn von dene Viecher. Das wären dann ja…«
Erkan zückte seine zehn Fingerchen zur Unterstützung und
wurde blass. »Allmächdiger.« Bei dieser Rechnung blieb dann
selbst ihm mal die Spucke weg, und Bülent konnte den Faden
wieder aufnehmen.

»Du sagtest gerade: Jetzt wo der Schorsch tot ist, wärt ihr frei,
du und die Franziska. Wie meinst du das? Weil, im Grunde war
es dem Schorsch doch sowieso egal, was seine Frau so treibt,
also, ich mein, mit wem also, nein, du weißt schon.«

Franz grinste. »Souverän, Rambichler. Ganz souverän«,
schwafelte sein Freund daher und stocherte dann schnell wieder
ganz unschuldig in der Glut herum. Der Afrikaner seufzte. »Ich
hab zwar bei der Franzi rangedurft, aber unsere Beziehung offiziell machen durften wir nie. Da spielten die beiden weiter das
unantastbare Vorzeigeehepaar. Zwecks dem Prestige, verstehst.«
Da war es wieder das Wort, das er jetzt schon öfter im Zusammenhang mit der Familie Gmeinwieser gehört hatte. »Dem
Schorsch war sein Ansehen wichtiger als alle Gefühle. Er hat
mich sogar erpresst und mir mit Abschiebung gedroht, sollte ich
es wagen, irgendjemandem von meiner Affäre mit seiner Frau zu
erzählen. Deswegen hat ja auch die Franzi ihren Mund gehalten.
Sie wollt ja nicht, dass ich ihr weggenommen werde.«

Bülent vermutete zwar einen anderen Hintergrund, der weitaus weniger uneigennützig war, schwieg sich aber darüber aus und ließ Wuwu weiterreden.

»Der Schorsch, der war g'schäftlich voll auf mich angewiesen. Weil er selber hat sich die Händ ja nicht mehr schmutzig gemacht. Dafür war sich der Herr Politiker nämlich viel zu fein.«

Erkan nickte die ganze Zeit wie ein Wackeldackel. Es war Wasser auf den Mühlen, was er da alles über seinen Erzfeind erfahren durfte, das war Bülent schon klar.

»Jetzt mal ganz ehrlich«, hakte Bülent ein. »Niemand kann einfach so abgeschoben werden, außer…« Wuwu senkte beschämt den Kopf.

»Offiziell gibt's mich gar ned«, flüsterte er. »Ich bin zwar schon ewig in Franken, aber halt illegal, und des hat der Schorsch g'wusst. Glaubst denn wirklich, ich bin in meinem Alter freiwillig Praktikant? Der Schorsch hatte halt überall hin Beziehungen g'habt. Glaub grad hin bis zu unserem Innenminister. Ein Wort von ihm, und ich wäre weg gewesen. Da hält man schön mal sei Goschn, auch wenns brennt auf der Zunge, die Wahrheit.«

»Und darum gibt man auch freiwillig keine DNA-Probe ab und haut lieber ab«, schlussfolgerte Bülent, und Wuwu nickte zustimmend.

»Genau so ist es.«

»Ist dir eigentlich in letzter Zeit am Schorsch etwas aufgefallen. War er irgendwie anders, also speziell so kurz vor seinem Tod?« Auch wenn bei Bülent langsam schon wieder die Ist-mir-doch-scheiß-wurscht-egal-Haltung einsetzte, so ganz wollte er Wuwu noch nicht aus seinen Fängen lassen. So viel war nämlich selbst ihm klar, er war der wertvollste Informant, der ihm bis dato in die Finger gekommen war.

Wuwu blies nachdenklich einen Mund voll Rauch in die Sterne. »Wenn ich etz so drüber nachdenk: Irgendwie glücklicher hat er g'wirkt. Fast schon ausg'lass'n war er. Des war schon untypisch für ihn, weil sonst hat er schon einen rechten Stecken im Arsch g'habt.«

Erkan, der schon leicht schielte, grunzte zustimmend. »Könnt es sein, dass er verliebt war?«, grätschte Franz aufgeregt dazwischen. »Ich mein, da schwebt man ja schon etwas über den Dingen und benimmt sich ein bisschen seltsam.«

Wuwu neigte nachdenklich den Kopf von links nach rechts. »Des weiß ich etz ned, aber ja, vielleicht. Er hat jedenfalls ständig rumpfiffen wie so ein Zeiserl.«

Triumphierend sah Franz Bülent an. »Ich hab's ja g'sagt, unser Mister X. Es gibt einen Mister X.«

Wuwu sah Bülent fragend an.

»Er meint, dass der Schorsch mit jemandem ein Verhältnis gehabt hat und dass dieser Jemand wahrscheinlich auch sein Mörder ist.« So ganz von der Hand zu weisen war diese Theorie bei näherer Betrachtung tatsächlich nicht, wie Bülent sich jetzt doch eingestehen musste. »Ist dir was aufgefallen oder ist vielleicht mal ein Name gefallen?«

Wuwu schüttelte den Kopf. »Sorry, also diesbezüglich ist mir… nix aufgefallen.« Irgendetwas in Wuwus Tonfall ließ Bülent aufhorchen.

»Aha, ist dir vielleicht aber noch was anderes aufgefallen? Etwas, über was wir bis jetzt noch nicht gesprochen haben?« Da hatte er wohl jetzt spontan ins Schwarze getroffen mit seiner ins Blaue geschossenen Vermutung. Wuwu rutschte nämlich plötzlich schon sauber nervös auf seinem Stuhl herum.

Franz grinste breit, weil breit. »Rambichler, du bist vielleicht a

Fuchs«, salvte er. »Und Wuwu, du hast noch was auf Lager, was du loswerden willst.« Er reichte dem Afrikaner den Joint, der daran nuckelte wie an einer prallen Brust voll Muttermilch.

»Also gut«, blies er heraus. »Etz ist eh auch schon alles wurscht.« Er atmete noch einmal tief durch, bevor er weitersprach. »Am Freitagabend, vor dem Anstich im Kirchweihzelt, hat sich der Schorsch mit seinem Bub g'stritten. Da war vielleicht was los in der Buden, des kann ich euch sagen. Allerdings hab ich ned mitkriegt, um was es geht, dafür ...«

»Moment mal!«, unterbrach Bülent ihn hastig. »Die Franziska hat doch behauptet, dass der Schorsch-Edmund erst Samstag Früh mit dem Zug vom Chiemsee kam.«

Wuwu fuhr sich mit der Hand mehrmals erschöpft über das Gesicht. »Des hat's doch bloß g'sagt, damit ihr ihn nicht verdächtigt. Weil des Alibi, was sie und der Schorsch-Edmund sich gegenseitig für Freitagnacht gegeben haben, des hab ich ja sozusagen mit meiner Aussage, dass ich da mit der Franzi im Bett lag, ganz klar vernichtet. Sie wollt halt ihren Bubi schützen.«

»Ja, und wo war der Bubi dann wirklich?«, hakte Bülent nach.

Wuwu zuckte mit den Schultern. »Er behauptete, dass er überall auf der Kärwa nach seinem Vadder g'sucht hat, um sich zu entschuldigen, ihn aber nirgends gefunden hat. Dann ist er heim und ins Bett. So hat er es jedenfalls seiner Mutter erzählt.«

Bülent lief es eiskalt den Rücken runter. Sollte wirklich doch der Sohn seinen Vater auf dem Gewissen haben?

»Traust du dem Schorsch-Edmund einen Mord zu?«, fragte er Wuwu nun frei heraus, weil jetzt eh schon alles egal war. Wuwu überlegte kurz, bevor er antwortete. »Ich kanns mir, ehrlich g'sagt, ned vorstellen. Der Bub ist ned verkehrt. Spinnt halt a weng rum mit seinem katholischen Straußtick, aber sonst passt er. Will halt allerweil seinem Opa in Kreuth damit g'falln. Des war doch ein rechter Schweinsbratenspezl vom Franz Josef. Aber ein Mörder ist er bestimmt ned. Höchstens in seinen damischen Computerspielen.«

Beruhigt war Bülent damit noch nicht. Da draußen lief ein Halbwüchsiger mit einer Waffe herum, und er hatte das bis dato auf die leichte Schulter genommen. Eigentlich müsste er jetzt sofort handeln und Schorsch-Edmund auf den Zahn fühlen. In seinem verrauchten Zustand allerdings grad so unmöglich. Hilfesuchend sah er Franz an. Der schien ihn auch ohne Worte zu verstehen. Oder die Panik in seinen Augen war zu offensichtlich. Der Geiger legte seinen Mittelfinger auf seine Lippen.

»Pssst, ruhig bleiben«, flüsterte er ihm zu. »Solangs ned g'scheppert hat, ist auch noch nix passiert.« Just in diesem Moment setzte das Abschlussfeuerwerk der Kirchweih mit so einem Höllengetöse ein, dass ihnen allen der Schreck in die Glieder fuhr. Wuwu vermutete im ersten Moment gleich mal böse Geister, die ihm Franziska zwecks seiner Redseligkeit auf den Hals geschickt hatte, und Erkan zuckte so dermaßen rabiat in seinem Sitz zusammen, dass er rücklings samt Gartenstuhl umfiel. Dort blieb er tatsächlich eine Zeitlang liegen und erfreute sich wie ein kleiner Bub an dem bunten Leuchtfeuerspektakel über ihm. Nachdem sich alle wieder halbwegs gefangen hatten, kam man überein, dass jetzt erst einmal genug rumkriminalisiert worden war. Bei einer Flasche Hochmoorgeist, den man unter großem Hallo in den Schnapsgläsern anfeuerte, sowie Eierlikör aus Marias Bestand und freilich Geigers meisterlichem Kraut, lösten sich dann auch langsam alle garstigen Befürchtungen im so promilligen wie dampfigen Nichts auf. Bülent sah sich zu später Stunde sogar gnädigerweise dazu veranlasst, den konfiszierten Schneuzhadern seines Vaters samt DNA, den er aus purer Angst vor der vermeintlichen Wahrheit noch nicht zur Untersuchung gegeben hatte, ritualartig den Flammen zu übergeben.

»Vadder, du bist hiermit rehabilitiert«, salbte er noch daher, und Erkan wusste das innerrambichlerische Friedenszeichen durchaus zu würdigen. Mit schwerer Zunge hielt er eine feurige Laudatio auf seinen Sohn, die Wuwu und dem Geiger die Tränen in die Augen trieb. Jetzt nicht gerade vor Rührung, aber das sah heute Nacht keiner mehr so eng. Erkan am allerwenigsten, der war nämlich jetzt schon ziemlich beinander.

»Wuwu, mein Freund, wo bist denn? In der Nacht sieht man dich ja gar ned mehr«, lallte er jetzt daher und zündete sich einen weiteren Hochmoorgeist an, freilich nur zwecks der besseren Sicht.

»Da bin ich, Rambichler«, schnalzte der Afrikaner, der direkt neben Erkan saß, mit nicht minderschwerem Zungenschlag, und die beiden fielen sich in die Arme, als hätten sie sich monatelang nicht gesehen. »Etz trinken mir auf unsere abtrünnigen Weiber, auf dass sie der Blitz treffen möcht. Prost, mein fränkischer Bruder«, schrie Erkan. Die beiden exten ihren Hochprozentigen hinunter und schleuderten gleich drauf ziemlich schlecht, aber umso inbrünstiger den alten Gassenhauer »*Gute Freunde kann niemand trennen. Gute Freunde sind nie allein …*« aus ihren Kehlen. Bülent wurde gleich ganz sentimental und war im Begriff, Franz seine Arme umzuhängen.

»Untersteh dich, Rambichler«, baunzte der Geiger und wich ihm aus. »So, wie du ausschaust, speist mir sonst glei ins G'sicht nei.«

Bülent winkte ab. »Schmarrn, ich bin voll nüchtern. Schau her.« Er versuchte mehrmals hintereinander seinen Zeigefin-

234

ger auf der Nasenspitze zu platzieren. Stach ihn sich aber, aufgrund verminderter Reaktionsfähigkeit des Augenlides, gleich mal öfters mittenrein in die Glubscher.

»Dass ihr alle immer so viel saufen müsst«, schimpfte Franz. »Morgen ist des G'schrei dann wieder groß.« Das sagte jetzt ausgerechnet der Franz, dem seine Leber wahrscheinlich immer noch zum Trocknen irgendwo auf Kur rumhing. Ein Jahr abstinent und schon einen auf Moralapostel machen.

»Du hörst dich schon genauso zundig an wie deine zwei Mitbewohnerinnen«, foppte Bülent ihn und bekam jetzt gleich mal eine versenfte Wurst ins Gesicht geworfen.

»Ned frech werden, Rambichler, gell.« Und dann lagen sich die Freunde doch noch in den Armen und greinten über die längst vergangenen Zeiten. Wo vielleicht nicht immer alles besser war, aber bestimmt einfacher.

»Seids mal leis, ich muss euch was sagen.« Erkan winkte sie alle zu sich heran und setzte dabei eine verschwörerische Miene auf. »Wisst ihr, was ich glaub?« Er machte eine gewichtige Pause und wartete, bis er die volle Aufmerksamkeit von allen hatte. »Ich glaub ja, der Bubblers Schorsch war schwul.«

KAPITEL 19

Von einem Kater mit Mieze

So eine Biene hatte sicherlich schon viel gesehen in ihrem fleißigen Arbeitsleben, aber als sie nun über den wild zusammengewürfelten Männerhaufen summte, der dort mitten in einem sonst so akkurat gepflegten Garten herumlag, war sie doch schwer verwundert. Zumal der ein oder andere von diesen Gestalten auch Geräusche von sich gab, die so ein kleines Tierchen schon in Angst und Schrecken versetzen konnten. Und dann noch dieser herbe Geruch in der Luft, nicht schön. Das Insekt zog es daher eiligst vor, heute nicht die rambichlerischen Blumenköstlichkeiten zu bestäuben, sondern sich anderweitig Nahrung zu besorgen. Und dann wollte noch einer über das Bienensterben lamentieren, dachte sich das Vieh noch, bevor es endgültig das Weite suchte.

Bülent erwachte wenig später mit einem schalen Geschmack im Mund und Rückenschmerzen, die in direkter Konkurrenz zu dem dumpfen Pochen in seinem Schädel und dem wirren Gefühl in seinem Magen standen. Der Wahnsinn. Er fühlte sich, als wäre ein Fünfzigtonner über ihn gerollt. Und dann noch diese frühmorgendliche Sonne, die ihm unbarmherzig ins Gesicht jubilierte und es ihm schwer machte, seine gedemütigten Augen zu öffnen. Er wollte gar nicht rekapitulieren, was er gestern alles in sich reingelitert und reingeraucht hatte. Soweit er sich erinnern konnte, waren sogar Zigarren dabei gewesen, die Erkan irgendwo aus den Untiefen der Wohnzimmeranrichte ausgegraben hatte. Die und alles andere war jedenfalls des Guten zu viel und die Mischung zu wild. Warum sonst hätte er unter dem Rhododendronstrauch im Garten seiner Eltern genächtigt.

Bülent stöhnte beim Versuch, sich in die Vertikale zu schieben. Vorsichtshalber entschied er sich dann doch lieber dazu, auf allen vieren stehen zu bleiben. Schwankend zwar, aber stabil. Er wartete ab, bis sich der Kreisel in seinem Hirn halbwegs wieder ausgesponnen hatte, bevor er ganz langsam zum fein säuberlich aufgerollten Gartenschlauch krabbelte. Dabei kam er an seinem Vater und Wuwu vorbei, die nebeneinander, im Duett schnarchend, im Gemüsebeet von Maria lagen. Ihre Köpfe ruhten dabei auf einem Polster aus knackigem Kopfsalat. Schon lustig, wenns einem nicht so zum Spein wäre.

Nie wieder Alkohol. Nie wieder Strunzheim, schwor Bülent sich im Stillen, während er sich nun die Gardena-Profi-Spritzdüse in den Rachen stopfte, in der Hoffnung ein paar Tropfen lebensverlängerndes Wasser durch seinen Körper jagen zu können. Aber natürlich hatte Erkan das wichtige Elixier abgedreht. Bülent kippte auf die Seite um und war just in diesem Moment bereit zum Sterben.

»Na, Alder, hauts dir deine Eingeweide recht durch?« Bülent zitterte ein Augenlid nach oben und sah vor sich die strickstrumpfsockigen Haxen vom Franz.

»Wasser. Bitte, Wasser«, flehte er. Der Geiger ging in die Hocke und reichte ihm ein Glas mit einem seltsam aussehenden Gebräu.

»Trink des. Des ist viel besser. Da hauts dir den Dreck aus die Adern.«

Unter größtmöglicher Anstrengung – der ganze Akt dauerte

mehrere Minuten, weil ihn der Schwindel schon arg im Griff hatte – schaffte es Bülent, sich aufzurichten und auf seinen Knien zum Sitzen zu kommen. Angewidert sah er auf die bräunlich-bröcklige Flüssigkeit, die in dem Schlumpfglas vor sich hin wabberte.

»Was ist das?«, krächzte er. »Ein Sud aus Kurkuma, Ingwer und Umboshipflaumen«, erklärte Franz. »Des Rezept hat mir die Astrid geben. Ein echtes Wundermittel. Hilft gegen alles. Des kannst mir glau…« Bülent erbrach sich mittenrein in den geigerischen Satz, direkt auf eine kleine, unschuldige Margerite, die völlig ahnungslos gerade dabei war, ihr Köpfchen in Richtung Himmelszelt zu strecken. Franz sah dem Blümchen mitleidig dabei zu, wie es unter der Last des Vorabends kapitulierte.

»Bleib mir bloß weg mit dem Gift«, röchelte Bülent. »Warum gehts dir eigentlich so beschissen gut?«

Der Geiger zuckte mit den Achseln. »Wahrscheinlich, weil ich keine Flasche Chantre g'soffen hab und des quasi bloß noch als kleinen Absacker.«

Bülent kam es bei dem Gedanken an das bernsteinfarbene Pfui-Teifi gleich wieder hoch. Mitten in seinen feuchten Rülpser hinein klingelte zu allem Überfluss nun auch noch von irgendwoher sein Handy. Franz entdeckte es schließlich im Komposthaufen, wo es von ein paar wissbegierigen Würmern adoptiert worden war. Er fischte das Drum heraus und hielt es Bülent vor's Gesicht.

Es war der Köhl, den er ganz klar in diesem Zustand unter keinen Umständen sprechen wollte, nicht sprechen konnte. Franz kannte allerdings keine Gnade, er nahm das Gespräch an und hielt Bülent das iPhone ans Ohr. Diesmal war es fast angenehm, dass der Chef immer gleich lospolterte, bevor überhaupt ein Wort der Begrüßung fiel bzw. verlangt wurde. Zwar schmerzte das Palaver vom Köhl wie Nadelstiche in Bülents Hirn, aber immerhin musste er erst einmal selbst nichts zum Gespräch beitragen. Allerdings musste er sich schon arg konzentrieren, um dem Monolog halbwegs folgen zu können. Freundlich klang es jedenfalls nicht, was ihm da so in die Ohrmuschel knallte. Von wegen, er hätte ihn seit gestern Abend vergeblich versucht zu erreichen und blablablabla. Gähn. Hirn aus.

»Haben Sie mich verstanden, Rambichler?« Köhl wartete vergeblich auf eine Antwort. »Rambichler!«, kam es ungeduldig erneut aus dem Phone.

Bülent würgte ein zähes »Klar, Chef« heraus, und dann war das Gespräch auch schon zu Ende. »Und?« Franz sah ihn fragend an. »Schlimm?«

Bülent nickte. »Schlimmer. Der Schorsch-Edmund ist verschwunden. Nie im Internat aufgetaucht. Die Franziska hat gestern Abend im Dezernat angerufen und denen die Hölle heiß gemacht, weil sie weder Astrid noch mich erreichen konnte.« Kaum ausgesprochen ließ Bülent sich völlig erschöpft nach hinten umfallen.

Wenns nach dem Köhl ginge und nach Recht und Ordnung, müsste ich jetzt also diretissima eine Großfahndung einleiten, überlegte er so daliegend. Aber dann kämen sowohl seine Unfähigkeit als auch Astrids Dummheit ans Licht. Andererseits war nun definitiv Gefahr im Verzug, und der Chef klang auch eher so, als wäre es schon bald vorbei mit seiner Geduld. Das Gedankenkarussell drehte sich in Bülents Kopf und wurde abrupt von einem Schwall Wasser angehalten, der nun direkt in seinem Gesicht landete. Über ihm stand Franz mit der Gardena-Profi-Spritzdüse im Anschlag, die ihm gerade noch so gnadenlos den Dienst verweigert hatte. Vergeblich versuchte er sich aus der Schusslinie zu wuchten, aber der Geiger kannte kein Erbarmen. Erst als Bülent bis auf die Unterhosen durchnässt und frierend dalag wie ein begossener Pudel, beendete er sein gemeines Werk.

»So und etzadla stehst auf, ziehst dich um und suchst den Bub«, befahl Franz. »Und vorher versöhnst dich noch mit der Astrid. Die brauchst etz nämlich dringend zur Unterstützung, weil, so wie du heut daherkommst, schaffst du ja keinen Meter gradeaus.«

Bülent stöhnte. »Kannst ned du mit mir …« Ein vehementes Kopfschütteln kam als Antwort.

»Ich hab dir gestern genug g'holfen. Des is etz die Aufgab von euch zwei. Wird eh Zeit, dass ihr wieder zueinander findet. Könnts ja eh ned ohneeinander.«

Bülent verdrehte die Augen. Nicht schon wieder dieses Liebesgesäusel um ihn und Sunshinchen.

»Ich mein ausnahmsweise im Job, Depp«, schalt Franz ihn und hielt ihm nun wieder drohend die Gartenspritze vor die Linse. »Und etz auf mit dir, sonst …«Bülent hob reflexartig die Hände. »Schon gut«, ächzte er und rappelte sich hoch. Wenn man solche Freunde hat, braucht man wirklich keine Feinde mehr, dachte Bülent, während er sich gleich darauf in sein Kinderzimmer schleppte, um sich umzuziehen.

Ein Blick auf die Uhr sagte ihm, dass es noch nicht mal acht Uhr in der Früh war. Er hatte also, wenn überhaupt, nur vier Stunden geschlafen. Verdammt, das würde neue Falten geben. Dieser Ort tat ihm definitiv nicht gut. Umso dringlicher war es also, diesen Fall zum Abschluss zu bringen. Und zwar heute. Denn wenn ihm schon einiges seit gestern entfallen war, seine dämliche Wette mit dem Franz hing ihm wie festgenagelt im

Hirn. Er wankte ins Bad und betrachtete sich im Spiegel. Er sah so schlecht aus, wie er sich fühlte. Und zwar nicht nur körperlich. Sein ganzes Versagen schien ihm faktisch ins ausgemergelte Gesicht geschrieben. Er war einfach nicht geeignet für die Laufbahn als Kriminaler. Wenn man es nämlich ganz genau nahm, hatte er den Gelbwurstpflunzn-Fall ja auch nur mit narrisch viel Glück gelöst.

Wenn ich das hinter mir habe, quittiere ich meinen Dienst, schwor er sich und wusste selbst, dass er es nicht tun würde.

»Rambichler, hör auf, dich selbst zu bemitleiden und schwing die Hufe!« Franz klopfte energisch gegen die Badezimmertür.

Langsam machte ihm sein Kumpel mit seiner Hellsichtigkeit direkt Angst. Und noch etwas erschreckte ihn: Als er einen Blick in die Badewanne riskierte, war diese bis auf einen Schmutzrand leer. Wo zum Teufel war Helene abgeblieben? Davonlaufen war ja jetzt nicht wirklich eine Option für einen Fisch. War sein Vater am Ende doch noch zum Mörder geworden? Am besten, er tat so, als hätte er nichts gesehen. Er hatte ja auch faktisch nichts gesehen.

»Also dann«, sagte er daher laut zu seinem Spiegelbild, »auf in den Kampf!«

Es erwies sich dann allerdings schon als äußerst schwierig für ihn, den Dienstwagen einigermaßen in der Spur zu halten. Er eierte durch die Straßen von Strunzheim wie ein Fahranfänger, und Franz, der neben ihm saß, drehte gehörig am Rad.

»Etz pass halt auf, wo du hinfährst, Rambichler. Ich will noch ned sterben«, schrie er so laut auf, dass es Bülent reichte. Er bremste abrupt ab.

»Dann fahr halt du, wenn du es besser kannst«, frotzelte er

zurück, obwohl er freilich wusste, dass sein Spezl seit Urzeiten gar keinen Autoführerschein mehr hatte. Schlussendlich legten sie den einen Kilometer bis zum Geiger seinem Haus tatsächlich unbeschadet und unter einer halben Stunde zurück. Bis auf die Mülltonne von den Krapfenbergers, die jetzt eine leichte Delle aufwies, gab es keine nennenswerten Schäden auf der Strecke zu vermelden. Franz sprang erleichtert aus dem Auto, als Bülent vor seinem Gartentürchen haltmachte, wobei die Felgen seines Dienstwagens schon arg unhöflich mit dem Bordstein korrespondierten.

»Ich ruf dir etz die Astrid raus, und dann schauts, dass ihr weiterkommt. Ach ja, und sei bloß freundlich zu ihr«, jodelte Franz ihm noch entgegen und schlug die Beifahrertür dann dermaßen heftig zu, dass es in Bülents lädiertem Schädel noch eine ganze Zeitlang schepperte. Irgendwie hatte er das Gefühl, dass sein Freund die Frauen in seinem Haus loswerden wollte und ihm praktisch eine davon jetzt ganz unauffällig aufs Auge drückte. Weil, warum sollte er freundlich zu Astrid sein. Sie war es doch, die Geheimnisse vor ihm hatte und nicht umgekehrt. Eigentlich wäre eine Entschuldigung aus ihrem Mund fällig bzw. bei dem, was sie sich geleistet hatte, fast schon ein Kniefall. Bülents Kopf wurde vor lauter Nachdenken ganz schwer, und er ließ ihn aufs Lenkrad sinken. Blöd nur, dass er dadurch die Hupe betätigte, die nun laut durch die noch morgenfrühe Ruhe tönte. Schnell setzte Bülent sich wieder aufrecht hin und tat als wäre nichts gewesen.

Astrid, die gerade aus der Haustür trat, verstand das Ganze natürlich wieder völlig falsch, das konnte er schon an ihrem wilden Blick erkennen. Sie stapfte auf das Auto zu und riss die Tür auf.

»Na, Mr Ungeduldig. Erst schickst du deinen Lakaien zu mir und kommst nicht selbst rein und dann auch noch das. Auf Angehupe reagiere ich normalerweise nicht.« Sie ließ sich neben ihn auf den Beifahrersitz sinken und starrte ihn giftig an. »Kann ja sein, dass ich ziemlich Mist gebaut habe, aber das gibt dir noch lange nicht das Recht, so mit mir umzuspringen. Deine Mutter hat vollkommen Recht, dir fehlt's hinten und vorn an Sensibilität.«

Bülent hatte so etwas Ähnliches schon befürchtet. Wahrscheinlich hatten sich die Damen die ganze Nacht über ihn die Münder zerrissen und sich in Rage geredet. Männer ließen es ja dann doch irgendwann mal gut sein. Aber Frauen waren in ihrem Zorn unerbittlich. Zumindest wenn sie im Rudel auftraten.

»Hast du nichts dazu zu sagen? Und wie siehst du überhaupt aus?« Astrid betrachtete ihn mit einer Mischung aus Sorge und ablehnender Verwunderung. Bülent hob seinen Kopf und sah sie an. Dabei hatte er schon große Mühe, seine Assistentin fokussiert in seinen Linsen zu halten.

»Jetzt bleib doch mal ruhig sitzen«, stöhnte er in der Annahme, sie würde die ganze Zeit hin- und herwackeln. Tat sie natürlich nicht.

»Sag mal, bist du betrunken?« Ihr Ton wurde ganz klar wieder schärfer.

Bülent zog es vor, bei der Wahrheit zu bleiben. »Ja, voll wie eine Haubitze«, gab er zu und versuchte sich in einem schiefen Lächeln. Wurde natürlich nicht erwidert.

»Ist ja klar, wenn du nicht mehr weiterweißt, dann trinkst du. Und ich habe wirklich gedacht, wir könnten vernünftig miteinander über alles reden.« Er war aber doch gar nicht da, um mit ihr über das Gestrige zu reden, überlegte Bülent und sagte ihr das dummerweise auch. Bekam Astrid natürlich jetzt vollkommen in den falschen Hals. Ohne ein weiteres Wort zu verlieren, kletterte sie aus dem Auto.

»Ey, Sunshinchen, jetzt warte doch. Wo willst du denn hin? Ich muss dir doch noch was sagen.«

Bülent kippte, bei dem Versuch sie festzuhalten, vorneüber auf den Beifahrersitz. So hätte er jetzt liegen bleiben können, war fast schon bequem. Herrlich. Für einen kurzen Moment schloss er die Augen. Da wurde die Autotür ein weiteres Mal so ungalant zugeknallt, dass seine Karre noch einen Moment lang nachvibrierte. Hatte denn keiner nur einen Hauch Mitleid für ihn und seine Schmerzen. Bülent kratzte seine letzten Energiereserven zusammen, quälte sich aus dem Auto und folgte Astrid, die schon ein ganzes Stück Straße zwischen ihm und sich zurückgelegt hatte.

»Jetzt bleib doch mal stehen!«, rief er, doch Astrid dachte gar nicht daran, auf ihn zu hören. Im Gegenteil, sie beschleunigte ihren Gang. Sie sah aus wie eine Geherin auf der Zielgeraden. Bülent sah sich wohl oder übel gezwungen, ihr hinterherzurennen. In seinem Zustand geradezu fahrlässig, er hatte das Gefühl, seine Lunge würde schon nach ein paar Metern eine kleine Abschiedsmelodie pfeifen. Kurz vor dem kompletten Organversagen erreichte er seine Assistentin und hielt sie am Arm fest. Sie versuchte ihn abzuwehren.

»Lass mich los! Ich will im Moment nicht mit dir sprechen!« Bülent hatte die Arme auf seine Knie gestützt und schnaufte wie eine alte Dampflok. »Ich … Also …« *Röchel.* »Ich muss dir was sagen«, japste er. »Es gibt Neuigkeiten.« *Würg.*« Er musste husten, aber er registrierte aus dem Augenwinkel doch eine gewisse Neugier in Astrids Blick. Langsam richtete er sich auf. »Der

Schorsch-Edmund ist verschwunden«, sagte er, nun halbwegs wieder Herr über seinen Atem.

Entsetzt riss Astrid die Augen auf. »Das sagst du mir erst jetzt? Das ist ja eine Katastrophe!«

Erst hatte sie ihn angeschrien, dann war sie von ihm davongelaufen, und jetzt beschimpfte sie ihn, dass er nicht früher mit der Wahrheit rausgerückt war. Er ersparte sich zu fragen, wann er es denn hätte sagen sollen. Gegen weibliche Logik kam man mit logischen Argumenten einfach nicht an. Außerdem war es ihm schon wieder ziemlich schlecht, und sein Bedarf an weiteren Diskussionen fürs Erste gestillt.

»Ich hab mir gedacht, wir fahren an den Chiemsee und schauen uns mal ein wenig im Internat vom Schorsch-Edmund um«, schlug er vor, wobei ihm allein beim Gedanken an die fast dreistündige Fahrt schon ganz anders wurde. Kurz hatte er noch überlegt auch bei Franziska vorbeizuschauen, aber allein die Angst vor ihrer Hysterie ließ ihn diese Idee wieder verwerfen. Er schrieb ihr daher, als er mit Astrid zurück zum Auto lief, eine kurze SMS mit der Nachricht, dass sie alles dransetzen würden Schorsch-Edmund zu finden und dass sie sich keine Sorgen machen müsste. Die Antwort kam prompt zurück: »*Das möchte ich Ihnen auch geraten haben, Herr Rambichler!*« Oha, klang jetzt ganz nach einer versteckten Drohung.

Zumindest bei Astrid sorgte die Nachricht von Franzi für eine kurze Stimmungsaufhellung. »Ich glaub, du bist raus«, grinste sie. Mehr sagte sie nicht. Aber ihr zufriedenes Lächeln sagte alles.

Schlussendlich dauerte die Fahrt an den Chiemsee dann gerade mal zweieinhalb Stunden. Sunshinchen, die ihm den Autoschlüssel abgenommen hatte, fuhr wie ein Henker. Es war nur der Tatsache zu verdanken, dass er die meiste Zeit seinen

Schädel entweder zum Schiebedach oder zum Fenster raushielt, dass es nicht zu größeren übelkeitsbedingten Kollateralschäden im Wageninneren gekommen war. Bei jeder vorbeiziehenden Raststätte winselte er nach Halt, Gnade und einem eiskalten Spezi. Doch Astrid war wie unter Feuer. Freundlich, aber bestimmt erklärte sie ihm, dass für derlei Sachen jetzt einfach keine Zeit mehr wäre. Immerhin gab sie ihm aus ihrer Globuliapotheke ein paar weiße Kügelchen ab, die er gierig in sich aufsaugte. Ist die Not am größten, schießt es auch den Glauben in ganz andere Dimensionen. Und Bülent wollte es fast nicht zugeben, aber irgendwie schienen die Dinger tatsächlich temporär ein wenig zu wirken. Zumindest hatte er das Gefühl, dass sich seine Gehirnstränge langsam wieder zu einem kompletten Ganzen zusammenfügten. Er fühlte sich sogar so weit in der Lage, Astrid sämtliche Erkenntnisse des Vorabends halbwegs detailgetreu wiederzugeben.

Die These von Franz, die sich um einen ominösen Mr X. rankte, stieß auch bei seiner Assistentin auf großes Interesse, und als sie hörte, dass Wuwu nicht der Meinung war, dass Schorsch-Edmund das Zeug zu einem hundsgemeinen Mörder hatte, war sie schon sehr erleichtert.

Halbwegs friedlich und bei Weitem noch nicht ausgenüchtert fuhren sie schließlich die Zufahrt zum Internat hoch. Schon aus der Ferne war deutlich erkennbar, dass Geld hier ein schönes Zuhause gefunden hatte. Das alte, riesige Gutshaus, in dem die Schule untergebracht war, thronte auf einem Hügel oberhalb des Chiemsees, ringsherum erstreckten sich Felder und Wiesen. Nichts hier oben schien die elitäre Einsamkeit zu stören. Astrid parkte den Wagen direkt vor einer imposanten Freitreppe, die zum Hauptportal führte.

»Soll ich alleine rein? Dann kannst du dich noch ein bisschen ausruhen?« Da war sie wieder, seine achtsame, empathische Astrid. Mit Augen, in denen er ihr weit offenes Herz erkennen konnte, sah sie ihn an.

Er schüttelte den Kopf. »Ab jetzt wirklich keine Alleingänge mehr«, erwiderte er.

Sie verstand, wie er es meinte, und lächelte. »Das sehe ich ganz genauso.«

Nachdem Bülent sich die vielen Stufen zum Hauptportal hochgeächzt hatte – er musste tatsächlich ein paar Mal zwischendurch verschnaufen –, standen die beiden Ermittler nun in der prächtigen Eingangshalle der Schule. Die Ehrwürdigkeit dieses Gebäudes ließ einen fast vergessen, dass hier Schüler aller Altersklassen untergebracht waren. Allerdings hing dieser garderobisch kindliche Geruch, der ein wenig an nassen Hund erinnerte, in der Luft, und das wiederum war Indiz genug für minderjähriges, ungewaschenes Leben in diesen Hallen. Bei näherem Hinsehen fielen einem dann auch ein paar kleinere Schmierereien und vertrocknete Kaugummiflatschen an Wänden und Treppengeländer auf. Das beruhigte Bülent schon fast wieder. Auch die bayrische Schülerelite leistete noch Arbeit an der Basis.

»Am besten reden wir erst einmal mit dem Direktor«, schlug Astrid vor und deutete auf eine Tür, die auf einem gülden en Schild mit Sekretariat gekennzeichnet war. Schon fühlte sich Bülent an seine eigene Schulzeit erinnert, wo er nicht selten aufgrund aufrührerischen Verhaltens vor dem Schreibtisch des Schulleiters gelandet war. In der dritten Klasse hatte er einmal gefühlt hunderte von Heuschrecken während einer Schulstunde freigelassen. Da war das Geschrei vielleicht groß, vor allem unter den Mädchen. Zu allem Überfluss landete das dickste dieser Insekten ausgerechnet auf dem knochigen Hintern des Lehrkörpers und brachte den eh schon dauerhaft nervlich angespannten Mann dazu, für Wochen sein Bündel zu packen und die Flucht zu ergreifen. Sabbatical würde man heute wohl versöhnlicherweise dazu sagen. Während Erkan stolz auf den Einfallsreichtum seines Jungen war, hatte Maria stets alle Hände voll zu tun, die Wogen wieder zu glätten. Und wer einmal vor dem Elternbeirattribunal gestanden hatte, der wusste, dass das kein Spaß nicht war. Der Mann, der nun vor den Nürnberger Ermittlern hinter seinem eleganten, very british anmutenden Mahagonischreibtisch saß, hatte keinerlei Ähnlichkeit mit den Schuldirektoren und Lehrern, wie Bülent sie in Erinnerung hatte. Diese Altachtundsechziger-Rampensäue, in ihren schlechten Jutesakkos und den Cordhosen, die sich dann doch irgendwann dazu entschieden hatten, sich verbeamten zu lassen, weil zwecks der Familien- und Eigenheimsicherung. Dieser Typ hier wirkte in seinem Maßanzug, dem Haarschnitt Marke Elyas M'Barek und mit seiner souveränen Ausstrahlung eher wie der Boss eines Dax-Unternehmens. Ein erfolgreiches noch obendrein. Was nicht verwunderlich war, anlässlich der Preise, die hier für einen Aufenthalt im Internat aufgerufen wurden. Über 40 000 Euro pro Schuljahr. Bülent kam erneut zu dem Schluss, dass die Gärtnerei vom Bubblers Schorsch schon wirklich grantig viel Schotter abwerfen musste oder aber dass der Opa in Kreuth hier als Sponsor auftrat. In Anbetracht dessen, wie Franziska vor ihm kuschte, lag das durchaus im Bereich des Möglichen und wurde auch gleich darauf vom Direktor bestätigt. »Der Vater von der Frau Gmeinwieser ist ein großer Befürworter und Förderer unserer Schule, und wir haben ihm einiges zu verdanken. Er hat...« Gott sei

Dank wurde die Lobhudelei von seiner Sekretärin – natürlich eine blonde Granate in Louboutin-Hacken, mit dem Namen Svetlana – unterbrochen. Sie reichte ihnen einen perfekt inszenierten Cappuccino, auf dessen Milchschaum das Logo der Schule mit Kakao daraufschabloniert war, und eine Etagere voller süßer Petit Fours. Man mag sich wundern über so eine ausgezeichnete Bewirtung. Allerdings kam das Angebot für diese Köstlichkeiten, noch bevor Svetlana wusste, dass sie es lediglich mit niederen Kriminalbeamten zu tun hatte und nicht mit potenziellen und finanzstarken Neu-Eltern. Trotzdem genoss er diese unvermutet gute Behandlung schon sehr. War genau nach seinem Gusto.

»Warum haben Sie denn Frau Gmeinwieser erst so spät davon in Kenntnis gesetzt, dass ihr Sohn nicht ins Internat zurückgekehrt ist?«, fragte Astrid den Direktor, während Bülent eifrig am Vernaschen war.

»Mir war gar nicht klar, dass Schorsch-Edmund schon wieder zur Schule kommen wollte nach dieser unsäglichen Geschichte mit seinem Vater. Ich war der Ansicht, dass er noch ein paar Tage zu Hause bleiben würde, und habe mich daher auch überhaupt nicht gewundert, dass er gestern unentschuldigt nicht zum Unterricht erschienen ist«, erklärte der Befragte ruhig und faltete seine Hände wie zum Gebet. »Ich konnte ja nicht ahnen … Ich dachte wirklich, Schorsch-Edmund ist noch daheim. Erst als Frau Gmeinwieser bei mir angerufen hatte und ihren Sohn sprechen wollte, weil sie ihn auf dem Handy nicht erreichen konnte, war klar, dass etwas nicht stimmte«, nasalte er seufzend. Als ob er jetzt schon einen rechten Stress hätte seitdem. »Wissen Sie, ich fühle mich für jeden einzelnen meiner Schüler verantwortlich, sie sind wie eigene Kinder für mich, und wenn es einem von ihnen nicht gut geht, geht mir das schon auch an die Nieren. Vor allem der Schorsch-Edmund ist wirklich ein ganz feines Kerlchen, und ich hoffe sehr, dass ihm nichts passiert ist oder dass ihn der Tod von seinem Papa nicht zu irgendetwas hinreißen lässt, was nicht mehr wiedergutzumachen ist.«

Und was dem Ansehen der Schule schaden könnte, mutmaßte Bülent insgeheim und mochte sein Gegenüber schon irgendwie gar nicht leiden.

»Wie haben Sie überhaupt so schnell von dem Tod des Herrn Gmeinwieser erfahren?« Astrid nagelte den guten Mann mit ihren Blicken fest.

»Der Ernst-August Krachtenwinkler hat es überall herumerzählt«, kam es prompt, und sein Leid darüber schien grenzenlos. »Er ist der Zimmergenosse von Schorsch-Edmund und hat wohl eine Nachricht von ihm erhalten«, erklärte er noch, als er in die fragenden Gesichter der Ermittler blickte.

Schorsch-Edmund und Ernst-August. Das klingt nach Weltherrschaft. Bülent, grinste innerlich und hätte sich jetzt fast am Zuckerguss der kleinen Köstlichkeiten verschluckt, an die er immer noch emsig hinfraß.

Astrid bedachte ihn mit einem mahnenden Blick, bevor sie weitersprach. »Wäre es möglich, dass wir uns das Zimmer der beiden Jungs mal anschauen und mit Ernst-August ein kurzes Wort wechseln?« Sunshinchen hatte definitiv Witterung aufgenommen. Jetzt begann er leicht zu schwitzen, der Herr Direktor.

»Ich weiß nicht. Die Eltern unserer Schüler legen schon sehr großen Wert darauf, also wie soll ich sagen …«

»Dass man ihre Privatsphäre wahrt«, mümmelte Bülent mit verpapptem Mund dazwischen.

Der Direktor nickte erleichtert. »Ich sehe, wir verstehen uns, Herr Hauptkommissar.« Bülent lächelte charmant.

»Trotzdem würden wir gerne mit dem Jungen sprechen. Ich kann Ihnen aber versichern, wir werden dabei höchst diskret vorgehen. Allerdings«, er säuselte süß, »sollten Sie uns das Gespräch verweigern, sehen wir uns leider gezwungen, den Herrn Krachtenwinkler für eine Vernehmung ins Präsidium nach Nürnberg zu bestellen. Wir würden ihn natürlich dazu von einer Streife abholen lassen, dann müsste man nicht extra seine sicher schwer beschäftigten Eltern herbemühen. Und wenn wir schon mal dabei sind, könnten wir natürlich auch gleich noch die Spurensicherung rufen, damit sie sich ein bisschen genauer hier auf dem Schulgelände umsehen. Aber«, er seufzte schwer, »wer will das schon?« Bülent schnappte sich nach seiner Ansprache das letzte Petit Four und biss zufrieden hinein. Da war jetzt schon alles sehr dick aufgetragen, aber es funktionierte. Der Direktor knickte ein. Zwecks des Prestiges, versteht sich.

KAPITEL 20

Eine Kiste voll Erinnerung

Das Zimmer von Schorsch-Edmund und Ernst-August konnte es allemal mit einer Suite in einem Nobelhotel aufnehmen. Die beiden Jungs residierten auf ca. 40 Quadratmeter Eichenholzparkett in einem Turmzimmer mit direktem Blick auf das bayrische Meer. Auch die Einrichtung war alles andere als pädagogisch karg. Zirbenholzbetten für den entspannten und gesunden Schülerschlaf, ergonomisch perfekt zentrierte Schreibtische und zudem noch genug Freiraum, die eigene Individualität zu leben. Ganz klar durfte deswegen hier auch eines nicht über dem Bett von Schorsch-Edmund fehlen – der unfehlbare bayrische Ministerpräsident F. J. S. 60 x 40 Zentimeter in einem prunkvollen, antiken Rahmen. Freilich direkt neben dem Jesus hingenagelt.

Ernst-August Krachtenwinkler schien hingegen weit weniger politisch denn weiblich ambitioniert zu sein. Seine Seite des Zimmers war zugepflastert mit Victoria's-Secret-Angels. Immerhin, das hatte wenigstens Niveau und kam nicht so anrüchig daher wie so ein süßes Drum aus der Praline.

»Unglaublich, dieser Raum hier ist fast größer als meine eigene Bude«, bemerkte Astrid und drehte sich einmal im Kreis.

»Du zahlst aber sicherlich auch nicht über 3000 Euro Miete im Monat«, bemerkte Bülent, dem es jetzt wieder deutlich besser ging. Die Zuckerzufuhr hatte seinem Körper gutgetan. »Wir sollten loslegen, bevor der Ernst-August auftaucht«, sagte er, ohne genau zu wissen, nach was sie jetzt eigentlich suchten.

»Nach was suchen wir eigentlich«, fragte Astrid dann auch. Er zuckte mit den Schultern.

»Keine Ahnung. Das wissen wir dann, wenn wir es gefunden haben.« Sie zogen sich vorsichtshalber ein paar Latexhandschuhe über und begannen vorsichtig in den Sachen von Schorsch-Edmund zu stöbern. Just in dem Moment, als Bülent die Bettmatratze vom Gmeinwieser-Bub hochhob, ging die Zimmertür auf, und Karl Lagerfeld stand im Türrahmen. Zumindest konnte man dieses dürre Persönchen vor ihnen auf den ersten Blick dafür halten. Vor ihnen stand ein Junge, der in seiner gesamten Optik dem verstorbenen Modezaren zum Verwechseln ähnlich sah. Weißer Haarzopf, Stehkragen, schwarze Sonnenbrille, Lederhandschuhe. Der Lagerfeld und der Strauß in einem Zimmer – Bülent und Astrid verschlug es gänzlich die Sprache. Ihrer beider Kinnpartie war ein Stockwerk tiefer gerutscht, und sie sahen gelinde gesagt ziemlich dämlich aus der Wäsche.

»Mon dieu, was tun Sie da?«, frankophilte das Bürschchen mit gespielt französischem Akzent und musterte beide Ermittler mit misstrauischem Blick.

»Ähm, hat der Herr Direktor nichts gesagt. Also, ähm …« Astrids kommunikative Fähigkeiten ließen gerade schwer zu wünschen übrig. »Also wir sind von der Kriminalpolizei und …«

Der Junge winkte ab. »Tout va bien – ich versteh schon. Der Vater von Eddi wurde ermordet, und Eddi selber ist jetzt auch noch verschwunden. Sie beide tun also nur ihren Job. Versteh ich doch alles.« Er ging auf Astrid zu und betrachtete sie von allen Seiten.

»Äh, Eddi? Ist das der Spitzname von Schorsch-Edmund?«

Der Junge machte das Daumen-hoch-Zeichen. »Oui, Madame. Manche hier nennen ihn auch Knödel, weil er so gerne Schweinsbraten isst, aber ich find das nicht so nett.« Er musterte Astrid weiterhin unverhohlen.

»Woher weißt du eigentlich, dass Schorsch-Edmund weg ist?« Astrid rückte ein wenig von ihm ab, weil er ihr jetzt schon ziemlich nah auf der Pelle saß.

»Flurfunk«, erwiderte der Krachtenwinkler knapp. »Sie sind sehr hübsch«, bemerkte er dann noch wie nebenbei. »Schöne Figur. Guter Style.« Er erhob sich und setzte sich an seinen Schreibtisch, zückte einen weißen Skizzenblock und begann, ohne den Ermittlern weiter Beachtung zu schenken, mit flinken Fingern zu zeichnen.

»Können wir…«, fing Astrid an. Doch der junge Karl hob die Hand. »Gleich. Ich muss den Moment einfangen«, erklärte er und kritzelte weiter mit Kohlestift hastig auf das Papier ein. »Voilà.« Stolz hob er sein vollendetes Werk in die Luft. Mit viel Mühe konnte man in dem ganzen Geschmiere ein monströses Gesicht erkennen.

»Na, hab ich Sie nicht gut getroffen?« Er lächelte Astrid offen an. Diese presste sich ebenfalls ein Lächeln auf die Lippen. »Sehr. Du hast wirklich Talent«, quetschte sie hervor und hatte nun einen Teenager mehr, der ihr hoffnungslos verfallen war.

»Das sagt meine Mamon auch immer«, gurrte der Bub. Bülent für seinen Teil musste einen Hustenanfall mimen, wie sonst hätte er die Tränen erklären sollen, die ihm jetzt in seine Augen glucksten. Ernst-August nahm das gar nicht zur Kenntnis. Er hatte faktisch nur noch einen Blick für Astrid.

»So, jetzt können Sie mich fragen, was Sie wollen. Ich stehe vollkommen zu Ihrer Verfügung.« Astrids Blick drückte eine gewisse Hilflosigkeit aus. Ernst-August setzte sich auf sein Bett und holte unter seinem Kissen ein Stofftier hervor, dem er jetzt emsig den Nacken kraulte. Es war die perfekte Kopie von Choupette, der Birmakatze, Lebensgefährtin, Erbin des toten Herrn Lagerfeld. Bülent wunderte sich schon gar nicht mehr.

»Ich würde Ihnen ja gerne etwas zu trinken anbieten, aber mir wurden meine Flaschen Dom-Perignon-Champagner leider konfisziert«, erklärte Ernst-August, als ob es das Normalste von der Welt wäre.

Er hatte zwar einen leichten Schusserer, aber immerhin Geschmack und Manieren, dachte Bülent, als der Junge zu grinsen begann.

»Das war natürlich nur ein Scherz. Ich würde von der Schule fliegen, wenn sie mich mit Alkohol erwischen würden. Hallo, ich bin vierzehn. Da trinkt man doch noch nicht.« Außer man ist bereits Mitglied in der katholischen Landjugend, vervollständigte Bülent in Gedanken den Satz weiter. So aber nickte er.

»Gute Einstellung«, betonte er, weil er irgendwo mal gehört hatte, dass man am besten an Teenager rankam, wenn man ihnen so selten wie möglich widersprach.

»Also, was wollen Sie wissen? Ich habe nämlich nicht viel Zeit. In zehn Minuten muss ich bei meinem Perlfädelkurs erscheinen.« Das sagte er mit so einem Ernst in der Stimme, als handele es sich hierbei nicht um banales Handarbeiten, sondern um ein gewichtiges Studienfach in Harvard.

»Wie ist Schorsch-Edmund so? Kommst du gut mit ihm zurecht?« Astrid setzte sich neben Ernst-August auf den Bettrand, was natürlich sofort gut ankam bei dem Jungen. »Ich meine, immerhin hat er dir geschrieben, dass sein Vater tot ist. Er muss dir also schon vertrauen, oder?«

Ernst-August neigte den Kopf nach links und rechts. In seinen Augen blitzte Zweifel. »Non, non Madame. Ich glaube, er wollte nur angeben. Er schwingt ja gerne große Reden und hält sich für fantastique.« Der Junge deutete auf den verstorbenen bayrischen Landesvater. »Sein großes Vorbild.« Er verdrehte die Augen. »Dabei hatte dieser Typ da doch überhaupt keine Manieren und schon gar keinen Stil. Weiß gar nicht, warum Eddi so auf den abfährt. Überhaupt auf Politik.« Ernst-August rümpfte die Nase. »Für mich ist das alles Käse.«

Astrid musterte ihn mit durchdringendem Blick. »Ihr wart keine Freunde?« Der Junge sah sie verwundert an. »Nein, warum denn. Sind Sie mit jedem befreundet, mit dem Sie schlafen?«

Bülent verschluckte sich fast bei dieser Frage.

»Äh, wie schlafen?« Astrid brachte es gerade so heraus.

»Oh, mon dieu, nicht was Sie denken.« Ernst-August grinste. »Sie sind ja eine Schlimme. Ich meine, wir haben uns ein Zimmer geteilt, und er hat mich in Ruhe gelassen und ich ihn. Eddi hat hier auf dem Internat nicht wirklich Freunde, aber auch keine Feinde. Er ist einfach, wie sagt man, stinknormal.« Das wiederum glaubte Bülent zwar nicht, aber er wollte auch kein Öl ins Feuer gießen.

»Alors«, Ernst-August sah auf seine Uhr, deren Wert Bülent lieber nicht schätzen wollte, »ich muss los, sonst bekomme ich Ärger mit Madame Knötzl.« Er stand auf.

»Moment noch.« Astrid war ebenfalls aufgesprungen und versperrte dem Jungen praktisch den Weg. Ernst-August zog tatsächlich eine Augenbraue in die Höhe, ersparte sich aber einen jugendlich-rebellischen Kommentar. »Kannst du mir noch sagen, ob dir in letzter Zeit irgendetwas aufgefallen ist an Schorsch-Edmund. War irgendetwas anders als sonst?«

Ernst-August schürzte nachdenklich die Lippen. »Sein Herr Papa war in letzter Zeit oft da. Das war schon seltsam, weil er bekam sonst nie Besuch von seinen Eltern. Er ist auch am Wochenende meist hier im Internat geblieben, obwohl er sich angeblich gut mit seinem Papa und seiner Mamon versteht. Hat er jedenfalls immer behauptet, dabei habe ich einmal mitbekommen, wie er sich furchtbar mit seinem Vater gestritten hatte.«

Ja, die Sache mit dem gmeinwieserischen Prestige, da war sie wieder, dachte Bülent.

»Weißt du, warum sein Vater so oft hier war und über was sie gestritten haben?«, hakte Astrid nach. Ernst-August zuckte mit den Achseln.

»Nein, das hat mich auch nicht interessiert. Aber nach jedem Besuch war Schorsch-Edmund immer sehr spendabel und hat allen was ausgegeben. So kann man sich naturellement auch schnell Freunde machen.« Er grinste schelmisch. »Oder die Wahl zum Schülersprecher gewinnen.« Der junge Gmeinwieser arbeitete also auf sein erstes politisches Amt hin und hielt es da wie die Großen mit Parteispenden. »Ich muss jetzt wirklich gehen«, hektelte Ernst-August plötzlich unvermittelt in Bülents Gedanken hinein. »Bitte machen Sie nicht alles zu unordentlich. Merci und au revoir, Chérie.« Er warf Astrid einen Handkuss zu und eilte zur Tür hinaus.

»Glaubst du das, was ich glaube?« Astrid sah ihn an. Bülent grinste. »Dass du einen Schlag bei Minderjährigen mit Schlag hast?!«, antworte er.

»Ja, das auch.« Sie grinste zurück. »Aber das mein ich nicht. Ich glaube, Schorsch-Edmund hat seinen Vater erpresst.« Bülent nickte. »So etwas Ähnliches habe ich mir tatsächlich auch gedacht. Jetzt müssten wir nur noch herausfinden, mit was.«

Astrid zog sich ihre Lederjacke vom Leib »Na, dann fangen wir mal an zu suchen.«

»Aber bitte keine Unordnung, Chérie«, witzelte Bülent und hatte gleich darauf Choupette im Gesicht hängen. Wenig später arbeiteten sich die Ermittler still und zielgerichtet durch die Sachen von Schorsch-Edmund Gmeinwieser. In seiner Nachttischschublade fanden sie ein Gotteslob, dessen heiligster Inhalt aus 2000 Euro bestand. Macht hoch die Tür, die Tor macht weit, konnte man da nur passenderweise denken. Kein schlechtes Taschengeld für einen Halbwüchsigen. Ansonsten jedoch Fehlanzeige. Schorsch-Edmunds Zimmerseite gab weiter nichts mehr her als ein Milchschnitten- und Sunkist-Lager im Schrank.

»Verdammt. Ich bin mir aber sicher, er versteckt etwas, was uns weiterbringt, bloß wo?« Astrid setzte sich im Schneidersitz auf den Boden und verfiel in ihre yogische Meditationshaltung, die sie gerne einnahm, wenn sie intensiv nachdachte.

»Vielleicht doch bei sich daheim im Zimmer«, schlug Bülent vor. Sie schüttelte den Kopf.

»Nein, da ist es zu heiß. Er ist ja kaum in Strunzheim. Es muss irgendwo hier sein.« Sie ließ ihren Blick durchs Zimmer wandern. Ihr Blick blieb am Bildnis von Franz Josef hängen.

»Also, wenn ich jetzt richtigliege, dann darfst du mir gleich die Füße küssen, Büli«, sagte Astrid. »Nimm doch mal das Bild von der Wand.« »Ach komm, das wäre doch jetzt wirklich zu sehr Klischee«, erwiderte Bülent, tat aber, wie ihm geheißen wurde. Und tatsächlich, an der Rückseite des Bildes klebte ein altes, antiquiertes Holzkästchen, dessen Tiefe exakt mit der Rahmenrückseite abschloss.

»Voilà. Ich bin ein Genie«, imitierte Astrid perfekt den französischen Akzent von Ernst-August Krachtenwinkler. Bülent setzte sich neben seine Assistentin auf den Boden, vor ihnen das Kästchen. Fast schon ehrfürchtig betrachteten sie es. Auf dem Deckel waren die Initialen G. G. eingebrannt. Georg Gmeinwieser, sie hatten womöglich den heiligen Gral gefunden. Vorsichtig öffnete Astrid die kleine Schatulle.

Obenauf lag ein Bild, das zwei Jungs um die achtzehn zeigte, die offensichtlich schwer verliebt waren. Sie strahlten geradezu in die Kamera und hielten sich dabei fest an den Händen. Astrid drehte das Bild um. Auf der Rückseite war ein Herz gemalt, in dessen Innerem zwei Anfangsbuchstaben und eine Jahreszahl standen. *G + M 1989*. Bülent nahm Astrid das Bild aus der Hand und betrachtete es.

»Also, das hier«, er deutete auf den linken der beiden Jungs, »ist eindeutig der Bubblers Schorsch. Schau, der war damals schon so solariumgefärbt. Aber den anderen, den kenn ich nicht.«

Astrid tippte auf ihren Bauch. »Mein Gefühl hier drin sagt mir, dass das mit hundertprozentiger Wahrscheinlichkeit der ominöse Mr X ist. Womit Franz eindeutig Recht hätte mit seiner Idee.«

Bülent seufzte tief. »Der Geiger war einfach schon immer der bessere Derrick.«

Astrid grinste. »Dafür musst du dich aber nicht mit Harry rumschlagen, sondern hast mich an deiner Seite.« Sie zwinkerte ihm zu, bevor sie sich dranmachte den restlichen Inhalt des Kästchens zu durchforsten. Viel war es nicht. Es fanden sich neben ein paar Liebesbriefen, die allerdings nicht unterschrieben waren, und getrockneten Rosenblättern auch ein roter Herzluftballon darin, dem freilich schon lange die Puste ausgegangen war. Astrid nahm einen der Briefe aus dem Kuvert und las ihn laut vor.

»Mein liebster G.« Bülent gluckste amüsiert.

»Echt jetzt?« Astrid sah ihn an und verdrehte die Augen.

»Du hast es so gelesen«, erwiderte er kichernd. Zwischen den Sommersprossen seiner Assistentin ließ sich eine leichte Röte erkennen.

»Gott, bist du kindisch!« Sie reichte ihm das Papier, damit er lesen konnte. Klar achtete er allerdings schwer darauf, kompromitierende Satzzeichen einfach zu ignorieren.

Mein liebster G.,

wie sehr wünsche ich mir endlich diesen Moment heran, wo wir uns nicht mehr verstecken müssen. Wo wir beide frei sind und die Tage von Sonnenaufgang bis Untergang nur uns gehören. Ich hoffe, mein Liebster, du findest den Mut, die Brücken hinter Dir niederzureißen und gemeinsam mit mir ein neues Leben zu beginnen. Fernab von all jenen, die unser Glück nicht verstehen und niemals verstehen werden. Sobald der Sommer kommt, werde ich der Schönheit des Horizonts folgen, und ich freue mich sehr darauf, dich dabei neben mir zu wissen. Wir werden den Zauber der Welt entdecken, und egal wohin uns der Wind auch leiten mag, solange wir uns lieben und zusammenhalten, kann uns nichts passieren.

Ich küsse dich

Dein M.

»Ganz schön kitschig«, stellte Bülent trocken fest.

»Find ich auch«, erwiderte Astrid zu schnell, als dass man es ihr hätte glauben wollen. Er betrachtete sie skeptisch von der Seite.

»Weinst du?«

Sie schüttelte aufgebracht den Kopf. »Quatsch. Es ist nur: Ich glaube, die haben sich wirklich geliebt und es nicht hingekriegt.« Sie schniefte und sah dabei schon wieder mal so süß aus.

Bülent spürte ein Rumoren in seiner Magengegend, und es kam garantiert nicht von der Übersäuerung. »Eins ist wohl sicher: Die beiden Jungs wollten zusammen abhauen, und irgendetwas ist passiert, dass sie es nicht getan haben. Zumindest nicht zu zweit. Denn der Schorsch ist, wie wir wissen, in Strunzheim geblieben.« Astrid hatte wieder die Oberhand über ihre Gefühlswelt gewonnen und knabberte nun nachdenklich an ihren Fingernägeln herum.

»Wir müssen herausfinden, wer die zweite Person auf dem Bild ist«, sinnierte sie, dann glitt ein Lächeln über ihr Gesicht. »Und ich wüsste da ja schon, wer uns dabei helfen könnte.«

»Wer denn?« Bülent hatte keine Ahnung, wen sie meinte.

»Zwei, die Gott und die Welt in Strunzheim kennen und zudem überwachen.« Sie lachte nun über sein entsetztes Gesicht, weil der bittere Stein der Erkenntnis natürlich schon gefallen war.

»Oh, bitte nicht«, stöhnte Bülent.

»Oh, bitte doch«, äffte Astrid ihn nach. »Es gibt niemanden sonst in Strunzheim, der so viel über alles Bescheid weiß wie diese zwei wundervollen alten Damen.«

Bülent blies die Backen auf. Wundervoll, das war ja wohl mal Ansichtssache!

Bevor sie sich zurück ins heimatliche Nest machten, konnte Bülent Astrid davon überzeugen, noch eine Runde am See spazieren zu gehen. Mal ein bisschen das Hirn auspusten lassen und einfach auf vollkommen mordlos machen. Es war aber auch wirklich ein herrlicher Tag. Das Wasser glitzerte, als wäre es mit tausenden von Diamanten veredelt. Die Luft war warm und schmiegte sich zart an die Haut. Und das Beste an allem war die Tatsache, dass seltsamerweise in diesem Moment der Chiemseestrand nur Astrid und Bülent gehörte. Keine Menschenseele weit und breit. Bülent fühlte etwas, was er schon ganz lange nicht mehr wirklich gefühlt hatte. Einen Anflug von Glück. Und er gestand sich in diesem Augenblick ein, dass es wohl an der Person neben ihm liegen musste, deren tiefgrüne Augen mit der Sonne um die Wette strahlten. Nachdem sie eine Weile barfuß nebeneinander hergelaufen waren und über den Fall philosophiert hatten, peilte Astrid einen Baumstamm an, der geradewegs dazu einlud, es sich auf ihm gemütlich zu machen. Die junge Kommissarin allerdings hüpfte hinauf auf das Gehölz, presste den linken Fuß an ihren rechten Oberschenkel und streckte die Arme in die Höhe.

»Ein Baum auf einem Baum« grinste sie. »Komm, mach mit.«

Bülent war sich nicht sicher, ob sein Gleichgewichtssinn nach dem gestrigen Gelage schon so weit wiederhergestellt war, dass er ohne Gefahr für Leib und Leben Astrids Beispiel folgen konnte. Zumal er, yogisch betrachtet, steif wie ein Bügelbrett war. Andererseits war es auch ein bisschen albern, sich wie eine Diva zu zieren. Den Ruf hatte er schon im ganzen Revier weg, da konnte man auch mal souverän entgegenwirken. Er schwang sich also neben seine Assistentin auf den Stamm und versuchte es ihr gleichzutun. Der freie Fall folgte prompt, und die Schmerzen, die sich unmittelbar danach zwischen seinen Beinen ausbreiteten, waren gnadenlos. Bülent saß mit weit gespreizten Beinen auf dem Holz und überlegte sich allen Ernstes, ob man sich Hoden brechen konnte. Immerhin, die Sache mit den Enkelkindern war somit wohl für alle Zeit aus der Welt geräumt, dachte er, wäh-

rend er die Zähne zusammenbiss, um nicht gleich laut loszu-
brüllen.

»Oh Fuck, Büli!« Astrid war vom Baum gesprungen und
sah ihn zerknirscht und ein bisschen schuldbewusst an. »Gehts
einigermaßen?«

Er wartete, bis die Sternchen nicht mehr ganz so vor seinen
Augen flimmerten, dann nickte er.

»Klar«, presste er hervor. »Meine...« Er stöhnte. »Meine Eier
sind aus Stahl.« Bülent versuchte sich in einem Lächeln. »Sorry,
war wohl eine blöde Idee von mir.«

Astrid setzte sich ihm gegenüber auf den Stamm und blickte
auf den See. »So richtig viel Glück bringe ich dir in letzter Zeit
irgendwie nicht«, fuhr sie nach einer kurzen Pause niedergeschlagen fort. Sie hob einen Kieselstein auf und warf ihn mit
Schwung ins Wasser. Nur knapp verfehlte sie dabei den Kopf
einer Ente, die friedlich vorbeipaddelte und jetzt schockiert
einen raschen Abflug machte. »Schau, selbst die Tiere nehmen
schon Reißaus vor mir.« Astrid seufzte tief und sah dabei so
traurig aus, dass Bülent sich spontan danach fühlte, ihre Hand
zu greifen und festzuhalten.

»Also, mich wirst du nicht so einfach los. Da musst du dir
schon mehr einfallen lassen.« Sie ließ ihre Hand in seiner, während sie ihn ansah.

»Ich lasse mich von einem Teenager mit K.-O.-Tropfen nie-
derstrecken, mir von ihm die Waffe klauen, bringe dich dadurch
in große Schwierigkeiten und benehme mich tagelang wie ein
Scheusal. Und jetzt bin ich auch noch schuld am Verlust deiner
Manneskraft.« Sie senkte ihren Kopf. »Das ist doch alles Scheiße.
Ohne mich bist du echt besser dran.« Sie wollte aufspringen,
doch Bülent hielt sie fest.

»Keine Chance. Heute haut niemand von uns beiden ab«, bestimmte er mit fester Stimme, um dann, mit tiefem Blick in ihre Augen, fortzufahren: »Wahrscheinlich hast du Recht, wahrscheinlich lebe ich ohne dich länger, denn ich hätte sicherlich weniger Stress in der Arbeit, weil ich mich nicht ständig mit irgendwelchen Leichen rumschlagen müsste. Ich könnte wieder ganz normal eine Bratwurstsemmel essen, ohne dass jemand neben mir in Tränen ausbricht. Ganz zu schweigen davon, dass endlich dieser Räucherkerzengestank aus meinem Büro verschwunden wäre, und ich nicht ständig über deine Yogamatte stolpern würde. Wenn ich es so betrachte, klingt das alles sehr verlockend, aber …« Bülent schluckte.

Astrids Augen waren ganz dunkel geworden. Wie ein tiefer Wald. Ihr Blick haftete direkt an ihm.

»Aber, die Wahrheit ist …«

»Ja«, fragte sie leise und etwas beklommen. Jetzt war der Moment gekommen, wo er die Hosen runterlassen konnte. Natürlich nur sinnbildlich. Er dachte an Franz, er dachte an die Wette. Verdammt, er hatte doch noch gar nicht verloren. Was zum Teufel passierte da gerade mit ihm. Alle seine Grund- und Glaubenssätze Frauen betreffend verabschiedeten sich gerade ins tiefste Nirwana. Was aber, wenn er sie mit seinem Geständnis verschrecken würde? Was, wenn sie nicht dasselbe fühlte wie er? Was würde das für ihre weitere Zusammenarbeit bedeuten?

So viele Fragezeichen im Hirn und Astrid vor ihm, die ihn noch immer abwartend ansah. Er atmete tief durch. »Die Wahrheit ist, dass ich …«

Sie unterbrach ihn, indem sie einen Finger auf seine Lippen legte. »Glaubst du nicht, das könnte kompliziert werden«, flüsterte sie und rückte näher an ihn heran.

»Komplizierter als Mordfälle? Das kann nicht sein.« Er beugte sich zu ihr und schloss seine Augen. Er konnte ihren Atem schon an seinen Lippen spüren. Er war bereit für das, was nach zweieinhalb Jahren schon längst überfällig war, sachte öffnete er seine Lippen und …

Wwwwwwt. Wwwwwwt. Wwwwwwt. Es war ein Geräusch, das direkt aus der Hölle zu kommen schien. Der Teufel persönlich musste ein Mobilfunkanbieter sein, der von Gefühlstiefen so viel verstand wie eine Haferpflanze von leckerer Milch.

Astrids iPhone wimmerte tonlos, aber leider nicht lautlos in ihrer Tasche herum und brachte die Romantik binnen Sekunden zur Kapitulation. Leicht beschämt gingen sie auf Abstand, und seine Assistentin kramte ihr Handy aus der Tasche. Es war der Fröstel – wer sonst –, der Bülent mal wieder in die Parade gepfuscht hatte und jetzt Astrid offensichtlich etwas übellaunig von der Seite anmachte, weil ihm immer noch keine DNA-Proben vorlagen. Von wegen, er hätte Besseres zu tun, als auf das Zeug zu warten und sich dann für das Nichts, was geliefert wurde, auch noch vom Köhl anscheißen zu lassen. Zumindest verstand Bülent das in Bruchstücken so. Der Doktor brüllte nämlich schon leicht überhitzt ins Telefon. So hatte er ihn tatsächlich noch nie erlebt, den Weißkittel. Wahrscheinlich hatte er Ärger mit seiner Frau oder einer Geliebten oder beiden, mutmaßte Bülent. Astrid jedenfalls reagierte höchst souverän und legte einfach auf.

»Siehst du, ich hab's gewusst, dass es kompliziert wird«, seufzte sie und gab ihm ein Bussi auf die Wange. »Na komm, fahren wir nach Strunzheim und bringen das Ganze zu Ende.«

Das war jetzt freilich einfacher gesagt als getan. Nachdem Bülent ein paar Minuten gebraucht hatte, um sich vom

Baustamm zu schälen, stand er verschwitzt und breitbeinig da. Unfähig sich zu rühren. Er hatte einfach zu große Angst vor dem ersten Schritt und dem daraus zu erwartenden Schmerz. Wie symbolträchtig das doch alles wieder war.

KAPITEL 21

Heldinnen in Stützstrümpfen 2.0

Die Fahrt nach Strunzheim verlief ziemlich schweigsam. Jeder hing so seinen Gedanken nach, und Bülent war im Grunde ganz froh, dass er gerade nicht mehr sprechen musste. Der Zauber des Augenblicks war verflogen, und mit jedem Kilometer mehr, den sie sich vom Chiemseestrand entfernten, fühlte sich das, was gerade gewesen war, unwirklicher an.

Im Endeffekt ist ja auch gar nichts passiert, überlegte er und möglicherweise war das tatsächlich besser so. Zu kompliziert, da hatte Astrid schon Recht. Wahrscheinlich wollte sie ihm damit auf charmante Art sagen, dass sie kein Interesse an ihm hatte. Wäre sie sonst so schnell an ihr Handy gegangen? Womöglich passte ihr der Anruf vom Fröstel genau richtig ins Kraut hinein. So gesehen hatte sie ihn nicht offensiv abblitzen lassen müssen, sondern konnte es wie nebenbei geschehen lassen. Süß, wie sie auf seine Gefühle achtgab, auch wenn es ihm jetzt schon ein wenig in der Brust schmerzte. Er hatte wirklich gedacht, dass es ihr ähnlich ginge wie ihm, aber wahrscheinlich hatte er sich geirrt. Was ja zweifelsohne nicht verwunderlich war. Er gehörte nun einmal so überhaupt nicht zu der Fraktion der Frauenversteher. Und Franz anscheinend auch nicht. Der mit seinen dummen Hirngespinsten ihn und Astrid betreffend hatte ihn ja erst in diese Lage gebracht.

Fast packte Bülent jetzt der Grant. Hätte sein Kumpel den

Mund gehalten, wäre er nie in diese Situation geraten. Astrid und er hätten ihren Job gemacht, und er hätte keinerlei Zeit auf irgendwelche Gefühligkeit verschwendet. Und jetzt stand er da, im Grunde bis auf auf die Herzklappen vor ihr entblößt. Wahrscheinlich amüsierte sie sich insgeheim auch noch über ihn, würde mit ihren Freundinnen über ihn tratschen. Hatte sie überhaupt welche?

Da, er wusste noch nicht einmal etwas über sie. Außer das, was er tagtäglich mitbekam, und das zeigte wohl schon eindeutig, dass sie nicht zusammenpassten. Astrid stand sicherlich auf so Yogatypen, die halberleuchtet über den Boden schwebten und minütlich weltverbesserndes Zeug von sich gaben. Ganz zu schweigen von deren durchgedrahteten Körpern, wo jeder Muskel bis in die Arschbacken definiert und einzeln abrufbar war. Wie hatte er sich nur einbilden können, dass er da nur die geringste Chance bei ihr haben könnte.

Gott, bin ich ein Idiot, überlegte er sich, als sie nun das Ortsschild von Strunzheim passierten.

»Nee, bist du nicht.« Astrid grinste ihn von der Seite an.

»Wie bitte?« Bülent verstand nicht.

»Du bist kein Idiot«, wiederholte sie und grinste noch ein bisschen breiter.

Wie peinlich, er hatte laut gedacht. Hoffentlich war das das Einzige, was sie mitbekommen hatte. Er wollte lieber nicht nachfragen und musste sich auch Gott sei Dank keine weitere Konversation mehr aus den Rippen leiern, sie waren nämlich beim Geiger angekommen. Bevor Bülent allerdings aus dem Auto hekteln konnte, hatte Astrid ihre Hand auf seinem Oberschenkel platziert, so dass es ihn spontan in die Bewegungsunfähigkeit katapultierte. Schockstarre träfe es auch.

»Du solltest dir nicht so viele Gedanken machen, Büli«, sagte sie. »Eins kann ich dir nämlich versichern.« Sie machte eine kurze Pause und ließ ihre Fingerspitzen wie zufällig über seine Jeans gleiten. »Auf Yogatypen steh ich garantiert nicht mehr. Die Phase habe ich hinter mir. Also, mein Vorschlag: Wir erledigen jetzt pronto unseren Job, und danach schauen wir einfach mal, was passiert.«

Sie umarmte ihn jetzt praktisch mit ihren Augen und zweifelsohne hatte Astrid in diesem Moment ebenfalls die Hosen runtergelassen. Freilich auch nur rein sinnbildlich.

»Rambichler, was grinst denn so wie ein Wecklafresser?«, begrüßte ihn Erna wie immer maximal einfühlsam, als er nun mit Astrid im Garten vom Franz auftauchte. Der Hauptkommissar ging erst einmal gar nicht auf den zündigen Auswurf der Walderin ein. Zum einen, weil er gerade auf Wolke sieben dahinschwebte, zum anderen, weil das Bild, das sich ihm bot, schon maximal sonderbar anmutete. Erkan, Wuwu und Franz standen oberkörperfrei in einem Loch und schaufelten, was das Zeug hielt. Hannelore wühlte für ihre Verhältnisse fleißig mit, und Traudel hüpfte aufgeregt drumherum und schoss Fotos. Dabei ging es ihr garantiert nicht um die Dokumentation der Baumaßnahmen. Erna wiederum kommentierte von der Hollywoodschaukel aus das ganze Geschehen. Maria kam auf Astrid und Bülent zu und begrüßte sie freudig, dann aber musterte sie ihren Sohn besorgt.

»Bub, ist alles gut mit dir, du schaust so seltsam drein.« Sie fühlte seine Stirn. »Also Fieber hast keins. Hast schon was gegessen? Wir hätten noch ein paar Leberkäsesemmeln da. Magst eine?«

Bülent schüttelte den Kopf.

»Danke, Mama, aber ich hab noch keinen Hunger.«

Maria zuckte mit den Achseln und wandte sich Astrid zu.

»Weils auch immer so saufen müssen die Männer, gell? Am besten, er buddelt mit, dann kann er des Gift rausschwitzen.«

Astrid grinste. »Ich glaube, ihm geht etwas ganz anderes im Magen rum.« Sie zwinkerte ihm zu.

Maria sah verwirrt von einem zum anderen. Bülent entschied sich für einen rasanten Themenwechsel.

»Was wird denn das hier eigentlich, wenn es fertig ist?« Maria lächelte selig. »Wir legen einen Gartenteich an. Des wird das neue Zuhause von der Helene. Der Franz hat sie bei uns daheim aus der Badwanner g'holt, weils doch schon arg blass war um die Nasen rum. Er hat sie hier herbracht, weil sie bei ihm leben derf. Auf ein Weib mehr oder weniger kommts etz auch nicht mehr an, hat er g'sagt. Er ist halt schon so ein guter Kerl, der Geiger. Und stell dir vor«, sie bedachte Erkan mit einem liebevollen Blick, »der Papa hat ihr sogar mit der Erlaubnis vom Wuwu noch einen Koi aus dem Gmeinwieser seinem Teich zogen, damit sie nicht so alleine ist. Kannst dir das vorstellen?«

Konnte Bülent sich natürlich. Sein Vater, der alte Fuchs, wusste eben doch, wie man Frauenherzen eroberte. Immerhin hatte er Helene am Leben gelassen und sie nicht, wie er am Morgen noch vermutet hatte, eingeschweißt in der Gefriertruhe verschwinden lassen.

Astrid war natürlich ganz klar jetzt überglücklich und sprang wie ein Hasi in die Grube, um jedem einzelnen der Männer ein dickes Dankesbussi auf die schweißnasse Wange zu drücken. Selbst Hannelore bekam eins ab. Bülent tat so, als würde ihn das alles nicht tangieren. Allerdings war das gar nicht so einfach. Der

Geiger, der Hund, grub sich nämlich jetzt schon arg nah an seine Assistentin ran und forderte zu allem Überfluss noch einen weiteren Knutscher ein.

»Dampfer, verbrenn dir fei ned die Finger an der Astrid. Ich denk, da kommst jemandem in die Quer. Schau dir nur dein Freund an, der schnauft ja schon wie ein wilder Stier. Eifersüchtig ist er, des siehg i scho. Stimmts oder hab ich Recht, Rambichler?« Erna meckerte amüsiert los, und alle Augenpaare hingen ad hoc an Bülent.

Wunderbar, diese alte Schachtel schaffte es doch immer wieder, ihn in kompromittierende Situationen zu bringen.

»Bub, sag bloß, ihr zwei seid …« Maria drückte es vor Rührung das Pipi in die Augen. »Geh her Schwiegertochter, lass dich drücken!«

Erkan nahm spontan die völlig überrumpelte Astrid in seine dreckigen Arme, und Traudl trällerte sofort das Ave-Maria rauf und runter. Und zwar so falsch, dass es einem ganz anders wurde.

Und Franz und Wuwu, die grinsten bloß wie zwei Deppen blöd daher.

»Walderi, manchmal könnt ich dich erwürgen«, zischte Bülent der Alten auf der Hollywoodschaukel zu, während Maria an seiner Brust klebte und sich bereits in Hochzeitsvorbereitungen erging. Erna grinste diabolisch. »Ich sag nur, was ich seh, Rambichler. Bist ja selber schuld. Wärst allerweil a weng freundlicher zu mir gewesen, dann wär ich des auch zu dir. Und jetzt geh mir aus der Sonne«. Die Seniorin schloss demonstrativ ihre Augen und drückte ihre Nase gen brennenden Planeten.

»Ist doch ned so schlimm, Bub, die Wahrheit derf man doch sagen. Vor allem wenn sie so schön ist«, sagte Maria und seufzte wohlig. »Dass ich des noch derleben darf.«

Bülent stöhnte ungeduldig. »Mama, können mir mal kurz über etwas anderes sprechen. Ich bin immer noch zwecks einer Mordermittlung hier.« Er zog das Foto mit dem jungen Bubblers Schorsch samt Freund aus der Tasche und hielt es seiner Mutter hin. »Schau dir das mal an. Kennst du die zwei da auf dem Bild?«

Maria betrachtete nachdenklich den Abzug. »Ja, also der eine, des ist garantiert der Gmeinwieser Schorsch, des sieht man ganz klar an seiner Visage, aber der andere, hm.« Nachdenklich kratzte sich Maria an der Nase. »Also, ich mein, ich hätte den schon mal gesehen, aber ich kann dir etz auf die Schnelle ned sagen, wer des ist.« Maria betrachtete das Foto noch einmal ausgiebig. »Allmächd!« Sie schlug die Hand vor den Mund. »Des schaut ja fast so aus, als wären die zwei zam.«

Bülent klopfte ihr sanft auf den Rücken. »Ganz warm Mama, ganz warm.«

Er ließ eine vollkommen perplexe und vor allem verschämte Mutter zurück und sprang in die Grube, aus der mittlerweile verdächtige Dampfwolken in den nachmittäglichen Himmel stiegen. Franz, Wuwu, Erkan und Traudl saßen im Kreis und ließen, wie nicht anders zu erwarten war, einen Dübel kreisen. Astrid hatte es sich etwas abseits mit Hannelore gemütlich gemacht und kraulte der Sau den Bauch. Sie hob den Kopf, als sie seinen Blick spürte, und lächelte.

Wow, am liebsten hätte er sie jetzt an der Hand genommen und wäre mit ihr irgendwohin, nur raus aus diesem Irrsinn. Aber sie mussten ja unbedingt einen Mörder finden. Seufzend quetschte er sich neben Franz auf den Boden, der ihm sofort den Joint reichte.

»Da, Rambichler, des beruhigt.« Er zwinkerte ihm zu. Bülent

reiche das glimmende Stück, ohne daran zu ziehen, an Traudl weiter. Die hing freilich sofort dran wie am Tropf. Er legte das Foto in die Mitte.

»Kennt einer von euch den Jungen neben dem Schorsch?« Acht Augenpaare stierten darauf und sogen das, was sie sahen, bis in die Tiefen ihres Gehirns ein.

Wuwu schüttelte den Kopf »Also, ich bin raus. Des war ja schon lang vor meiner Zeit.«

Franz' Augen leuchteten. »Ist des am End der Mr X.? Hab ich also Recht gehabt?« Bülent zuckte mit den Achseln. »Dafür müssten wir erst einmal wissen, wer das ist. Aber ja, theoretisch könnte das unser Mörder sein.«

Franz freute sich nach dieser Ansage wie ein Schnitzel, allerdings hatte er ebenfalls absolut keine Ahnung, wer der Mensch da auf dem Bild war, und auch Erkan, den es natürlich arg wurmte, dass er nicht den alles entscheidenden Hinweis geben konnte, musste passen.

»Und Traudl, kennst du ihn?«, fragte Bülent, die Jüngere der Walder-Zwillinge, die stumm dahockte und wie paralysiert auf das Foto glotzte. Der Hauptkommissar hatte die Hoffnung auf eine brauchbare Antwort schon aufgegeben, da hob Traudl langsam wie eine Schildkröte ihren Kopf und bretterte in einem ebenso rasant zähen Tempo ihre Antwort heraus.

»Ich weiß, wer des is. Des is ganz klar der …« In diesem Moment sprang Erna so dermaßen rasant in die Grube hinein, dass ihr Oberschenkelhals nur so schepperte und ihre Schwester vor Schreck einen Satz nach hinten machte.

»Du sagst nix weiter, Traudl.« Sie nahm das Bild an sich und nickte wissend.

»Ganz klar. Ich weiß auch, wer des is«, gab sie gelassen von sich und reichte Bülent das Foto zurück. »Siehst du, ich habe dir doch gesagt, dass die beiden die besten Informanten in Strunzheim sind, die wir kriegen können«, lachte Astrid. »Na, bis dato haben sie ja noch nicht viel rausgelassen«, schnaubte Bülent. »Also wer ist das jetzt?«

Traudl öffnete den Mund, schloss ihn aber sofort wieder, als sie den mahnenden Blick ihres älteren Zwillings sah.

»Etz lasst es halt schon raus«, kam Franz unterstützend zu Hilfe. Alle sahen die Walders abwartend an. Mal abgesehen von Maria, die es sich in der Hollywoodschaukel bequem gemacht hatte, waldersche Kekse knabberte und eifrig das Hochzeitsmenü plante.

»Erst mal will ich wissen, wie viel dem Rambichler der Name wert ist. Umsonst gibts nämlich nix auf derer Welt. Am End bringt uns des ganze Geplauder noch in Gefahr, und dann schaun wir recht dumm aus der Wäsch«, erklärte Erna allen Ernstes, und Traudl nickte ganz klar wie immer zustimmend wie ein Wackeldackel hinterher.

»Da hat sie schon Recht die Erna« sinnierte die Eineiige leicht entrückt. »Mir sind ja etz praktisch solchderne Kronkorken, und da müssen mir ja in so ein Schutzprogramm nei.«

Zu viele Krimis und zu viel Gras, eine fatale Mischung, wie Bülent fand. »Ich verspreche euch, dass nix passieren wird. Dafür sorg ich.« Er musste sich arg zusammenreißen, um freundlich zu bleiben.

»Ich hab vor nix Angst«, keifte Erna. »Ich will nur des, was mir zusteht, und ohne uns bist faktisch aufg'schmiss'n, Rambichler. Also, was zahlst?« Erna verschränkte die Arme vor ihrer Brust und bleckte demonstrativ ihre Dritten.

»Ich kann euch auch wegen Behinderung der Ermittlungsarbeit einsperren lassen. Das wäre mir der Spaß dann tatsächlich wert.« Bülent knurrte mehr, als dass er sprach, und sofort hagelte es von allen Seiten Proteste.

»Mensch, Bülent, des mit der Diplomatie müssen mir aber auch noch lernen«, stichelte Franz. »Da hat er Recht, der Geiger. Sohn, da musst etz schon ein wenig Fingerspitzengefühl beweisen. Du kannst doch ned einfach jeden wegsperren, bloß weils a weng schwierig wird. Da muss man doch erst einmal miteinander reden«, trat nun auch Erkan ganz staatsmännisch auf den Plan. Und Wuwu, der war so dermaßen tiefenentsetzt über die Bülent-Ansage, dass er sich doch glatt zum Austausch für die Zwillinge Handschellen anlegen lassen würde. Alte Damen im Knast, das ging mit seinem afrikanischen Kriegerherz einfach nicht zusammen.

Astrid hatte sich neben Bülent geschoben und zog ihn nun sanft ein Stück weg von der Gruppe. »Du, vielleicht können wir ja wirklich was für die beiden tun.« Er glaubte, sich verhört zu haben.

»Du willst auf diesen Erpressungsversuch eingehen?« Astrid verdrehte die Augen.

»Nein, ich will nur etwas wiedergutmachen, was wir vor einem Jahr verbockt haben«, antwortete sie und lächelte dabei die beiden Walders gewinnend an, die ihrerseits höchst misstrauisch zurückschauten, bzw. Traudl natürlich auch mit leichter Panik im Blick.

Bülent ahnte, worauf seine Assistentin hinauswollte, und alles in ihm sträubte sich dagegen. Im letzten Jahr hatte er den froschgrünen Opel Kadett C Jahrgang 1973 von den Walders zu Recht konfisziert, und den sollte er jetzt wieder rausgeben. Einfach so. Nie im Leben.

»Das geht doch nicht. Das wäre absolut gegen die Vorschriften, und wir würden faktisch eine Straftat dulden. Mal ganz davon abgesehen, dass die beiden mich dann überhaupt nicht mehr ernst nehmen würden«, erwiderte er daher.

»Na komm, das tun sie doch jetzt schon nicht. Außerdem, wenn es nach dem ginge, müssten wir hier sofort diese ganze Plantage schließen und den Wuwu zudem den Behörden übergeben«, entgegnete Astrid trocken und hatte ganz klar Recht damit.

»Büli, ich für meinen Teil will einfach, dass dieser Fall endlich vom Tisch ist.« Sie nahm kurz seine Hand in ihre. »Und du weißt, warum.« Fump. Sein Herz war mal direkt in seine Leisten geschossen. Dieses Argument war einfach nicht zu widerlegen. Er wandte sich den Zwillingen zu. »Also gut«, gab er nach. »Sobald dieser Fall abgeschlossen ist, bekommt ihr euer Auto wieder. Allerdings nur für Fahrten innerhalb des Dorfes und solang keiner auf der Straße ist. Klar!?« Antwort bekam er keine mehr. Die Menge jubelte einfach nur noch. Franz, weil er endlich wieder Alleinherrscher über seine Flunzn war. Erna, weil sie einen eindeutigen Kontersieg gegen den Rambichler eingefahren hatte. Wuwu, weil er nicht ins Gefängnis musste, und Erkan, weil sein Weibi wieder das seinige war und weil er natürlich auch ein bisschen stolz war auf seinen Sohn. Aber das musste man ja nicht laut sagen. Denn nix g'sagt ist ja prinzipiell genug gelobt. Und Traudl, die war einfach nur high.

»Also, wer ist das nun auf dem Foto?«, brachte Bülent sie alle zurück aufs Wesentliche. »Traudl!«

Erna stupste ihre Schwester liebevoll an. »Wenn du magst, derfst du es dem Rambichler verraten.« Kaum hat sie, was sie will, wird sie zahm, dachte Bülent noch, als die Worte anfingen, aus Traudl ohne Punkt und Komma herauszuknallen. Geschweige denn, dass sie zwischendrin einmal Luft holte.

»Des da neben dem Schorsch ist eindeutig der Stopfheimer Michi. Also, Michael. Dem seine Eltern haben bis Ende der Achtziger den Spickerstand auf unserer Kärwa g'habt. Aber eines Tages warens dann einfach verschwunden und sind nie wieder aufgetaucht. Dabei war dem Stopfheimer Michael sei Opa schon allerweil mit seinem Stand bei uns in Strunzheim. Des war quasi eine Institution. Man munkelt, dass dem Bubblers Schorsch sein Vadder, also der Senior, sei Griffel da mit im Spiel g'habt hat und die Stopfheimers aus unserem Dorf regelrecht vertrieben hat. Er war ja damals unser Zweiter Bürgermeister. Jedenfalls muss der sich mit dem Michi seinem Erzeuger in die Haar kriegt haben, und seitdem hat man die ganze Familie bei uns und im ganzen Landkreis nimmer gesehen.« Die letzten Worte keuchte Traudl nur noch so heraus. Das Luftvorkommen in ihrer Lunge war definitiv bis zum letzten Sprutz aufgebraucht.

»Ja, da wo der Schorsch-Senior amal drauf g'schlagen hat, ist selten noch ein Gras nachgewachsen, und der alte Stopfheimer war auch ned viel besser g'wesn. Ein recht ein grobschlächiger Grantler war des. Aber ich mein, der ist auch schon lang tot«, vervollständigte Erna zufrieden den Bericht ihrer Schwester.

Erkan nickte aufgeregt. »Mein Weibi und ich, mir haben früher auch immer bei die Stopfheimers g'spickert. Den seine Pfeile waren nämlich aus Metall und allerweil recht spitz. Da hat man immer was troffen. Des war ned so ein Plastikglump wie heutzutage. Heuer war er übrigens wieder da, der Stopfheimer-Standl. Allerdings hat er nie offen g'habt. Frag mich, wie man so sein Geld verdienen will.« Während Rambichler senior noch vor sich hin brummelte, verfielen alle anderen in helle Aufregung.

»Allmächd, mit einem Pfeil wurd am Bubbler-Schorsch seinem Arsch rumkratzt, freilich.« Erna sprach wie immer völlig befreit aus, was andere vielleicht etwas dezenter formuliert hätten.

Bülent musste ihr Recht geben.

»Da müsst's euch etz aber beeilen«, warf Franz ein. »Gestern war der letzte Kärwatag, und normalerweise hauen alle Aussteller ganz schnell wieder ab zum nächsten Festplatz.«

Astrid und Bülent sahen sich an, dann sprinteten sie gemeinsam los.

»Mei, die zwei erinnern mich an Jennifer und Jonathan Heart, die haben sich auch immer ohne Worte verstanden«, schwadronierte Traudl daher, während sie jetzt gleich ein wenig näher an Franz heranrutschte.

»Wer?«, kam es synchron aus den Mündern von Erna, Erkan, Franz und Wuwu.

»Na, die zwei von ›Hart, aber herzlich‹, der Sendung von früher. Wissts schon dieses Ehepaar, was allerweil hinter die Verbrecher her war.« Erna zog entnervt die Brauen hoch. »Allmächd, Traudl, des is etz aber auch schon vierzig Jahr her, wo des im Fernseher g'laufen ist. Damals waren mir ja selber noch U 50.«

Traudl verzog traurig das Gesicht. »Ja, des waren noch Zeiten.« Sie wandte sich Franz zu. »Aber bis auf mei Hüften bin ich schon noch ganz gut in Schuss, gell, Franzerl.« Der Angesprochene lächelte gequält.

»Freilich, Traudl. Nur...« In diesem Moment setze Glockengeläut ein, welches von der nahen Kirche direkt in den geigerischen Garten rüberjuchzte. Erna wurde schlagartig nervös.

»Herrgott, die Messe für den Schorsch, die hätt ich ja in der ganzen Aufregung fast vergessen. Und etz läuts schon zam.

Kumm, Traudl, eis die los vom Dampfer, damit mir vorn noch einen Platz kriegen. Des Spektakel lass ich mir garantiert ned entgehen.« Sie wetzte los.

Traudl zögerte einen Moment, aber dann siegte auch ihre Neugier. »Bis später, Darling«, hauchte sie dem Franz noch hin, der daraufhin schlagartig seit Langem wieder an ein kühles Bier dachte, welches seine Synapsen freispülte und schnell alles vergessen ließ. Aber er blieb natürlich standhaft.

»Warts, ich geh mit«, rief Wuwu, der schwer darauf hoffte baldmöglichst wieder in Franziskas Armen zu liegen.

Erkan und Franz, die beide nichts mit Gotteshäusern und deren Insassen am Hut hatten, blieben zurück und entschieden sich dafür, bei einer großen Portion Stadtwurst mit Musik und einem deftigen Bauernbrot dazu in den Feierabend zu rauschen.

Berauscht vom übermäßigen Keksgenuss war allerdings erst einmal nur eine, und zwar Maria. Sie lag windschief schaukelnd in der Hollywood und kicherte vor sich hin. Als sie die beiden Männer auf sich zukommen sah, grinste sie noch breiter.

»Wo is denn mein Bubi? Ich weiß etz nämlich, wer der Kerl auf dem Foto ist.« Sie schubste sich erneut an und jagte so dermaßen hin und her, dass es einem beim bloßen Zusehen schon schlecht werden konnte. »Des ist der Stopfheimer Michi, da bin ich mir hundertprozentig sicher. Ich hab ihn erst gestern im Dorfladen troffen. Groß ist der geworden und so ein netter ... uierla.« Maria machte doch jetzt glatt einen Abflug und plumpste dem entsetzten Erkan direkt vor die Füße. Dort blieb sie liegen und lachte laut über sich selbst, aber vor allem auch über das dumme G'schau ihres Mannes, dem es jetzt schon ein wenig die Lätschn verzogen hatte, bei dem ungewohnten Höhenflug seiner Frau.

KAPITEL 22

Kalp kalbe karşıdır[22]

Mit Vollgas peitschte Bülent durch die Dreißigerzonen des Dorfes, und so manches Viehzeug musste schon arg hastig den Schwanz einziehen, um nicht von ihm vom Asphalt geschossen zu werden. In Ermangelung eines Blaulichtes hatte sich Astrid breitschlagen lassen, mittels lautem Gebrüll aus dem Schiebedach heraus alles, was kreuchte und fleuchte, von der Straße zu jagen. Und das war diesmal einiges, was da am späten Nachmittag so entlanghatschte. Das halbe Dorf hatte sich anscheinend aufgemacht, um in den Gottesdienst zu eilen, den Franziska Gmeinwieser für ihren Schorsch abhalten ließ. Sei es aus Sensationsgier oder wahrer Nächstenliebe, die Grenzen waren da wohl allerweil eher fließend.

»Hoffentlich kommen wir nicht zu spät«, krächzte Astrid, deren motivierter Einsatz als Sirene sich jetzt schon stimmlich schwer bemerkbar machte. Immerhin hatte es sich gelohnt, dass ihre Stimmbänder in Fetzen lagen – kein Strunzheimer kam durch die kriminalistische Vollgasaktion zu schaden. Natürlich wurden die Ermittler wegen ihres rüpelhaften Fahrverhaltens schwer beschimpft, und manch eine Oma drohte ihnen gar mit dem Gehstock, aber damit konnte man leben. Als sie endlich in die Straße zum Festplatz einbogen, atmeten Bülent und Astrid unisono auf.

22 Zwei Dumme, ein Gedanke.

Der Spickerstand vom Stopfheimer stand nämlich noch immer auf seinem Platz. Dahinter stand ein alter Wohnwagen, neben dem ein noch älterer Benz parkte. Ansonsten war die Festwiese wie leergefegt, und sämtliche glückselige Energie war wohl mit dem Abbau des Zeltes vorerst im ewigen Nirwana verpufft.

»Da hat es sich aber mal einer gemütlich gemacht«, meinte Astrid, als Bülent den Wagen in einigem Abstand vom Stopfheimer seinem heimatlichen Ensemble zum Stillstand brachte. »Sogar einen Gartenzaun mit Blumenkästen daran hat der sich hingestellt. Und ich glaub's nicht, der hat sogar einen Gartenzwerg.« Fasziniert musterte Astrid aus dem Auto heraus die mobile Heimatlichkeit.

»Es sieht nicht so aus, als wäre der Vogel bereits ausgeflogen«, erwiderte Bülent. Astrid nickte zustimmend. »Was meinst du, Chef, sollen wir Verstärkung rufen?« Bülent schürzte nachdenklich die Lippen, dann schüttelte er den Kopf.

»Nein, besser nicht. Deine Dienstwaffe ist immer noch irgendwo, und bis wir die nicht haben, müssen wir die Dinge erst mal alleine regeln. Sonst wissen einfach zu viele Menschen davon.« Er beäugte sie kritisch. »Oder hast du Angst?«

Ihre Augen blitzten wild und entschlossen. »Wenn dann nur um dich.«

Er grinste. »Na, das ist ja schon mal was.« Er legte seine Hand an den Türöffner. »Na, komm, jetzt laden wir uns beim Herrn Stopfheimer zum Abendessen ein.«

Sie verließen zeitgleich den Wagen und schlenderten möglichst unauffällig immer näher an den Wohnwagen heran. Wer es nicht wusste, der konnte sie für ein Pärchen halten, das sich für einen kurzen Abendspaziergang noch einmal aus den gemütlichen Terrassenstühlen gewuchtet und den süffigen Aperol Sprizz auf später verschoben hatte. Man konnte glatt vergessen, dass sie im Einsatz waren und kurz davorstanden, einen Mörder festzunehmen. Also, wenn er es denn dann auch wirklich war, der Stopfheimer Michi. Bülent hoffte es wirklich von ganzem Herzen. Denn ein erneuter falscher Verdacht bedeutete nicht nur alles auf Anfang, sondern garantiert auch einen Megaanschiss vom Chef. Zwar hatte er sich diesbezüglich schon ein dickes Fell zugelegt – kam ja schon in regelmäßigen Abständen vor, dass ihm die Laune vom Köhl um die Ohren flog –, aber ein bisschen polizeiliches Ehrgefühl hatte er trotz alledem noch im Blut. Sprich, so ganz resistent gegen jobinterne Erfolgserlebnisse war er dann doch nicht. Gerade empfand er seinen Beruf tatsächlich fast schon spannend und nicht wie sonst eher nervtötend.

»Schon besser als hinter deinem Schreibtisch, oder?«, wisperte Astrid ihm unvermittelt in seine Gedanken hinein. Als ob sie wieder darin gelesen hätte.

»Hmmm«, brummte Bülent widerwillig und erntete dafür ein selbstzufriedenes Lächeln. Mittlerweile waren sie bis auf wenige Meter an das Zuhause vom Michi heranspaziert. Bevor Bülent überhaupt dazu kam, das weitere Vorgehen mit seiner Assistentin zu besprechen, lief diese schon schnurstracks auf die Eingangstür des Wohnwagens zu und klopfte wild darauf ein.

»Hallo, Herr Stopfheimer, Polizei, bitte öffnen Sie die Tür.«

Na bravo, als ob ein Gewaltverbrecher einem so mir nichts dir nicht Haus und Hof öffnete. Reflexartig zog Bülent den Kopf ein. Wer konnte schon wissen, was da für ein Psychopath hinter dem Aluminium lauerte. Allein der verzierte Arsch vom Bubblers Schorsch bewies eindeutig, dass da so einiges verquerlaufen musste im täterischen Oberstübchen. Astrid klebte mittlerweile mit ihrer Nase an der tatsächlich geputzten Fensterscheibe.

»Du, ich glaube, der ist nicht da«, tönte sie gegen das Glas. »Ich versuch mal reinzukommen.« Bevor Bülent sie noch aufhalten konnte, sprintete Astrid erneut zur Tür und öffnete sie ohne Probleme. Sie machte ein fröhliches Daumen-hoch-Zeichen und verschwand im Inneren des Wohnklos.

»Alter Schwede. Komm mal, das musst du dir ansehen!« Da Astrid eher überrascht als verängstigt klang, konnte Bülent es wohl wagen, seinen Beobachtungsposten zu verlassen. Er zog sicherheitshalber seine Waffe aus dem Holster und schwang sich auf alle viere. Wie ein Indianer krabbelte er vorbei an dem Gartenzwerg, der, wie er nun erkennen konnte, keine Hose anhatte, hin zum Camper.

»Wo bleibst du?« Astrid, die im Türrahmen aufgetaucht war, blieben die Worte im Halse stecken, als sie Bülent angestrengt durch den Dreck wetzen sah. Ungläubig beobachtete sie ihn dabei, wie er immer näher an sie heranrobbte und ihr schließlich zu Füßen lag.

»Davon hab ich ja schon immer geträumt«, bemerkte sie trocken. Bülent rappelte sich hoch und klopfte sich den Staub von den Klamotten.

»Ich wollte nicht in die Schusslinie geraten. Die bei der GSG 9 machen das auch immer so. Bin halt ein echter Profi und stürm nicht gleich ohne Sinn und Verstand in die Gefahrenzone«, frotzelte er beleidigt zurück.

»Aber es ist doch gar keiner da, Hase. Oder hast du am Ende Angst?« In ihren Augen blitzte der Schalk, und Bülent bekam gleich mal rote Ohren.

»Nein! Nur um dich«, erwiderte er nun seinerseits betont

cool. »Na dann, komm mit rein. Ich schwör dir, du wirst Augen machen.« In Erwartung eines gelebten Wohnalptraumes betrat Bülent eher lustlos den Wagen. Doch seine schlimmsten Befürchtungen lösten sich mit dem ersten Wimpernschlag in Luft und Wohlgefallen auf. Wer hier residierte, der wusste, wie man auch aus dem kleinsten Raum den maximalen Wohnkomfort herausholte. Außen pfui, innen aber sowas von hui. Der Stopfheimer hatte nicht nur einen exquisiten Geschmack, sondern auch das Talent ihn umzusetzen. Nichts erinnerte an das gewöhnungsbedürftige, praktische Resopalinterieur einer Campingplatzbehausung. Industrial Style war hier von den Lampen bis zur Einrichtung Programm. Allein der geölte Holzboden aus alten Schiffsplanken war ein wahrer Augenschmaus. Und dann noch diese Ordnung. Bülent drehte sich entzückt im Kreis. Dabei fiel sein Blick auf zahlreiche Fotos in Postkartengröße, die nebeneinander, in chronologischer Reihenfolge an der Wand befestigt waren. Sie zeigten allesamt das gleiche Motiv: Schorsch und Michi glücklich strahlend und zusammen. Zwar über die Jahre hinweg gealtert, aber offensichtlich verliebt wie eh und je.

»Der sieht aber ziemlich gut aus, dieser Michi«, bemerkte Astrid. Sie nahm das letzte Bild von der Wand und drehte es um, *Berlin 2018* war auf der Rückseite zu lesen. »Die haben sich die ganze Zeit getroffen. Über 30 Jahre lang.«

Bülent konnte es nicht fassen.

»Voll süß, oder?« Astrid schmachtete glatt ein wenig daher, bei so viel Liebe in the Air.

»Aber wo ist denn das Motiv für einen Mord? Man sieht doch eindeutig, dass die beiden sehr glücklich sind.« Bülent starrte auf die Fotos und konnte sich auf nichts mehr einen Reim machen.

»Vielleicht hat ja irgendetwas oder irgendwer dieses fragile

Liebeskonstrukt ordentlich ins Wanken gebracht«, mutmaßte Astrid, und ihm war sofort klar, an wen sie da im Speziellen dachte.

»Ja, das könnte schon sein, dass ihnen unser Ministrauß gehörig in die Quere gekommen ist«, sinnierte Bülent, während Astrid nun wie von einem siebten Sinn geleitet den Kühlschrank öffnete. Darin befand sich neben einer bereits offenen und halbleeren Flasche Schampus auch das komplette Ferrero Kindersortiment. Sie pfiff durch die Zähne.

»Schau dir das an. Entweder der Stopfheimer hat denselben rabiaten Geschmack wie Schorsch-Edmund oder aber ...« Sie sah Bülent an. »Der Bub ist hier irgendwo in der Nähe.« Astrid nickte, dann nahm sie die Champagnerflasche aus dem Kühlschrank und betrachtete nachdenklich das auffällige Etikett. »Das ist dieselbe Marke wie bei den Gmeinwiesers im Keller«, erklärte sie Bülent dann nach einem kurzen Augenblick des Grübelns. »Das kann alles kein Zufall sein. Der Schorsch und sein Sohn müssen hier gewesen sein.« Sie machte ein ernstes Gesicht. »Ich hoffe, wir kommen nicht zu spät.«

Bülent stöhnte. Allein der Gedanke daran, dass er Franziska am Ende noch die Nachricht vom Tod ihres Sohnes überbringen musste, trieb ihm den Schweiß auf die Stirn. Derartige Mitteilungen waren prinzipiell nie seins gewesen, aber bei der wuchtigen Tegernseerin wusste man schon gar nicht, mit was für einer Reaktion man rechnen musste. Da konnte von hysterisch zornig bis zur Ohnmacht alles dabei sein. Er schob schnell ein beschleunigtes Stoßgebet zum Himmel, dass alles halbwegs glimpflich ausgehen möge. Allerdings sorgte Astrid gerade schon wieder dafür, dass ihm das Herz in die Hose rutschte. Von wegen keine Alleingänge mehr. Man konnte Sunshinchen wirklich keine Sekunde aus den Augen lassen. Wieselflink näherte sie sich dem verammelten Spickerstand und hatte dabei eine Waffe im Anschlag. Nämlich seine, die er vorhin achtlos auf das Bett vom Michi geworfen hatte. Mir sind schon zwei Top-Kriminaler, dachte er, vor Ironie triefend, und begab sich dann ebenfalls hurtig ins Freie. Er erreichte Astrid just in dem Augenblick, wo sie gerade dazu ansetzte, das Vorhängeschloss, mit dem die Bude gesichert war, aufzuschießen. Bülent packte sie am Arm.

»Stopp, nimm halt den!« Er hielt einen Schlüssel hoch, den er beim Verlassen des Wohnwagens an einem Brettchen neben der Tür hatte hängen sehen. Wo Spickerbude draufstand, konnte man hoffentlich davon ausgehen, dass man auch in eine Spickerbude reinkam. Freilich zog Astrid einen enttäuschten Flunsch.

»Alter Spielverderber«, nölte sie und nahm ihm den Schlüssel aus der Hand. Er passte. Na immerhin, das erste wirkliche Erfolgserlebnis an diesem Tag. Als sie den Holzverschlag öffnete, kam ihnen ein Schwall schlechte Luft entgegen. Es roch nach Jugendschweiß und Altherrenfurz.

»Bäh«, entfuhr es Bülent. Es würgte ihn. »Du bist mir echt so ein Mimöschen.« Astrid grinste und betrat vor ihm den kleinen Raum. In dessen Innerem bot sich den Ermittlern ein Bild des Jammers. Also wäre man etwas schadenfreudig veranlagt, könnte man fast schon sagen: recht geschehen. Schorsch-Edmund saß gefesselt und mit einer alten Socke geknebelt in einem Sessel und hatte riesige Hello Kitty-Bluetooth-Kopfhörer auf seinen speckigen Ohrwatscheln hängen. Direkt vor seiner rausg'fressenen Visage war ein großzolliger Flachbildfernseher aufgebaut, auf dem die 233ste Folge von »Dahoam is Dahoam« dahinflimmerte. Da hatte wahrlich jemand ein Händchen für schmerzhafte Qualen. Allein der gepeinigte Gesichtsausdruck vom Gmeinwieser-Spross war zum Schießen. Spaß schien er jedenfalls hier drin keinen gehabt zu haben, allerdings recht schlecht und unterernährt sah er auch nicht aus. Nur stinken tat er halt ein bisschen. Der Stopfheimer schien also im Rahmen seiner Möglichkeiten gut für ihn gesorgt zu haben. Mal abgesehen davon, dass die Ernährung wohl etwas einseitig milchschnittenorientiert war, wie die zahlreichen leeren Packungen, die um den Schorsch-Edmund verteilt auf dem Boden lagen, eindeutig bewiesen. Aber irgendwo musste man schließlich auch als Entführer Abstriche machen. Bülent jagte dieser skurrile Anblick jetzt schon einen fetten Grinser ins Gesicht, und er musste sich kurz abwenden, um nicht direkt in den Gmeinwieser sein Gesicht hineinzujuchzen.

Auch um Astrids Mundwinkel zuckte es verdächtig amüsiert. Aber sie hatte sich selbstverständlich weit mehr unter Kontrolle als er. Sie ging auf Schorsch-Edmund zu und nahm ihm vorsichtig den Strumpf aus seinem Mund. Der spuckte sofort Gift und Galle.

»Pfui Teifi, war des ekelhaft. Die Socken von dem war ned moi gewaschen«, schimpfte er viel zu laut, weil er immer noch die Kopfhörer auf dem wuchtigen Schädel hatte und ihm wohl gerade die Therese aus Lansing ins Ohr plärrte. Mehrmals fuhr er sich hektisch mit seiner schmuddeligen Handinnenfläche über seine Zunge. Bülent wusste spontan nicht, was er grausliger fand. Den angekästen Strumpf vom Stopfheimer oder dem Gmeinwieser sein widerliches Gehabe.

»I hob ja scho dachd, ihr findet mi nie. Dabei is des jo wirklich koa wahnsinnig guads Vasteck«, schrie der Schratz jetzt wieder daher, dass Astrid ihm schnell die Hörer von den den Muscheln riss. Bülent war froh, dass er bis dato noch keinen sympathischen und noch weniger einen besorgten Gedanken an diesen verzogenen Kerl verschwendet hatte. Am liebsten hätte er den Knaben übers Knie gelegt oder besser noch wieder eingeknebelt und dagelassen. »Konn i eigentli geh? I hob nämlich Hunga und seid Tagen nix G'scheids mehr gessen.«

Als ob's ein Schaden wäre. Sunshinchens Unterkiefer begann nach dieser Ansage jedenfalls auffällig zu malmen.

»Du bleibst jetzt erst mal hier und erzählst uns bis ins kleinste Detail, was passiert ist. Und wenn möglich, fängst du genau da an, wo du mir die K.-O.-Tropfen verpasst hast«, sagte Astrid so dermaßen ruhig, dass man die Gefahr in ihren Worten direkt wittern konnte. Der Depp vor ihnen freilich nicht.

»Gell, des mit dene Tropfn, des war a pfundige Idee. Hod supa funktioniad.« Bülent duckte sich in Erwartung eines femininen Echos gleich mal ein wenig weg. Aber seine Kollegin hatte sich tatsächlich gut im Griff. Zwar würde das Ohr vom Schorsch-Edmund noch eine Weile schmerzhaft wummern und im Dunkeln leuchten, aber sonst konnte man nichts sagen. Die Gelassenheit in Person war sie. Bewundernswert.

»Du host mia wehdan. Des darfst du gar ned«, wimmerte das verzogene Bürschchen jetzt gar nicht mehr so souverän daher.

»Hab ich das? Entschuldigung, war nur ein Versehen.« Sie wandte sich Bülent zu. »Das haben Sie doch auch so gesehen, Herr Hauptkommissar, oder?« Bülent nickte. »Eh klar, nur ein Versehen.« Der Junge blickte verstört von einem zum anderen. Dann wurde sein Blick finster. »Is jo klar, dass Sie Ihre Chefin deckn«, frotzelte er. Bülent verstand erst nicht, doch dann erinnerte er sich an die kleine Notlüge zwecks seines Vaters und der Befangenheit. Die war aber ja jetzt nicht mehr nötig.

»Ich bin der leitende Ermittler und Frau Weber meine Assistentin«, stellte er daher klar. »Und wenn ich nichts gesehen habe, dann habe ich nichts gesehen.«

Schorsch-Edmund starrte ihn wütend an. »Wia 'etz aba dei Vatta is doch …«

»Nix ist er«, fuhr Astrid dazwischen. »Der Erkan hat nichts mit dem Tod von deinem Vater zu tun. Eher glauben wir, dass der Stopfheimer Michael also, dass er den Mord begangen hat.« Jetzt wurde der Bub schon ein bisschen blass um die Nase, und erste Tränen kullerten seine Wangen hinab.

»Aba der hod doch mein Babba g'liabt, des hod ea jedenfois de ganze Zeid g'sogt«, rotzte er. »Und eigentlich war ea aa ganz nett zua mia da Michi.«

Astrid schnaubte. »Aha. So nett, dass er dich gleich eingesperrt hat. Das musst uns jetzt schon mal näher erklären und am besten von Anfang an.« Schorsch-Edmund wischte sich den Rotz an seinen Hemdsärmeln ab.

»Bekomm i danoch oan Schweinsbron mid Knödl?«, fragte er zaghaft.

»Gut möglich«, salbte Astrid schleimig und hatte ganz klar das verfressene Bürschchen auf ihre Seite gezogen.

»Oiso guad …«, fing Schorsch-Edmund an.

»Moment!«, grätschte Bülent dazwischen. »Bitte sprich so, dass wir auch alles ganz genau verstehen können.« Der Junge sah ihn erbost an.

»Du moanst wia a Preiß?« Er nickte.

»Ganz genau.« Sein Ton ließ keine Widerrede zu. Schorsch-Edmund ergab sich murrend seinem Schicksal und glänzte nun tatsächlich mit einem gestochen scharfen Hochdeutsch. »Vor ungefähr einem halben Jahr hab ich rausgefunden, dass mein Papa mit dem Michi ein Verhältnis gehabt hat. Da war so ein altes Kästchen in seinem Büro, und das hab ich zufällig gefunden. Jedenfalls waren da lauter Erinnerungen von den beiden drin.« Er schniefte. »Ich hab den Papa dann gleich zur Rede gestellt, und da hat er mir erzählt, dass er sich immer noch einmal im Jahr irgendwo auf der Welt mit dem Michi trifft und ein paar Tage mit ihm verbringt.«

»Mit diesem Wissen hast du deinen Papa erpresst, oder?« Astrids Tonfall war mehr als frostig. Beschämt senkte Schorsch-Edmund seinen Blick.

»Ja, hab ich. Ich wusste ja, wie wichtig es meinem Papa ist, dass er in der Öffentlichkeit gut dasteht, und ich hab mir gedacht, ich könnte dadurch ein bisschen mein Taschengeld aufbessern. Aber ich schwör, ich hätte es nie verraten. Ich will doch selber mal in die Politik, und da muss man schon schauen, dass alles recht konservativ zugeht. Auch daheim und unbedingt nach außen hin.« Eins war klar, der Junge verstand absolut etwas vom bayrischen Staatsgemauschel. Unvermittelt greinte er wieder los. »Aber dann hat der Papa plötzlich nicht mehr gezahlt und mir gesagt, dass er mit dem Michi weggehen will. Angeblich wollte er das schon vor dreißig Jahren tun, aber da hat mein Opa Wind davon bekommen und die Stopfheimers aus dem Dorf gejagt. Na ja…« Er nuschelte jetzt nur noch kaum hörbar. »Und das wollte ich dann eben auch machen. Dafür habe ich auch deine Dienstwaffe gebraucht. Ich wollte, dass der Michi verschwindet.« Bülent verstand nicht ganz. »Aber als du meiner Kollegin die Waffe entwendet hast, war doch dein Vater schon längst tot, warum musste dann der Stopfheimer trotzdem weg? Das ergibt doch überhaupt keinen Sinn.« Schorsch-Edmund sah ihn an, als hätte er einen Vollidioten vor sich. »Ja, wegen dem sauberen Prestige. Das ist wichtig, sagt die Mama immer. Ich wollte einfach nicht, dass die ganze Sache ans Licht kommt und vielleicht auch noch der Opa in Kreuth davon erfährt. Stellt euch mal vor, der Michi käme auf die Beerdigung von meinem Papa, was das für ein Gerede gäbe. Da hätte sich doch ganz Strunzheim das Maul über uns zerrissen. Das musste ich doch irgendwie verhindern. Hat aber nicht funktioniert. Der Michi hat mir die Waffe weggenommen und mich hier drin eingesperrt, der Saukerl.« Schorsch-Edmund machte eine kurze Pause, bevor er weitersprach. »Aber eigentlich war er super nett zu mir. Bis auf die Hinterfotzigkeit mit der Serie da.« Er warf einen verächtlichen Blick auf den Flachbildschirm. »Na, und mein iPhone hat er mir weggenommen und meiner Mama geschrieben, dass ich wieder ins Internat zurück bin. Ansonsten hat er mir aber nichts getan, weil er dem Sohn vom Schorsch niemals nicht etwas antun könnte, hat er immer gesagt.« Er schluckte. »Seids ihr wirklich sicha, dass da Michi mein Voda aufm G'wissn hod?« Unvermittelt wechselte er wieder ins Bayerische. »Wissen tun wir es noch nicht, aber die Vermutung liegt nahe.«

Astrid tätschelte Schorsch-Edmunds Hand und hielt ihm eine Milchschnitte hin, weil der Bub halt schon wieder dermaßen flennte, dass er kaum noch aus den Augen sehen konnte.

»Weißt du denn, wo der Michi jetzt ist?« Schorsch-Edmund schüttelte den Kopf und riss wie ein hungriger Wolf die Packung auf. Den pseudohonigsüßen Inhalt inhalierte er förmlich.

»Na. Er hod g'sogt, dass er endgültig des End einläudn wui oda so ähnlich.« Die Ermittler sahen sich verstört an.

»Wie bitte?«, fragte Bülent nach.

»Er meinte, er wolle nun endgültig das Ende einläuten«, übersetzte Schorsch-Edmund sein eigenes Kauderwelsch.

Bülent zuckte bei diesen Worten regelrecht zusammen. »Oh

je!« Bedröppelt sah er Astrid an. »Ich hoffe, deine Waffe ist noch immer so jungfräulich wie eh und je.«

Sie seufzte. »Ach, Büli, wie oft noch. Sie war doch gar nicht geladen.« In diesem Moment ertönte ein Schuss aus der Ferne, und zeitgleich fingen die Kirchenglocken erneut zum Toben an. Halleluja!

KAPITEL 23

Die Wahrheit, nix als die Wahrheit

Die Ermittler packten Schorsch-Edmund ins Auto und eilten auf gut Glück zur St.-Ursel-Kirche. Irgendwie lag die Vermutung nahe, dass es dort zum Showdown kommen würde. Das altehrwürdige Gotteshaus war auch im letzten Jahr zentraler Mittelpunkt der Ermittlungen gewesen. Die katholische Kirche also zum wiederholten Male Ort eines Verbrechens. Ja, wer hätte das bloß gedacht!?

»Sieht eigentlich alles ganz friedlich aus«, fand Bülent, als sie jetzt direkt vor dem Kirchenportal anhielten. »Vielleicht kam der Schuss doch von woanders her.« Tatsächlich war alles ruhig. Auch die Glocken hatten wieder aufgehört zu plärren.

»I geh do etz rein«, bemerkte Schorsch-Edmund bockig. »Die beten an Rosenkranz für mein Papa, und do g'hör i an die Seitn von da Mama.«

»Zwecks dem Prestige oder was?« Bülent konnte sich diesen kleinen Seitenhieb nicht verkneifen.

»Pfff. Wos woasst denn du?«

»Auf alle Fälle weiß ich, dass du schön hier draußen im Wagen auf uns wartest. Sonst setzt es was. Ist das klar?« Schorsch-Edmund starrte missmutig zum Fenster hinaus und antwortete nicht. »Ob das klar ist, will ich wissen? Oder soll ich dir Handschellen anlegen?«

Der Junge atmete hörbar ein und aus, dann schüttelte er den Kopf.

»I bleib scho do«, mumpfelte er und fischte einen Kinderriegel aus der Tasche. »Gut, dann gehen wir jetzt rein.« Bülent sah Astrid an und griff kurz nach ihrer Hand. »Bereit?«

Sie lächelte. »Bereit.«

Sie stiegen aus dem Wagen und gingen auf das Kirchentor zu.

»Schon sonderbar, dass man so überhaupt nichts hört. Bei einem Rosenkranz wird doch die ganze Zeit gesprochen, oder etwa nicht?«

Astrid legte ihr Ohr an die mächtige Tür. »Nichts, ich höre rein gar nichts.« Auch Bülent fand das durchaus auffällig. Soweit er sich erinnern konnte, war das Gotteshaus nicht unbedingt grandios schallisoliert, und gerade als Kind hatte er oft mit Franz hier draußen gestanden und sich über das stoische Gebrabbel der Gottesfürchtigen amüsiert.

»Wir gehen hintenrum durch die Sakristei[23]. Da bemerkt uns erst einmal keiner«, beschloss er und zog Sunshinchen um die Kirche herum zu einer kleinen Holzpforte, um die sich blühende Rosen rankten.

»Dahinter liegt bestimmt Dornröschen und wartet darauf wachgeküsst zu werden«, schmunzelte Astrid. Küssen ja, das wäre eine Idee, aber dazu blieb leider mal wieder keine Zeit. Business as usual halt. Bülent schlüpfte als Erstes hinein in die priesterliche Umkleidekabine und fand sich in einem einzigen Durcheinander wieder. Überall lagen Messgegenstände herum und auf den Stühlen stapelten sich achtlos die Gewänder des Pfarrers.

»Hier fehlt definitiv eine Frau«, bemerkte Astrid trocken. Bülent wollte ihr gerade erklären, dass die letzte Pfarrköchin mit

23 Nebenraum in der Kirche.

103 Jahren in das ewige Himmelreich aufgefahren war und sich seitdem freiwillig keine Nachfolgerin mehr gefunden hatte, als plötzlich lautstarkes Orgelspiel einsetzte. Sekunden später erklang aus zahlreichen Kehlen der christliche Gassenhauer »Großer Gott, wir loben dich«. Bei diesem alten Schlager jodelte generell jeder mit, und zwar so ohrenbetäubend er konnte.

Bülent und Astrid schlichen durch einen kleinen Durchgang, der sie zum prächtigen Altarraum führte. Verdeckt hinter einem Mauervorsprung gingen sie in die Hocke und beobachteten die abstruse Szenerie. Michi Stopfheimer stand oben auf der Kanzel und dirigierte die Strunzheimer Masse unter sich. In der einen Hand hielt er dabei einen Messkelch, in der anderen eine Waffe, die definitiv dem Eigentum der bayrischen Polizei zugerechnet werden konnte.

»Da ist ja mein Baby«, frohlockte Astrid flüsternd und knuffte Bülent dabei fröhlich in die Seite.

Er wunderte sich einmal mehr über ihre Gabe, auch der widrigsten Situation etwas Positives abgewinnen zu können. Ihm fehlte dieses Talent.

»Du hast doch gesagt, dass sie nicht geladen ist.« Sie zuckte schuldbewusst mit den Achseln.

»Vielleicht ist eine Kugel beim letzten Schießtraining hängengeblieben, oder er hat sich Munition besorgt«, flüsterte sie. Das wäre dann allerdings die schlimmste aller Varianten. Bülent merkte, wie er zu schwitzen begann. Diese Nummer hier war eindeutig eine Nummer zu groß für ihn.

»Vielleicht rufen wir doch lieber Verstärkung«, raunte er und begann nach seinem Handy zu kramen. Genau in diesem Moment verklangen die letzten Töne des Liedes, und eine Totenstille senkte sich über den Raum. Bülent sah sich veranlasst, seine Suche nach dem mobilen Teil kurzfristig zu unterbrechen. Denn man hätte in dieser Sekunde wohl selbst ein Staubkorn fallen hören. Nicht einmal die sonst so übliche Hust- und Räusperfraktion zog einen Lungenhering aus dem Off hervor. Stattdessen hielt sich die versammelte Strunzheimer Kirchengemeinde stumm an ihren Rosenkränzen fest und schaute abwartend hoch zur Kanzel. Recht ängstlich sah dabei keiner aus der Wäsche. Man war dabei, allein das zählte. Da konnte man dann schon auch mal für ein paar Minuten die Goschn halten und das Debakel auf sich wirken lassen. Lediglich dem asiatisch anmutenden Pfarrer stand das Drama ins Gesicht geschrieben. Er hatte sich samt seiner Ministranten hinter dem sicheren Marmor des Altars verschanzt, von wo aus er mit weit aufgerissenen Augen das weitere Geschehen beobachtete. Ein paar endlos lange Sekunden passierte überhaupt nichts mehr, doch dann quietschten plötzlich die Scharniere der Kirchenpforte, und freilich wandten sich nun alle Augenpaare wie auf einen Befehl hin danach um. Es war Schorsch-Edmund, der jetzt auf den Mittelgang schlüpfte und somit dem Stopfheimer direkt vor den Lauf. Der Junge hatte sogar noch die Nerven, sich mit Weihwasser zu bekreuzigen, bevor er langsam in Richtung vordere Bankreihen trabte, wo Franziska, die wie immer perfekt black in black eingedirndelt, mittlerweile aufgestanden war und ihn hektisch zu sich winkte. Bülent stöhnte. Dieser Gmeinwieser-Zögling machte einem selbst vor den Augen Jesu noch das Leben zur Hölle. Dem Michi auf seiner Kanzel schien das Auftauchen seines Entführungsopfers nicht weiter aus der Fassung zu bringen. Im Gegenteil, er schien sich fast über dessen Anblick zu freuen.

»Servus, Schorschi. Schön, dass du auch da bist. Gehts dir

schon gut, oder? Komm rauf zu mir. Von dort oben hast den besten Blick auf die ganze scheinheilige Bagage.« Er machte eine ausladende Handbewegung über die Köpfe der Strunzheimer hinweg. »Ich glaub, Ihnen brennt der Hut. Schorsch-Edmund, du kommst jetzt sofort zu mir«, brüllte Franzi streng, als sie mitbekam, dass ihr Sohn doch glatt eine Millisekunde zögerte und offensichtlich versucht war, über das Angebot des kriminellen Subjektes nachzudenken. Nachdem sich Schorsch-Edmund doch dazu entschieden hatte, dem Ruf seiner Mutter zu folgen, zwängte er sich unsanft über zahlreiche Füße hinweg durch die Bankreihe zu ihr und wurde mit offenen Armen empfangen. Also ganz klar freilich erst, nachdem sie ihm den Mund mit einem Taschentuch abgewischt und kurz mal eine dicke Wolke Chanel Nr. 5 über ihn zerstäubt hatte.

»Die heilige Familie, sehr schön«, baunzte Michi nun sarkastisch von oben herab. »Da wirds einem ja gleich ganz warm ums Herz.«

»Was wollen Sie eigentlich von uns«, bellte Franziska jetzt schon reichlich zundig. Ganz klar konnte sie es nicht leiden, wenn man ihr in die Parade pfuschte. Und heute sah ihr Programm einfach eine zünftige Messe für ihren Schorsch vor. Schorsch-Edmund zupfte seiner Mutter nervös am Strickjackerl herum.

»Mama, etz hock di hi«, befahl er unruhig. »Des da oben is der Mörda vom Babba.« Franziskas Mund klappte auf und wieder zu, dann drehten sich ihre Augen gen Oberkante Lid, und sie fiel fein säuberlich, wie es sich für eine Dame gehörte, in Ohnmacht. Direkt in die Arme ihres Sohnes, versteht sich. Der hatte jetzt schon arg Mühe, sie zu halten. So generell verfügten die Gmeinwieser Männer wohl eher nicht über ein ausgeprägt starkes Rückgrat. Weiter hinten in den Reihen wurde es etwas unruhig. Wuwu war aufgesprungen und wollte seiner Franziska zu Hilfe eilen. Die Walders hatten sich beidseitig in seinen Hosenbund verkrallt und hielten ihn eisern fest.

»Etz bleib da, du Doldi. Oder willst abgeschossen werden wie ein Viech?«, pflaumte Erna und gab dem Afrikaner gleich noch eine schmerzhafte Kopfnuss obendrein. Widerwillig ließ sich Wuwu zurück auf seinen Platz zerren. Für die Liebe zu sterben war ihm dann persönlich wohl auch des Einsatzes zu viel.

Was für ein Theater, dachte Bülent, und dem Stopfheimer schien es ähnlich zu gehen. Er applaudierte nämlich jetzt euphorisch von seiner Kanzel herunter und forderte ungelogen eine Zugabe von Franzi, die schon wieder ziemlich aufrecht dasaß und ihr Näschen puderte.

»Du feiger Hund du, kimm runter, dann batz ich dir a paar«, donnerte es nun unvermittelt durchs Kirchenschiff. Der lodenbefrackte Senior, der sich nun neben Franziska erhob, hatte aufgrund seiner Statur und des weißen Rauschebartes verdächtige Ähnlichkeit mit dem Prinzregenten Luitpold von Bayern.

»Das ist bestimmt der Vater von der Franziska«, mutmaßte Bülent und war froh, dass sein Erzeuger im direkten Vergleich dann doch weitaus weniger brachial auftrat.

Astrid nickte. »Krasser Typ«, wisperte sie, während der Patriarch drohend seinen Gehstock auf Michi richtete.

»Was is etz, schwingst dei Haxn freiwillig runter, oder soll i naufkommen zu dir?« Als sensibler Unterhändler taugte der Tegernseern Knotzen schon mal nicht, und als Vater war er sicherlich nicht minder rabiat gewesen, vermutete Bülent, während er nun entsetzt mit ansehen musste, wie der Stopfheimer Astrids Waffe auf den Kreuther Brackl richtete.

»Hinsetzen«, zischte er. Wirkte freilich sofort. Die Macht war eben mit dem Budenbesitzer.

Oh weh, oh weh, oh weh, Bülents Arsch senkte sich langsam gen Grundeis. Sie mussten etwas tun, aber er hatte keine Ahnung, was. Er hatte wirklich keine Lust in die Schusslinie von dem Stopfheimer zu geraten. Der sah nämlich nun doch ein wenig narrischer drein. So kinskimäßig, und genauso hantierte er kurz darauf auch. Er hielt eine Predigt, die in die Geschichte von Strunzheim eingehen sollte. Noch Jahrzehnte später erzählte man sich davon.

»Was wissts ihr alle miteinand schon«, fing der Michi plötzlich an zu plärren. »Nix wissts ihr. Keine Ahnung habts ihr, wie man wirklich lebt. Schauts euch doch mal an. Ich seh keinen Einzigen von euch, dem das Glück aus dem Arsch strahlt.«

Eine wundervolle Metapher. So passend, wie Bülent fand. Irgendwie war ihm der Michi fast sympathisch. Der machte jetzt eine kurze Pause und wischte sich den Schweiß von der Stirn.

»Und wisst ihr, warum des so ist?«, sprach er weiter. »Des ist so, weils euch alle an der Liebe fehlt. Weil ihr zu feig seid eurem Herzen zu folgen. Ihr nehmts lieber die Dornen statt die Rosen, ihr Deppen. Oder habts wirklich alle den Menschen an eurer Seite, für den ihr durchs Feuer gehen würdet? Hände hoch, bei wem des so ist.«

Nach dieser Aufforderung brach gleich mal ein kleiner Tumult aus. Frauen zerrten die Griffel ihrer störrischen Mannsbilder nach oben und umgekehrt. Unvermittelt fing der Stopfheimer an zu lachen. Gruselig klang das, und Bülent jagte es gleich mal einen Schauer über den Rücken.

»Ist mir doch auch wurscht, was mit euch ist«, fuhr der Laienprediger fort. »Der Schorsch und ich, wir waren wie Yin und

Yang. Er war die Butter auf meinem Marmeladenbrot. Mir waren seelenverwandt, aber des verstehts ihr ja gar ned. Romantik, des ist doch für euch ein Fremdwort. Sonntag Traumschiff mit dem Silbereisen-Kasper, ja, da wirds euch warm ums Herz, aber sonst seid ihr eine eiskalte Bande.« Er machte wieder eine Pause und nahm einen tiefen Zug aus dem güldenen Kelch, den er immer noch in Händen hielt. Es war mucksmäuschenstill in der Kirche. Alle warteten gespannt darauf, dass er weitersprach. Und er tat ihnen den Gefallen, offensichtlich froh, sich endlich alles von der Seele reden zu können.

»Der Schorsch und ich, mir waren schon ewig zusammen, aber angefühlt hat es sich wie am ersten Tag. Über dreißig Jahre er und ich. Immer heimlich im Verborgenen. Da kotzt' im Quadrat, des kann ich euch sagen.« Wuwu klatschte bei diesen Worten Applaus und erntete gleich noch eine g'scheite Kopfnuss von der Erna. »Als mir volljährig waren, wollten wir gemeinsam abhaun. Ein neues Leben beginnen. Fernab von der ganzen Bigotterie. Aber dann ist uns sein Vater, der alte Gmeinwieser, auf die Schliche gekommen, und die meisten von euch wissen ja, wie der war …« Ein paar der Alten nickten ahnungsvoll. »Jedenfalls hat der Schorsch daraufhin den Schwanz eingezogen. Hat alles geleugnet, was zwischen uns gewesen ist. Ich wär ihm nachgestiegen, hat er behauptet. Dabei war er es, der den Anfang gemacht hat, damals im Freibad, aufm Fünfer oben.« Und da waren sie endlich, die Tränen. Bülent hatte ja schon lange darauf gewartet. »Des hat schon verdammt weh getan, auch wenn ich weiß, dass er sich nur vor seinem Alten schützen wollte. Aber wer hat mich beschützt?! Wer, verdammt? Mich hat keiner beschützt«, gab sich der Stopfheimer leise selbst die Antwort. »Der Gmeinwieser senior hat alles meinem Vater g'steckt. Aber damit nicht genug, er hat uns auch den Stellplatz auf der Kirchweih für ewig entzogen. Ach, was red ich. Nicht nur in Strunzheim, sondern gleich im ganzen Landkreis hat er dafür gesorgt, dass mir keinen Fuß mehr auf eine Festwiesn setzen durften. Des Arschloch. Was meint ihr, was da daheim dann los war? Da hat's Fotzn g'hagelt, dass ich zwei Wochen nimmer geradeaus schauen hab können. Und rausgeschmissen hat er mich dann auch noch, mein alter Herr. Des hat meiner Mutter des Herz brochen. Daran ist sie dann g'storben.« Er schluchzte laut auf, und auch unter ihm wurden jetzt verstohlen ein paar Taschentücher gezückt.

Der Stopfheimer schien lebenstechnisch betrachtet wohl nicht nur eine Arschkarte gezogen zu haben, sondern ein ganzes Blatt in der Hand zu halten. Der hatte nichts mehr zu verlieren, und das machte die ganze Situation gerade noch brisanter. Aber solange er redete, tat er nichts, beschloss Bülent, und Astrid schien genauso zu denken. Sie legte ihren Zeigefinger auf den Mund und bedeutete ihm, ruhig zu sein. Der Michi hauchte seine vorerst letzten Worte fast nurmehr, als dass er sprach.

»Ich hab nix mehr g'habt damals. Nix ist mir geblieben. Außer die Liebe zu meinem Schorsch.« Schluchzend ließ er seinen Kopf auf den Balkon der Kanzel sinken.

»Warum hast ihn denn dann umbracht, du Haubentaucher?« Erna wieder. Einfach mal Mund halten, war halt nicht. Michi hob langsam den Kopf und seufzte.

»Was habts denn immer? Ich hab ihn ned auf dem Gewissen. Ich könnt doch niemals Hand an ihn legen. Überhaupts, schau ich wie ein Mörder aus?« Astrid, die schon die ganze Zeit ungeduldig neben Bülent hin- und hergetippelt war, trat nun, ohne ihn davon vorab in Kenntnis zu setzen, in die Offensive. Dieses Weib. »Wie ist der Herr Gmeinwieser denn dann tot im Fischzuber gelandet?«, rief sie zur Kanzel hoch. Mittlerweile bewegten sich alle Strunzheimer Augenpaare wie bei einem Tennismatch hin und her. Michi sah sie irritiert an.

»Wer bist denn etz du?«

Astrid zückte ihren Dienstausweis. »Weber, Kriminalpolizei, und das hier ist Hauptkommissar Rambichler.«

Bülent sah sich gezwungen ebenfalls die sichere Deckung zu verlassen. Freude machte ihm das keine. Er kam sich vor wie bei einer Theateraufführung, bei der er den Text vergessen hatte und nun mit einem rechten Schiss in der Hosen auf der Bühne stand. Astrid war da weitaus souveräner, sie setzte einfach die Befragung fort und brachte den Stopfheimer tatsächlich zum Reden.

»Also gut, is ja etz a schon wurscht. Am Freitag, nach der Kärwa, war der Schorsch bei mir. Alles war wunderbar, so wie immer. Aber dann plötzlich aus heiterem Himmel hat er mir g'sagt, dass er mich nimmer sehen will, dass ich aus seinem Leben verschwinden soll. Regelrecht angeschrien hat er mich. Dabei hatten wir doch fest ausgm'acht, dass wir endgültig zusammen weggehen. Ich weiß gar ned, was passiert ist. Der Schorsch war so in Rage, dass er sich vor lauter Geplärre an einem Stück Fisch verschluckt hat und …« Er rang kurz um Fassung. »Und vor meinen Augen erstickt ist.«

»Warum haben sie denn nicht den Krankenwagen gerufen«, wollte Astrid wissen. »Weil ich in Panik war. Ich hab ihm doch einfach zug'schaut beim Sterben. Ich konnt …« Er wischte sich die Tränen aus den Augenwinkeln. »Also, er war so gemein zu mir, da wollt ich ihn einfach auch mal ein bisschen leiden lassen. Aber dann ist er plötzlich umgefallen und war tot.« Franziska Gmeinwieser fuhr wie von der Tarantel gestochen aus ihrem Sitz hoch. »Du Riesenrindvieh!«, kläffte sie so laut, dass sich ihre

Stimme fast überschlug. »Mein Schorsch war nicht tot, als du ihn in den Fischzuber geschmissen hast, bloß bewusstlos. Wenn du ihn wirklich so gut gekannt hättest, dann hättest ja wohl gewusst, dass er das nie recht gepackt hat, wenn er sich an was verschluckt hat. Da ist er immer gleich in Panik geraten und in Ohnmacht gefallen. Er ist also nicht erstickt, sondern jämmerlich ersoffen. Und du alleine bist schuld dran!«

Dem Stopfheimer schoss ad hoc die Blässe ins Gesicht. »Des kann ned sein.« Hilfesuchend wandte er seinen Blick Astrid zu. Die nickte kaum merklich und bedachte ihn mit einem mitleidigen Blick. Da senkte der vermeintliche Mörder, der eigentlich keiner sein wollte, den Kopf und hob zeitgleich die Waffe an seine Schläfe.

»Allmächd, des gibt a Sauerei«, flüsterte Erna Traudl zu, die sich bereits schützend ihre Hände vor die Augen gelegt hatte und nun auf den Einschlag wartete.

Klick. Klick. Klick.

»Scheiße.« Michi Stopfheimer schmiss die Waffe auf den Boden der Kanzel und schlürfte resigniert den restlichen Messwein aus dem Kelch. Nicht einmal bei seinem eigenen Abgang durfte er Regie führen. Astrid und Bülent atmeten unisono erleichtert auf. Franziska räusperte sich vernehmlich.

»Also, ich hätt da noch was klarzustellen.« Sie wandte sich den Dorfbewohnern zu. »Der Schorsch war niemals nicht vom anderen Ufer. Das ist eine glatte Lüge.« Der Blitz möge sie treffen, dachte Bülent, was natürlich nicht geschah, stattdessen bastelte Franziska weiter am Erhalt ihres fadenscheinigen Prestiges.

»Wir haben eine gute Ehe geführt und uns geliebt – mehrmals die Woche, wenn ihr es genau wissen wollt. Der Schorsch konnt gar nicht genug von mir bekommen, und das nach all den Jahren noch.« Aus der letzten Reihe ertönte bei diesen Worten ein Ur-laut der Entrüstung. Wuwu hatte sich zu seiner vollen Größe auf-gerichtet, und seine Augen blitzten vor Zorn. »Sag amal, Fran-ziska, habens dir ins Hirn g'schissen? Was verzählst denn du für ein Gschmarri? Du hast mir doch allerweil gesagt, dass zwischen dir und dem Schorsch nix g'laufen is. Deswegen bist ja zu mir in mein Bett g'rabbelt kommen.«

Erna grinste breit. »So ist gut Bubi«, stachelte sie ihn an »Lass raus die Wahrheit, die windige.« Das ließ sich der stolze Afrika-ner natürlich nicht zweimal sagen.

»Himmelherrgottzack, etz gibs halt schon zu, dass du mich liebst und dein Mann kein Weiberer ned wahr.« Er stürmte nach vorn, packte die völlig konsternierte Franziska am Handgelenk und zerrte sie vor den Alter. Dort fiel er direttisimo auf die Knie. »Mausi, ich glaub, es ist Zeit, dass wir nach all den Jahren der Heimlichkeiten endlich Nägel mit Köpf machen. Der Weg für uns beide ist frei, und darum frage ich dich, hier und heute, vor all diesen Leuten.« Er wandte sich zu den Strunzheimern um, die einfach nur mit offenen Mündern dasaßen und wohl gerade die Welt nicht mehr verstanden. »Also ich frage dich: Willst du meine Frau werden?« Kaum ausgesprochen, tat es einen dump-fen Doppelschlag. Dem Strauß und dem Prinzregenten hatte es kurzfristig vor Schock den Boden unter den Füßen weggezogen. Dafür tauchte der Pfarrer nun wieder samt Ministranten aus der Versenkung auf, weihrauchte ein bisschen durch die Gegend und gab dann dem Organisten das Zeichen zum Einsatz. Der haute in die Tasten, dass es nur so schepperte. Hosianna in der Höh. In Ewigkeit. Amen.

IRGENDWIE GEHTS IMMER WEITER ...

Natürlich wurde der Gedenkgottesdienst für den Bubbler-Schorsch trotz zahlreicher Proteste aus den Strunzheimer Reihen doch noch abgehalten. Diesbezüglich ließ Franziska nicht mit sich reden. The show must go on. Allerdings durfte während der Messe der Wuwu neben ihr sitzen und Händchen halten. Das war sogar von höchster Stelle genehmigt worden. Franzis Papa hatte sich nämlich den Afrikaner noch einmal genauer angesehen und durchaus eine gewisse Ähnlichkeit mit dem Obama feststellen können. Weltpolitisch betrachtet war der amerikanische Ex-Präsident in seinem ganzen Gehabe halt auch ein echter Weltpolitiker gewesen. Der hat gar nicht reden müssen und schon gewirkt. Und das imponierte selbst einem Großbauern im Tegernseer Hinterland. Der Wuwu hatte in seinen Augen dieses baracksche Charisma, was den vielen Freibiergesichtern, die in der bayrischen Regierung herumfuhrwerkten, oftmals fehlte. Vielleicht war er jetzt politisch betrachtet kein Brett, der Afrikaner, aber immerhin rein optisch passte er ganz gut rein in die Partei. Von all diesen Plänen ahnte der gmeinwieserische Ex-Praktikant, neuer Geschäftsführer der Gärtnerei und baldiger Ehemann, natürlich nichts. Er schwebte einfach nur auf Wolke sieben und freute sich auf den Moment, wo er endlich hochoffiziell neben seiner Franzi einschlafen durfte. Also freilich erst, nachdem seine magischen Hände ihr wundervolles Werk vollbracht hatten.

Für den konservativen Schorsch-Edmund war das ganze familiäre Debakel natürlich eine saubere Katastrophe. Tage später verlor er dann auch noch haushoch die Wahl zum Schülersprecher. Der kleine Lagerfeld hatte gewonnen. Ohne Parteispenden, dafür mit viel Elégance und selbst hingepfuschten Wahlplakaten. Der Gmeinwieser-Spross legte nach dieser Niederlage endgültig seinen bayrischen Loden ab und tauschte den Strauß an der Wand gegen ein Bild von einem Kardashian-Hintern ein. Ganz nebenbei schmiss er sich noch in teure Hipsterklamotten und trat motiviert bei den Grünen ein.

Politisch witterte auch Erkan seine Chance. Das Amt des Zweiten Bürgermeisters war frei, und er fühlte sich so frei, danach zu streben. Allerdings hatte er die Rechnung ohne Maria gemacht. Kaum erfuhr sie von den hochtrabenden Plänen ihres Mannes, setzte sie ihn kurzerhand vor die Tür. Ohne Koffer und Erdbeermarmelade, versteht sich. Nachdem der Rambichler senior sich ein paar Nächte bei dem Geiger und dessen Weiberwirtschaft durchgeschlagen hatte, krabbelte er demütigst zurück ins heimatliche Nest. Auch wenn ihm sein Eheweibi dort erst einmal ein paar Katzenohren ins Gesicht schnalzte, die sie aus der Besucherritze vom Ehebett gekratzt hatte. Das war trotz alledem immer noch besser, als mit einer zugerauchten Erna nächtelang über das Leben zu philosophieren oder sich dauerhaft eine hormonell völlig überspannte Traudl vom Hals zu halten. Dabei waren die Walders so handzahm wie schon lange nicht mehr. Sie hatten dank Bülent ihren alten Opel wieder und dank Franz täglich den besten Jahrgang aller Zeiten in den Synapsen. Ganz davon abgesehen, dass Charity-Franzi großmütig und natürlich völlig uneigennützig ein Kneippbecken spendiert hatte, nachdem der Fischzuber einer Kapelle für ihren verstorbenen Mann weichen musste.

Ein bisschen schade war es bei all dem Glück rundherum, dass Karpfendame Helene so gar kein Interesse an dem Koi-männchen zeigte, das man ihr mit in den Teich geworfen hatte. Erstens verstand sie sein japanisches Geblubber nicht und zwei-tens fand sie sein Schuppendesign einfach nur zum Abgewöh-nen. Den Koi wiederum tangierte das alles überhaupt nicht. Er machte sich eh nichts aus Weibchen und plante eifrig die Flucht zurück in seine Männer-WG. Aber wer sollte davon schon etwas mitbekommen? Vielleicht am ehesten noch Sau Hannelore, mit der sich Helene ab und an zu einem kleinen Pläuschchen ver-abredete. Anscheinend war die Sau als Ferkel zweisprachig auf-gewachsen, denn sie beherrschte perfekt den Karpfenslang. Zu-mindest bildete sich das der Geiger grundsätzlich dann ein, wenn er mit einem zünftigen Dübel in der Hand gemütlich auf seiner Hollywoodschaukel saß und die Viecher bei einem ver-meintlichen Ratsch beobachtete. Vielleicht soff Hannelore auch einfach nur aus dem Teich, aber wer kannte sie schon immer so genau, die ganze Wahrheit. Der Köhl jedenfalls nicht. Der wurde souverän mit der Geschichte über die verschwundene Dienst-waffe verschont und durfte sich einfach nur ohne Wenn und Aber über seine erfolgreiche Spezialeinheit Landfrieden freuen.

Und auch für den Stopfheimer Michi gab es am Ende doch noch ein kleines Happy End. Er durfte die Lederhose vom Schorsch, also des Erbstück von Franzis Opa, die er geklaut hatte, behalten, und er erfuhr von Astrid, dass der Schorsch nur zwecks seines Buben dem gemeinsamen Lebensweg eine Ab-sage erteilt hatte und dass er nach wie vor schwer verliebt in ihn gewesen war.

Apropos Liebe. Die ist doch viel zu kompliziert. Oder etwa nicht?

MEIN DICKES DANKESCHÖN

Zuallererst möchte ich meinem Mann und meinen beiden Kindern auf diesem Weg noch einmal ein großes Dankesbussi rüberjubeln. Ihre Geduld für meine Launen während des Schreibens war zwar nicht immer grenzenlos, aber dennoch bemerkenswert. Außerdem möchte ich sowohl den Fans als auch den Kritikern vom Rambichler einfach mal Dankschee sagen. Die einen sind der Himmel für mich, die anderen sorgen dafür, dass ich die Bodenhaftung nie verliere. Ein Danke vielmals gebührt freilich auch meinem Agenten von Landwehr & Cie sowie dem btb-Verlag und allen Menschen, die dort für mich werken und wirken. Ein Hoch auch auf das Weingut Stahl, der Riesling von diesem gelobten Ort hat mich in der Endphase des Buches oft vor einem geistigen Armageddon bewahrt. Natürlich gilt ein liebenswertes Vergeltsgott auch meiner Heimat Mittelfranken. Dort sind meine Wurzeln, und ohne die gäbe es keine Geschichten. Und zu guter Letzt dürfen natürlich auch meine Familie und meine Freunde nicht unerwähnt bleiben.

Sie geben mir die Kraft, bis zu jedem neuen Happy End weiterzumachen. Merci!

STRUNZHEIMER GETRÄNKEKUNDE

Einfach nur berauschend

LATERNENMASS

1/2 Liter Weißwein
400 ml Zitronenlimonade
4 cl Kirschlikör

Wein und Limo im Maßkrug mischen. Stamperl-Glas mit Kirschlikör vorsichtig auf den Boden des vollen Maßkrugs gleiten lassen. Erst beim Trinken vermischt sich der Likör langsam mit dem Rest.

SCHNEEMASS

250 ml Korn
250 ml Bier
250 ml Zitronenlimonade
Vanille-Eis je nach Geschmack

Korn, Bier, Limonade im Maßkrug mischen. Danach gibt man die Eiskugeln dazu und vermengt alles mit einem Schneebesen.

BUMPERMASS

2 cl Kirschlikör
500 ml Cola
500 ml Bier

Cola und Bier in gleicher Menge im Maßkrug mischen. Danach ein Stamperl Kirschlikör hinzufügen.

A GELBALA

Auch bekannt unter dem sinnigen Namen Wodka O, also Wodka mit Orangensaft. Das Mischverhältnis kann je nach Uhrzeit variieren.

ZOMBIE

2 cl Cointreau
2 cl Rum, weiß
4 cl Rum, dunkel
2 cl Rum, hochprozentig
2 cl Grenadine
2 cl Maracujasirup
4 cl Orangensaft
2 cl Zitronensaft
6 cl Ananassaft
0,2 l Crushed Ice

Die Zutaten Cointreau, alle Rumsorten, Grenadine, Maracujasirup, Orangensaft, Zitronensaft, Ananassaft mit Crushed Ice
im Shaker kräftig schütteln und in ein Longdrinkglas abseihen.

ERDBEERLIMES

1,5 kg Erdbeeren
600 g Zucker
400 ml Wasser
600 ml frisch gepresster Zitronensaft
700 ml Wodka

Die Erdbeeren pürieren. Den Zucker in das Wasser rühren, aufkochen lassen und, wenn der Zucker ganz gelöst ist, erkalten lassen. Zuckersirup, Zitronensaft und Wodka zu den pürierten Erdbeeren geben und alles gut verrühren. Abfüllen und kalt stellen.